I0761977

WŁADYSŁAW REYMONT

OPSTAND

UITGEVERIJ GLAGOSLAV

OPSTAND

Władysław Reymont

Oorspronkelijke titel "Bunt"

Vertaald uit het Pools door Maarten Tengbergen

Dit boek is gepubliceerd met de steun van het ©POLAND Vertaalprogramma

Cover art: © 2015, Andrii Dankovych

Boekomslag en binnenwerk ontworpen door Max Mendor

Uitgevers Maxim Hodak & Max Mendor

Proefgelezen door Kevin Custers

www.glagoslav.com

ISBN: 978-1-914337-44-4
ISBN: 978-1-80484-070-2

Voor het eerst gepubliceerd in Nederland door Uitgeverij Glagoslav in November 2021

WŁADYSŁAW REYMONT

OPSTAND

Vertaald uit het Pools
door Maarten Tengbergen

UITGEVERIJ GLAGOSLAV

INHOUD

WŁADYSŁAW REYMONT
(1867 – 1925)

OPSTAND

EEN SPROOKJE

1

'Nou zal ik je leren, hondsvot!' riep ze triomfantelijk, nadat ze Rex in een hoekje had gedrongen. En ze begon hem met de kachelpook af te tuigen, terwijl ze hem bij elke uithaal herinnerde aan alles wat hij had misdaan: 'Dit is voor het stuk braadvlees! En dit voor de worst van gisteren! En dit voor de kalkoenen!' De hond kronkelde en jankte van de pijn en likte onderdanig haar voeten. 'En dit hier is voor de teckels, ellendig stuk vreten dat je bent! Je blijft voortaan met je poten van mevrouws honden af! De duivel hale je!'

En ze gaf hem zo'n harde dreun tegen zijn kop dat de hond het uitkermde van de pijn en met ontblote tanden tegen haar op sprong, zodat ze midden in de keuken op de grond viel. Daarna maakte hij dat hij wegkwam. Met een afgrijselijk gebrul en een stortvloed aan scheldwoorden rende ze hem achterna.

Maar Rex was al weggeschoten in het struikgewas, tussen het dichte struweel van seringen en acacia's. Tot bloedens toe gewond en meer dood dan levend, sleepte hij zich met zijn laatste krachten verder naar een nog veiliger plekje toen er uit de richting van de keuken opnieuw geschreeuw klonk.

De huishoudster hield Stommetje vast bij zijn ragebol en gaf hem er ongenadig van langs.

'Jij rotjong! Je bent nog erger dan die schurftige hond. Ik snij de darmen uit je lijf, vuile dief. Voor niks van mij te vreten krijgen en dan nog stiekem jatten ook!'

Ze krijste zo verschrikkelijk dat het jochie zelf ook luidkeels begon te schreeuwen. Vergeefs probeerde hij zich los te worstelen uit de ijzeren omklemming van haar grijparmen. Door het tumult raakte de hele binnenplaats van het landhuis in rep en roer. De kettinghonden zetten het op een janken en probeerden zich los te rukken. De kippenhokken barstten los in een paniekerig gekakel. De parelhoenders vluchtten met luid getetter de daken op en de duiven zochten schielijk een heenkomen in de bomen bij de drinkplaats. De kalkoenen begonnen opgewonden te klokken en trappelden, met opgezette staart en baardveren, dreigend met hun poten in het zand. De pauwen kwamen aangevlogen van de veranda, ontvouwden de kleurenpracht van hun veren en schreeuwden hun verachting uit voor al dat kabaal. Mevrouw zelf kwam ook naar buiten gerend, gevolgd door het herenzoontje met zijn buksje, de jongedametjes met hun poppen in de armen en twee slangachtig kronkelende roodbruine teckels.

Eindelijk liet ze hem gaan, maar nog lange tijd bleef ze doorgaan met jammeren en jeremiëren.

Stommetje dook weg in het struikgewas en liet zich als een blok naast Rex neervallen.

Daar lagen ze met zijn tweeën, volledig uitgeteld en amper nog bij zinnen. Allebei even erg toegetakeld en even ongelukkig.

De zon stond blakend aan de hemel en een warme wind blies door het struikgewas. Het ruisen van de blaadjes en het gonzen van de insecten werkte zo sussend en soezerig dat ze alle twee in slaap vielen. Maar zelfs in hun slaap maakten ze nog zachte snik- en jankgeluidjes, alsof ze doorklaagden over het onrecht dat hun was aangedaan. Daar kwam opeens geruisloos een reusachtige zwarte kater aangeslopen, een oude kameraad van Rex. Hij besnuffelde de hond en vleide zich met een meelevend gespin tegen hem aan. En later streken er op de laaghangende takken van de acacia's een paar kraaien neer, die met hun scherpe ogen het donkere struikgewas doorboorden en zich met geslepen snavels steeds verder en steeds brutaler langs de takken naar beneden lieten zakken.

'Wacht maar, ik ben nog niet gecrepeerd,' gromde Rex, terwijl hij vol haat opkeek naar de vogels.

Hij likte aan het bebloede en betraande gezicht van Stommetje en maakte hem wakker door een stuk van zijn hemd in de bek te nemen en er een ruk aan te geven.

'Laten we hier weggaan, anders vinden ze ons nog,' stamelde de jongen. Ze begrepen elkaar zonder moeite.

'Ik wacht liever tot het avond is! Ze zijn in staat me af te maken, ik kan me nu niet verdedigen.'

'Mijn God, wat heeft ze je afgetuigd!' zei Stommetje vol medelijden en hij bette met een handvol gras de flanken en ontstoken ogen van zijn makker. Rex maakte dankbare jankgeluidjes.

'Jaag die valse snavels weg,' gromde hij tegen de kater. 'Die stinkbeesten zijn nog erger dan de mensen.'

'Ga mee naar de koeienstal, daar weet ik wel een plekje voor je onder de voederbakken,' stelde Stommetje voor.

'Het is zo middag, dan kunnen die jankers van een herdershonden me te grazen nemen. Ik heb nu geen kracht. Ik heb dorst ... verschrikkelijke dorst ...'

'Ik zal eens kijken of de kust veilig is bij de waterbak,' miauwde de kater behulpzaam.

'Blijf jij maar liggen, ik ga wel water halen,' zei Stommetje.

Zo gezegd zo gedaan, en even later kwam hij terug met een potscherf vol water, waar hij zijn kameraad uit liet drinken.

'En jij,' richtte hij zich tot de kater, 'jij hebt mijn duifjes uit het nest geroofd.'

'Dat heeft Jendrek van de smid gedaan, Zeug heeft het gezien, die was getuige. Hij steelt alles, hij heeft ook mussen onder een ooievaarsnest vandaan geroofd en zelfs de eksters zijn niet veilig voor hem. De oude tang heeft me daarvoor zo op mijn mieter gegeven dat ik het er maar ternauwerdood levend van af heb gebracht. De dief, nou heeft hij het weer voorzien op de nachtegalennesten. Lorre was ook al tegen hem aan het krijsen.'

'Als jij de papegaai maar met rust laat!' gromde Rex dreigend.

'Ha, Jendrek van de smid! Wacht maar, stuk tuig dat je bent!' dreigde Stommetje. 'Maar nu moet ik de ganzen van het veld bijeendrijven, misschien breng ik wel iets te eten voor je mee. Wacht hier op me!' en hij floot zo doordringend op zijn vingers dat de kraaien verschrikt wegvlogen naar het park.

Ook de kater taaide af en sloop voorzichtig, langs allerlei zijpaadjes, weg in de richting van de keuken.

Daar klonk de bel voor het middagmaal. De binnenplaats van het landhuis begon zich te vullen met de stemmen van mensen en dieren, het geratel van karren en het zware gestamp van kuddes die naar de stallen werden gedreven. De putzwengels begonnen te knarsen. De varkens in hun hokken gilden van ongeduld. De zwaluwen barstten los in een luid gekwetter en vielen daarna weer stil. En vervolgens leken alle stemmen te verzengen in de zonnegloed en te verdampen in de lome stilte van de hete zomermiddag.

Rex likte zijn wonden en waakte. Hij hield zijn oren gespitst, tilde af en toe zijn kop omhoog en snoof van tijd tot tijd in het rond om het volgende moment zachtjes jankend weg te dommelen.

De zon zong haar middaghymne, de gloeiende lucht trilde van de vuurmuziek, alle stemmen in de natuur, oneindig vele, vloeiden samen tot de gouden symfonie van het licht. Alles was klank en kleur en bezat tegelijk een soort spookachtige contouren. De middagheks, met een havik op haar hoofd, gleed over het land en waar haar goudglanzende gewaad de bodem raakte, verdorde alles tot as. En waar haar ogen, gifgeel als de bloemen van bilzekruid, op vielen, daar eiste de dood haar zware tol: opeens stortte er een vogel van zijn tak, bomen kwijnden weg, insecten vielen dood op de grond en zelfs beekjes werden troebel in de broeiende hitte. Ook Rex lag amechtig te hijgen en drukte zich met zijn kop plat tegen de vochtige aarde en het koele gras. Daar gleed zij voorbij, met in haar kielzog de overal angstig opklinkende kreten van levende wezens en sombere schaduwen die als voren het zonovergoten land doorkliefden.

De hond gaf zich in zijn koortsachtige halfslaap over aan oude herinneringen. Heldere beelden uit vervlogen tijden brachten hem vergetelheid in zijn lijden. De tijden dat hij nog met iedereen op het landgoed goede maatjes was. Toen hij zich nog lui kon uitstrekken op de tapijten. Toen hij nog geliefd was en geaaid werd. Voor zijn baasje was hij bereid zijn eigen broeder, een andere hond, te doden. Of een mens in stukken te scheuren. Ook wolven ging hij niet uit de weg. Helemaal in zijn eentje kon hij een troep wilde zwijnen opjagen uit de modder. Bij het horen van zijn bulderblaf sidderde alles op de binnenplaats, in het park en op het veld. Zelfs de stieren vluchtten weg voor zijn scherpe tanden. Hoe had het dan nu zo ver kunnen komen? Hoe was het zo gekomen dat hij een miserabel hoopje ellende zonder baasje was geworden? Dat hij, veracht, verhongerd en verwaarloosd, karige etensrestjes moest stelen? Hij kon het maar niet begrijpen. Dit soort pijnigende gedachten hielden hem gevangen in hun ijzeren greep. En hij hield het niet langer uit. Plotseling schoot hij overeind, spande zijn hele lijf en barstte los in een wanhopig gejank.

Daar stond hij, reusachtig en vaalgeel als een leeuw, en ondanks zijn uitgemergelde flanken en wonden op zijn rug nog altijd even vervaarlijk en imposant. Hij liet zijn bloeddoorlopen ogen rollen, ontblootte zijn blikkerende tanden en begaf zich, zijn pijn verbijtend, brutaal in de richting van het landhuis, naar de hoge zuilengalerij. Klaar om elk gevecht aan te gaan, vastbesloten om tot zijn baasje te geraken en zijn nood bij hem te klagen. Maar alles lag er verlaten bij. De deur van het voorportaal stond wijd open en onverschrokken ging hij naar binnen. Hij weifelde een moment, snoof met zijn neusgaten de lucht op en vervolgde zijn weg door de enfilade van kamers. Hij doorliep het ene vertrek na het andere, terwijl hij overal even bleef staan om te snuffelen en rond te kijken. Gaandeweg kwam hij steeds langzamer vooruit, het was alsof de herinneringen steeds zwaarder op hem begonnen te drukken. Ontelbare vervliegende geuren brachten in hem de dagen van weleer tot leven. Bepaalde wegstervende klanken, bepaalde ontzielde ademtochten, bepaalde spookachtige schimmen van mensen doolden rond door de enorme naargeestige vertrekken. Elk meubelstuk vertelde hem een lang verhaal, waardoor hij weer voelde en wist wat hier was gebeurd. In een van de vertrekken hingen blinkende wapens aan de muren. Hij rekte zich zo ver mogelijk uit op zijn achterpoten en rook door het verschraalde buskruit en de oude harnassen heen de geur van zijn baasje. Uit de duistere krochten van zijn geheugen stegen steeds levensechtere beelden op. Hij strekte zich voor de uitgedoofde haard uit op een donzig ijsberenvel. Hij voelde de warmte van het vuur en de strelende hand van zijn baasje op zijn rug. Hij jankte zachtjes van genot en maakte een smakkend geluid met zijn tong, klaar om hem te likken. Maar er was niemand. Buiten tjilpten de vogels, dartelden de zonnestralen en ruisten de bomen. Hij glipte ijlings naar het volgende vertrek, een verlaten donkere zaal, waar vliegen zoemden achter halfgesloten luiken. Er stonden reusachtige spiegels die waren afgedekt met zwarte sluiers. Het rook er muf en naar iets wat hem deed denken aan de geuren die uit openstaande kerkdeuren naar buiten zweefden. Toen hij midden in de zaal rondsnuffelde, kromp hij plotseling angstig ineen: langs zijn neus trok een soort lijkenlucht. Wat betekende dat? Hij begon te beven en liet zijn ogen onrustig langs de muren glijden, waarvandaan grote gestalten met starre ogen op hem neerkeken. Hij maakte zich zo klein als hij kon, hun blik was zo streng dat hij verlamd was van schrik. Hij wilde ongemerkt, dicht tegen de muur geplakt, wegsluipen toen hij plotseling zijn baasje ontdekte: hij zat tussen twee ramen met een grote hondenkop op zijn schoot. Rex gromde jaloers, maar toen hij wat dichterbij was gekropen, begon hij zachtjes te janken en met zijn staart te slaan. Zijn baasje verroerde zich niet en riep hem ook niet bij zich.

Rex sprong achteruit alsof hij bang was om geslagen te worden, maar het volgende moment vlijde hij zich alweer neer voor de voeten van zijn meester. En terwijl hij hem met tranende ogen smekend aankeek, jankte hij het uit en vertelde hij hem hortend en stotend van al zijn ellende en ongeluk.

Een grijze schaduw maakte zich als het ware los van het portret, iets schimmigs zonder vaste vorm zweefde, uitvloeiend en bibberend, op hem af. Rex werd door een plotselinge angst bevangen, de haren op zijn rug gingen recht overeind staan en met klapperende tanden en woeste huilkreten van ontzetting deinsde hij terug en verstopte zich in het volgende vertrek. Daar zat hij nog lange tijd na te hijgen zonder dat hij zich durfde te verroeren, verscheurd tussen angst en het schier onbedwingbare verlangen om nog een keer naar zijn baasje te gaan kijken. Hij waagde het echter niet om een blik in de zaal te werpen en snoof alleen nog een laatste keer de lucht op die er hing. Daarna stoof hij met de staart tussen zijn poten weg naar enkele nabijgelegen kleinere vertrekken, die baadden in het zonlicht. Ook daar was niemand.

Door de open vensters klonken de melodieën van het park en het licht. Rex besnuffelde de rondslingerende stukken speelgoed en likte er hier en daar vertederd aan. En na zich aan al die geliefde geuren verzadigd te hebben, liep hij het grote, met rozen en winderanken overgroeide terras op.

Daar lag een aangename, met lichtvlekjes besprenkelde schaduw. In de hoeken, waar ouderwetse leren fauteuils stonden, heerste een heerlijke, weldadige koelte.

Voor het terras spoot flonkerend en glinsterend het water van een fontein omhoog.

'Rex! Rex!' krijste Lorre verheugd vanaf haar gouden hoepelring.

'Ik heb je gezocht!' gromde de hond, terwijl hij in een van de fauteuils ging liggen, net als vroeger. Ze waren al jaren goede vrienden. De papegaai daalde neer op de balustrade en begon hem, onophoudelijk met haar vleugels klappend, allerlei nieuwtjes toe te krijsen. Maar voordat Rex kans zag, de vogel zijn eigen verhaal te doen, kwamen de teckels met luid gekef aangerend, gevolgd door de mevrouw, het herenzoontje met zijn buksje en de hele reut.

'Rennen! Rennen!' schreeuwde de papegaai met een van angst verstikte stem.

Maar het was al te laat. Mevrouw was woedend op Rex afgestormd en riep:

'Wegwezen! Opgedonderd, jij smerig beest! Weerzinwekkend monster! Donder op!'

En op hetzelfde moment voelde hij de tanden van de teckels in zijn poten en werd hij hard en pijnlijk op zijn rug geslagen.

Dol van woede door deze vernedering en de pijn, wierp hij zich op de miserabele hondjes en schudde ze onbarmhartig door elkaar, zonder zich iets aan te trekken van het geschreeuw rondom, het water dat hij over zich heen gespoten kreeg en de regen van stokslagen.

'Rennen! Rennen! Rex! Rex!' bleef de papegaai maar krijsen.

Ten slotte schudde hij de meute belagers van zich af, vluchtte met een leeuwensprong het terras af en belandde op het gazon ervoor. Maar voordat hij zich in de bosjes in veiligheid had weten te brengen, daverde er een schot en was het of er een handvol bijtend grind tegen zijn linkerflank sloeg. Door de verschrikkelijke klap smakte hij met zijn kop tegen het gras. Met zijn laatste krachten schoot hij weg onder een paar lage sparren. Opnieuw dreunde er een schot en overal dwarrelden takjes met naalden naar beneden, die als groene tranen doodstil op hem neerdaalden.

Zonder nog langer te wachten sloop Rex door het park naar de binnenplaats, en vandaar naar de koeienstallen, om ten slotte weg te kruipen in een hondenhok, waar hij bijna gek van de pijn neerzeeg. De bewoner, de oude waakhond Loebas, stond hem genadig een plekje af. Hij rukte aan zijn ketting en begon luid te janken, als wilde hij om hulp roepen.

'Bloeddorstige wolven zijn het, geen mensen!' jammerde Stommetje, die van de eksters had gehoord wat er gebeurd was, en meteen was komen aanrennen om zijn kameraad te helpen. Hij spoelde hem af met water en hield hem een nap melk voor. 'Drink, broeder! Ik heb speciaal voor jou een koe gemolken,' zei hij met zijn raspende stem, terwijl hij voorzichtig de flanken van de hond betastte.

'De familie van mijn baasje heeft me geslagen, de familie!' jankte Rex klaaglijk, rillend van de koorts en de pijn.

De jongen omwikkelde hem met zakken, als een kindje, en waarschuwde Loebas:

'En als jij het waagt hem kwaad te doen, maak ik je ter plekke af!' Waarop hij zich terughaastte naar zijn ganzen.

De volgende dagen waren een lijdensweg, Rex zweefde lange tijd tussen leven en dood. Zijn wonden brandden, de meedogenloze zon brandde, de vliegen kwelden hem, maar het ergst van alles was het gevoel verstoten en verweesd te zijn.

Slechts de nachten brachten genade en schonken een zalige koelte en verlichting. Stommetje kwam dan aanzetten met water en eten en zat urenlang bij hem om het lot van zijn vriend en dat van hemzelf te beklagen. Want hij had gehoord dat ze Rex zochten om hem af te maken, en dat ze van plan waren om hem, Stommetje, weg te jagen van het landgoed.

'Ik spring gewoon in de vijver, en dat is het dan, wie maalt er om mij!' zei de jongen resoluut. 'Maar met jou heb ik te doen, verweesde stakker! Je moet de wijde wereld in! Maar wat ga je daar beginnen,' riep hij vertwijfeld uit.

'Als ik maar eerst weer op krachten ben,' kreunde Rex, terwijl hij Stommetje dankbaar likte.

'We zorgen ervoor dat ze hem niet krijgen!' gromde Loebas grimmig.

De kettinghond deelde niet alleen zijn slaapplaats met Rex, maar ook elk kommetje voer dat hij kreeg, en alles wat hij maar buit kon maken wanneer hij 's nachts van de ketting mocht.

Ook de andere dieren van de binnenplaats hadden gezworen zijn schuilplaats geheim te houden voor de mensen. Want Stommetje had gewaarschuwd dat hij iedereen die Rex zou verraden, ook al was het een rijhengst, de poten zou breken.

Zo kwam Rex, in alle rust zijn wonden likkend en omringd door alle goede zorgen, er weer langzaam bovenop. Zelfs die jankbeesten van een herdershonden namen hem de vroegere vechtpartijen om dat leuke windhondenteefje niet meer kwalijk en kwamen heimelijk bij hem op bezoek. Elke ochtend begroetten de kudden op weg naar de wei hem met hun geloei, en soms zag hij 's middags, als het vee terugkeerde van de drinkplaats, hoe een kop met horens zich over het hondenhok boog. De paarden hinnikten zachtjes en snoven voorzichtig de lucht in de buurt van het hok op, terwijl de dartele veulens, die de zweep nog niet kenden, hem speels bij de oren pakten met hun zachte, warme lippen. De schrikachtige schapen blaatten meelevend. En de zeugen, die op een zonnig plekje bij de koeienstal neerploften, waar ze hun melkrijke tepels voorhielden aan de biggetjes en zachtjes kreunden onder de felle stoten van de gulzige jonge snuiten, keken naar Rex met hun koude, grijze oogjes en knorden hem allerlei nieuwtjes toe. Dikwijls ook hoorde Rex door de muren van de stal hoe de ossen, al herkauwend en met hun natte muilen smakkend, klaagden over de zware arbeid, de zweepslagen en de honger, maar daarbij ook aan hem dachten.

Maar het meest begaan met hem was de ezel, die op het landgoed genadebrood at. Hij was oud en wijs als de wereld, maar evengoed een schurftig, smerig beest, eeuwig en altijd onder de modder en het stof, door iedereen geslagen, algemeen veracht, voortdurend uitgelachen en overal weggejaagd. Hij was het geliefde mikpunt van zowel de mensen als de dieren.

Ze kenden elkaar allang, sinds de tijd dat de ezel het herenzoontje op zijn rug liet rijden, terwijl Rex meeliep om op ze te passen. Toen ze met hun drieën door de velden draafden zonder dat meneer ervan wist.

Het vieze oude beest kwam elke dag een kijkje nemen. Dan stond hij daar met gebogen kop en hangende oren een tijdlang bij het hondenhok en balkte zo hartverscheurend dat Loebas zich een ongeluk schrok en mee begon te huilen en Stommetje hem met een stok wegjoeg. Maar ondanks alle mishandelingen en vernederingen kwam hij telkens weer koppig terug om zijn jammerklachten voort te zetten.

Ook het gevederde volkje maakte zich druk om Rex. Elke dag werden er naar aanleiding van zijn situatie overal op hekken lawaaierige meetings gehouden, waar het gekakel, geklok, getjilp en gekwetter niet van de lucht was. Er was zelfs een kloek die, aangemoedigd door de goedhartigheid van Loebas, samen met haar kuikenschaar haar intrek had genomen bij Rex en hem eindeloos aan zijn kop tokte over haar voorbeeldige kindertjes. Alleen de pauwen, verwaand als altijd, hielden zich op afstand en keken vol verachting toe. En de kraaien, hun natuurlijke instinct getrouw, keken vanaf de daken voorzichtigheidshalve toe wat er zich bij het hondenhok afspeelde en wachtten geduldig af.

Maar ze hadden lang wachten. Rex herstelde, alleen werd hij met de dag somberder en sloot zich steeds meer in zichzelf op. Hij werd bestormd door allerlei duistere gedachten, vreemde gevoelens en bizarre hersenspinsels. Hij begon de wereld te bekijken vanuit de diepten van zijn ellende en verweesdheid. Vroeger had hij zich er niet om bekommerd wat er buiten het landgoed gebeurde. Hij had op dezelfde manier gevoeld als zijn baasje en bijna met mensenogen naar alle schepselen om zich heen gekeken.

Die bestonden enkel om afgemaakt, opgejaagd en voor eigen vermaak gebruikt te worden. Naar gelang het de meester beliefde. Rex was van ze afgescheiden geweest door zijn welhaast menselijke levenswijze, die een peilloos diepe kloof tussen hen had gelegd. Maar nu was hij weggejaagd uit het landhuis en helemaal op de bodem beland. Steeds sterker voelde hij het onrecht dat hem was aangedaan. Het was een open wond waardoorheen een woest verlangen om zich te wreken op de mens zijn hart binnensijpelde. Op dergelijke momenten zou hij zelfs in staat zijn om met zijn tanden hun jongen, waar hij ooit zo dol op was geweest, te verscheuren en vol genot hun hete bloed op te slorpen. En tijdens die lange nachten dat hij ziek in het hok lag, en gedurende die nog langer lijkende slapeloze dagen, zon hij op middelen om hen met zijn wraak te treffen.

Hij beet zich zo vast in zijn haat dat alles wat naar mensen rook een heftige afkeer in hem wekte, maar tegelijk ook een steeds diepere angst. Want tijdens die sombere gepeinzen was hij zich bewust geworden van de macht van de mens. Die groeide in zijn verbeelding uit tot gigantische proporties. Hoe kon je je wreken op een orkaan die alles omverblaast? Hoe kon je vechten tegen onweer? Hoe je tanden zetten in bliksem? Vlagen van machteloze wanhoop sneden als messen door hem heen. Die tweepoter voerde een onbeperkte heerschappij over de wereld! Alle schepselen kreunden onder zijn wrede dictatuur. Hij beschikte over leven en dood. Hij was almachtig. Schepper en beul van alle levende wezens tegelijk!

Eindelijk was de verschrikkelijke waarheid tot hem doorgedrongen. En voortdurend werd die weer bevestigd. In de periode dat hij gekluisterd was aan zijn ligplaats in het hok, onmachtig om op te staan, was hij een gevoelige antenne geworden die alles registreerde wat er zich rondom afspeelde. Geen enkele kreet, geen enkele klacht, geen enkel onrecht ontging hem. Vooral de nachten waren vervuld van onophoudelijke jammerkreten: het gesmoorde bulken van ossen die klaagden over hun slopende arbeid, hun kapotgeranselde flanken en hun lege maag; het langdurige smartelijke gehinnik van de afgebeulde paarden en het plotseling losbarstende en aanhoudende naargeestige geloei van de koeien die huilden om hun weggeroofde kalfjes.

Uit de schaapskooien, de varkensstallen en de kippenhokken stegen keer op keer woeste kreten van pijn en doodsangst op. De besmeurde aarde kreunde, de kaalgeslagen bossen vervloekten hun lot, de met geweld in hun loop gestuite wateren kolkten. Van de velden en van de boerenerven – overal vandaan weergalmde de oeroude, onafgebroken klaagzang van onrecht, geweld en dood. De hele aarde en het hele luchtruim waren doordrongen van de wreedheid van de mens.

Op een piramide van lijken had hij zijn heerserstroon opgetrokken.

Je kon hem niet bestrijden noch aan hem ontkomen, net zo min als je aan de dood ontkomt.

Binnen in hem begon het te kolken als een woedende oceaan die machteloos tegen granietrotsen aan beukte. Op een ochtend toen hij het wanhopige gegil hoorde van mestvarkens die op slachtwagens werden geladen, gromde hij pijnlijk getroffen:

'Alweer vermoorden ze onze broeders.'

'Varkens zijn geen broeders van mij, voor mij zijn ze gewoon vlees,' blafte Loebas. 'De dieven, ze gaan ze helemaal alleen opeten.'

Rex kromp ineen alsof hij door een steen was getroffen en zweeg.

En toen even later een joodse handelaar een voor een blèrende kalfjes uit de stal naar buiten begon te dragen, gromde Loebas spijtig:

'Vannacht heb ik er eentje in het veld afgemaakt, samen met Mankepoot, maar de paardenknechten hebben hem van ons afgepakt.'

'Je heult met die rover van een wolf!'

'Iedereen die me helpt een lekker hapje te bemachtigen, is mijn broeder.'

'En als dat lekkere hapje je eigen broer was?'

‘Honger maakt blind, dan vreet je alles wat je maar in je bek kunt krijgen.’

Opeens kwam, angstwekkend balkend, de ezel aangedraafd en plofte neer in een hoop mest.

‘Het herenzoontje heeft heet water over hem uitgegooid, zodat zijn hele huid verbrand is.’

De ezel rolde krimpend van de pijn en afgrijselijk kermend door de stront. Daar stormde een bende jongetjes met het herenzoontje aan het hoofd op hem af. Wat hadden ze een pret! Ze bekogelden hem met stenen en sloegen hem met zwepen. Overal was het geschreeuw te horen, totdat de rentmeester met een stok in zijn hand kwam aangerend. Hij joeg de jongetjes uiteen en schopte de ezel overeind.

Alle voorzichtigheid uit het oog verliezend kwam Rex tevoorschijn uit zijn hok en begon dreigend te grommen.

‘Rex!’ riep het herenzoontje. ‘Dus mama heeft je niet geraakt. Hij heeft mijn teckels doodgebeten,’ en hij begon te huilen.

‘Daar ben je dus, schooier! Wat je de jonge meneer hebt aangedaan zet ik je betaald!’ brulde de rentmeester en hij ging Rex met zijn stok te lijf. De hond jankte onder de slagen en in een plotselinge vlaag van woede stortte hij zich op de man, greep hem met zijn tanden bij de borst en begon hem zo woest heen en weer te schudden dat hij een stuk van zijn kleren samen met een stuk huid losscheurde, waarna ze beiden op de grond belandden.

De rentmeester viel bewusteloos in de mest en het herenzoontje zette het krijsend op een lopen.

De hond schoot terug het hok in, verborg zich in het donkerste hoekje en kroop weg in het stro.

‘Ze sleuren je het hok uit en maken je af. Je moet vluchten,’ jankte Loebas, aan zijn ketting rukkend.

Er zat niets anders op. Rex sloop naar de lege koeienstal, waar hij onder de voederbakken een gat in de muur wist, dat uitkwam in de boomgaard. Daar verstopte hij zich in de dichte frambozenstruiken, nauwelijks beseffend hoe alles zover had kunnen komen. Hij hoorde hoe de mensen de rentmeester te hulp snelden. En toen het gehuil van de onschuldig afgeranselde Loebas zijn oren bereikte, besloot hij de velden in te vluchten. Maar de boomgaard was omheind met een dichte haag en een hoog gaaswerk, terwijl de enige poort gesloten was. Daar was de tuinknecht in de weer. Die twee hadden nog een paar oude rekeningen te vereffenen. Rex kroop nog dieper weg in het bijna ondoordringbare struweel van frambozenstruiken en wachtte op een kans om te ontsnappen. Hij rilde van angst, hij kon geen oog dichtdoen, de nog niet geheelde wonden brandden op zijn huid en hij werd mateloos geïrriteerd door het gezoem van de bijen en het kijverige gekwetter van de mussen die in zwermen neerstreken op de zoete, rijpe vruchten.

'Dien je heer trouw – en je wordt afgedankt!' hoorde Rex de stem van de tuinknecht boven zich. Hij begon klaaglijk te janken en kroop tegen de voeten van de man aan.

'Wees maar niet bang! Hoe heeft het zover met je kunnen komen? Ze zitten je achterna als een dolle hond! Maar je hebt wel mooi mijn oude broek kapotgescheurd, weet je nog die keer? Terwijl ik alleen even een kijkje wou nemen bij de papegaai!' Hij hurkte neer bij de hond en begon hem liefdevol te aaien. Rex vlijde vol vertrouwen zijn kop tegen hem aan. 'Zie je nu, dommertje, hoe je wordt beloond voor je trouwe dienst. Meneer is niet meer, en je kunt ophoepelen. Jij hebt altijd tegen mij gegromd, je liet me niet eens het huis binnengaan! Maar wie heeft jou een keer een duif gegeven? En wie heeft jou jonge kraaien toegeworpen bij het sparrenbosje?' Na deze woorden opende hij de poort. 'Pas maar op dat mevrouw je niet te pakken krijgt!'

Rex rende het veld in en ging op zoek naar zijn vriend Stommetje. Die was de ganzen aan het hoeden op de wei bij het bos. Hij zat met zijn voeten in een beek en speelde op zijn herdersfluit. De troep witte kuifganzen scharrelde rond op de oever van de beek, die vol zat met bleekgele grondels en voorns. De wilgen zorgden voor een aangename luwte, het bos murmelde, de vogels zongen en de zon gaf zoveel warmte dat alles erdoor in slaap werd gestreeld.

Stommetje was al van alles op de hoogte. De eksters hadden het hem verteld.

'En wat nu?' vroeg hij bezorgd en vol medeleven. 'Word eerst maar weer snel beter!'

'Ik sterk al aan! Heb ik de rentmeester soms niet omvergegooid?'

'Die maakte iedereen het leven zuur. Ze hebben hem naar huis moeten dragen, hij kon niet meer op zijn benen staan.'

'Dit was nog maar het begin ...,' gromde Rex vol haat.

‘In het moeras staat een hut, meneer schoot daar vroeger op korhoenders, daar kun je je verstoppen! En de rentmeester komt er niet, want er zijn diepe plassen en het houtpad ernaartoe is verrot …’

‘Maar een vliegen dat daar zijn, om gek van te worden. Ik heb daar samen met meneer op jonge eenden gejaagd.’

‘En de oude kolenbrandershut in het bos? Daar weet niemand van, alleen heb je daar vaak Mankepoot en zijn bende die er zich schuilhouden …’

‘Ha, Mankepoot! Die heb ik mooi beet gehad in zijn scheenbeen toen hij een keer mijn baasje wilde aanvliegen … Daar ben ik niet bang voor. Maar aan de wolvin en haar gebroed heb ik een zwaardere dobber …’

‘Hou je dan liever schuil in het moeras, je hebt geen keus. Er zitten zoveel watervogels dat je je gemakkelijk in leven kunt houden. En in het klaverveld heb ik jonge haasjes gezien …’

‘Of misschien kan ik ergens een nieuw baasje gaan zoeken om voor hem te werken?’ opperde Rex ineens.

‘Het is nu hongerperiode in de dorpen, je krijgt nog niet eens een rotte aardappel naar je kop gegooid. Ze schoppen je weg of leveren je uit aan de hondenmepper! De Duitse kolonisten, die zouden je wel nemen, die hebben verstand van rashonden. Maar later zullen ze proberen je te verkopen aan mensen uit de stad en als je dan niet deugt als handelswaar, gaan ze je vetmesten en opvreten. Daar heb ik verhalen over horen vertellen op het landgoed. Varkens zijn het, het maakt ze niet uit wat ze eten. Maar het ergste is dat de rentmeester zich op je wil wreken en ook mevrouw zal het er niet bij laten zitten. Ze gaan jacht op je maken …’

‘Ze doen maar!..’ gromde Rex gelaten, waarna hij zich uitstrekte op de oever en in slaap viel.

Stommetje deed al zijn kleren uit en ging in de beek op zoek naar kreeften.

‘Ik breng een hele zooi naar de huishoudster, dan krijgt ze weer een goed humeur,’ overlegde hij bij zichzelf, terwijl hij met zijn handen rondtastte tussen het natte wortelgestel van de elzen, in de diepe kuilen langs de oever en onder de stenen op de bodem van het beekje. Hij ving er heel wat met zijn behendige vingers, terwijl hij ondertussen nauwlettend de kraaien in de gaten hield die uit het bos kwamen aangevlogen en stilletjes neerstreken op de oever, zogenaamd om te drinken maar stiekem steeds dichter opschuivend in de richting van de ganzenkuikens, die op de drassige oever rondscharrelden.

‘Hela, ga maar ergens anders een lekker hapje zoeken!’

En de vogels kregen een hartige verwensing en een kluit modder naar hun kop geslingerd, zodat ze onverrichterzake wegvlogen en hun jachtterrein verlegden naar de korenvelden, waar ze laag overheen scheerden op zoek naar nesten. Het duurde niet lang of de zon ging onder en er stak een koel briesje op. Stommetje begon de ganzen bijeen te drijven.

‘Rex, onder die wilg is mijn buitenverblijf,’ zei hij, wijzend op een oude, wijdvertakte boom aan het water. De wortels staken uit als gekromde vingers die de boom omhoog leken te duwen. In het midden bevond zich een gat dat was afgedekt met kalmoesstengels. ‘Een veilig onderkomen voor de nacht,’ voegde Stommetje eraan toe en hij begaf zich naar het landhuis.

De hond bleef alleen achter, niet wetend wat te beginnen. Maar uiteindelijk bleek de macht der gewoonte te sterk en liep hij recht in de richting van de weg die naar het landhuis leidde. Als om hem te waarschuwen reed op dat moment net een kales met een span schimmels voorbij: het was de mevrouw die met haar dochters een ritje maakte; het herenzoontje zat op de bok en joeg met zijn zweep de paarden op. Rex keek het rijtuig na met van haat doortrokken ogen en blikkerende tanden. Daarna sloop hij, met een boog om het park heen, door de velden naar de binnenplaats en verstopte zich in een scheefgezakte hooiberg. Hij voelde zich een verstotene die voor de dichte poort van het paradijs zat. Hij werd verteerd door heimwee en steeds weer moest hij zich inhouden om niet op te springen en de binnenplaats op te rennen. Maar tegelijk werd zijn keel door angst dichtgesnoerd, zodat hij, door tegenstrijdige gevoelens verscheurd, roerloos bleef liggen waar hij was.

De zon ging al onder. De wereld vervloeide in goud en purper. Een overweldigende stilte daalde neer. De kudden keerden terug van de weiden en werden na gedane arbeid samengedreven naar de stallen. Over de brede landweg hing een langgerekte wolk goudkleurig stof, waaruit het klaaglijke geloei van koeien, het doffe gekreun van uitgeputte ossen, het gehinnik van paarden, het geknal van zwepen, het droge neerkomen van stokslagen en een hevig gevloek opklonken. Met luid gegil kwam, alles en iedereen opzij duwend, een toom varkens voorbijgerend. De grond dreunde onder de hoeven van voortdravende veulens. Trage boerenkarren trokken ratelend voorbij over de keien. Daarachter dromden kuddes elkaar verdringende en onnozel blatende schapen, opgejaagd door de herdershonden. Ten slotte kwamen de vaarzen met dartele sprongen aangehuppeld, waarbij ze steeds van de weg af raakten en in het koren belandden, wat hun op de zweepslagen van de herders kwam te staan.

Eindelijk was alles voorbijgerold. De schemering strooide nog een laatste nasmeulende gloed uit over de wereld, op de binnenplaats werd het allengs stiller, de mensen gingen ieder hun weegs. In de boerenhutten vlamden lichtjes op, de van de ketting bevrijde honden dolden in het rond van blijdschap. Toen kon ook Rex zich niet langer inhouden en waagde hij zich op de binnenplaats. Hij liep langs de koeienstallen, waar hij de geur van pas gemolken melk opsnoof, daarna langs de paarden- en ossenstallen, hij liep met een wijde boog om de varkenshokken heen en ten slotte schoot hij de bosjes tegenover de keuken in. Daarvandaan zweefden hem zulke heerlijke geuren tegemoet dat zijn maag begon te jeuken van de honger. Stommetje zat op de drempel met een bak eten tussen zijn knieën, omringd door een hele horde kettinghonden. De stem van de huishoudster snerpte van tijd tot tijd door de kier van de deur.

Opeens knarste het grind van de oprijlaan en klonk het gesnuif van paarden.

'De mevrouw! Wegwezen!' dacht Rex en hij vluchtte in de richting van het kippenhok waar hij een opening in de haag wist die uitkwam in het park. Onderweg botste hij op tegen Reintje, die net in het geniep een gang naar de legkippen aan het graven was. De vos rende ervandoor, terwijl hij met een kort gekef de andere nachtelijke roofdieren waarschuwde. En ja, daar flitsten al de witte buikjes van de wezels, die schielijk hun toevlucht zochten in de bomen, voorbij. Een bunzing schoot als een schicht over de balken van het houtschuurtje en een marter met een kuiken in zijn bek vluchtte met een drieste sprong het dak op. De uilen riepen spookachtig en ten slotte brak er zo'n tumult uit dat plotseling de zwarte kater met bittere verwijten op Rex afsprong.

'Jij hebt mijn jacht verstoord, vannacht laat geen beest zich meer vangen ...'

Rex gromde dreigend en zijn ogen schoten vuur, maar het volgende moment maakte hij zich klein onder de afhangende takken van een paar sparren, want het landhuis was inmiddels hel verlicht en door de openstaande terrasdeuren stroomde een bundel licht naar buiten waarin, glinsterend, het opspuitende water van de fontein te zien was.

Daarna werden de ramen weer donker, maar even later begon het park eens zo luid te daveren van het gezang der nachtegalen, die losbarstten in hun hartstochtelijke trillers. Rex schoot als een schim het terras op. Er rinkelde een kettinkje en daar streek de papegaai fladderend naast Rex neer. Hun opgewonden, gesmoorde gefluister zonk weg in de hunkerende vogelzang en muziek van de nacht. Rex klaagde over zijn uitzichtloze situatie en nam voor altijd afscheid van de papegaai. Een zwervend bestaan wachtte hem, een gewisse ondergang in een vreemde en vijandige wereld. Hij jankte klaaglijk, hij werd verscheurd door pijn, angst en wanhoop. De papegaai huilde met hem mee en waaide de brandend ontstoken ogen van de hond koelte toe met haar vleugels. Bewogen door het treurige lot van de hond moest ze plotseling terugdenken aan haar eigen verre vaderland. Heen en weer schommelend op de balustrade en af en toe haar grijs-roze vleugels uitklappend, barstte ze met een verstikte krijsstem los in een onsamenhangende en smachtende litanie van koortsige visioenen:

'O vaderland van mij! Groene oerwouden, eindeloze, grenzeloze. Slingers van bloemen van boom naar boom. Harde kokosnoten en zoete mango's! Glinsterende toppen van palmen wuivend in de wind. En het saffierblauwe uitspansel van de verre zee!

Vaderland van mij! Zalige dagen van zang, vreugde en vrolijkheid!

O witte, verblindend gloeiende middagen, sidderend onder de overvloed aan zon en heerlijk verlomend!

O avondschemeringen met de bloedrode zonsondergangen, wanneer de oerwouden angstig hun adem inhouden.

O nachten, doortrokken van slangengesis, doodskreten en triomfgebrul!

Rio Negro! Wat glinsteren jouw geurige wateren in het rozige ochtendlicht!

De enorme stralende zon rijst op vanuit de diepten. En een juichkreet van geluk barst los, de aarde begint te geuren, de hele schepping heft een lied aan. Gelach in het ondoordringbare groen, geren en gestoei op de takken, geluk en blijdschap alom! Je vleugels dragen je als vanzelf naar de hoogste toppen van de palmen, naar het hemelblauw, naar de zon! Harder dan de wind proberen te vliegen, je vleugels uitslaan, baden in het licht en de lucht, krijsen van genot en vliegen, vliegen, vliegen!

Aan doorzichtige wateren, waar in het slijk een zwarte veelvraat op de loer ligt, wiegen bamboestengels met hun groen gevederd blad. Zonnestralen tinkelen op de bladeren en sijpelen als goudkleurig zand op het water. Op de plekken met eeuwige schaduw is een wemeling van leven. Tijdens stille zonsondergangen weerklinkt er een vreselijk gebrul en kermt een gazelle die aan stukken wordt gereten.

O, verloren vaderland! O, paradijs waarheen ik terugverlang! O, vrijheid!'

De papegaai zweeg en stopte haar kop weg onder haar vleugels, als wilde ze haar wanhoop dempen.

De nacht duurde voort, de nachtegalen zongen, de oehoe riep zijn naam en uit de bomen klonk het klaaglijke gekrijs van de pauwen.

'Ongelukkige die ik ben!' begon ze opnieuw. 'Daar zie ik opeens een berg midden over de rivier aandrijven, met dode boomstammen erbovenop. Ik strijk er even op neer en word gegrepen door een paar vreselijke zwarte klauwen! En sindsdien rijgen mijn jaren van schande en gevangenschap zich aaneen in een eindeloze rij! Een rij zonder einde!'

Ze moest onbedaarlijk huilen. Ze klapperde met haar vleugels, rukte aan de ketting en krijste wanhopig.

'Laat me gaan! Verbreek mijn ketenen! Geef me de vrijheid! Breek mijn boeien! Breek ze in stukken!'

Rex stortte zich op haar hoepelring, zodat deze kletterend naar beneden viel, en begon als een razende aan haar kettinkje te trekken. Hij zette er zijn tanden in, greep het beet met zijn klauwen, sloeg ermee tegen de grond, maar het haalde allemaal niets uit.

De papegaai leek wel helemaal gek geworden: nu eens barstte ze in lachen uit, dan weer in huilen en het volgende moment begon ze te tieren en te schelden. Ten slotte werd het hele huis wakker. Daar rende al iemand met een lichtje door de vertrekken, daar kwam al iemand uit de keuken aangerend – en daar stortte de hond van de nachtwaker zich woedend op Rex. Met één machtige klap van zijn klauwen wierp Rex hem van zich af, zodat het beest met de staart tussen de poten jankend wegvluchtte. En terwijl hij de mensen met zijn blikkerende tanden op afstand hield, trok Rex zich langzaam terug, dieper het park in, tot hij tenslotte uitkwam bij het Chinese prieel dat aan de rand van het park op een heuveltje stond. Hij besloot er de rest van de nacht door te brengen. Maar toch sloop hij nog een paar keer terug in de richting van het landhuis, waar het uitzinnige gekrijs van zijn vriendin, die opvloog tegen de tralies van haar kooi, te horen was.

De hele nacht door spookte alles wat zij uitgekrijst had, in zijn halfslaap door hem heen. Een soort heimwee naar die verre streken, vrij van de tirannie der mensen, voerde hem weg van zijn eigen ellende. Zachtjes grommend en met zijn staart kwispelend liet hij zich meevoeren naar de plek waar de aan stukken gereten gazelle haar doodskreet liet horen.

De donkere, warme, stille nacht lag als een stolp over de aarde. In de diepten van het firmament ontvonkten de sterren. De bomen verstilden in doodse roerloosheid. De weilanden achter het park werden toegedekt met donzige witte nevelen alsof er een wollige schapenvacht over uitgespreid lag. Het bedwelmende liefdesgezang van de nachtegalen zinderde door de nacht. De geuren van de linden zweefden vol onuitsprekelijk zoet genot aan in het duister. Nu eens kwam van de korenvelden een zware geur aangewaaid, alsof er een wierookvat heen en weer werd geschud, dan weer trok er een benevelende harslucht uit de bossen voorbij. De aarde verzonk in een ademloze rust, de ochtend was nog ver weg. Alleen Rex, die het masker van de nacht niet vertrouwde, lag met zijn kop tegen de grond gedrukt half te dommelen, half te waken, klaar om als het moest meteen weer op te springen en voor zijn leven te vechten. Hoewel hij verpletterd werd door zijn eigen ongeluk, hield hij toch nauwgezet in de gaten wat er om hem heen gebeurde.

Daar scheurde zich uit de jungle van de roggevelden de ijzingwekkende jammerschreeuw los van een haas die werd verslonden.

Vossen glipten behoedzaam voorbij en even later klonk ergens uit het koren het wanhopige gekerm van een patrijs. Een van haar nest gejaagde fazantenhen krijste luid. Wezels kropen langs boomstammen geruisloos af op slapende vogels. Uilen onderbraken plotseling hun liefdeszang, waarna er donsveertjes naar beneden dwarrelden, als met bloed besprenkelde bloesems. Ergens klonk geplas van water en een angstig gesnater van wilde eenden: daar eisten de otters hun gebruikelijke tol. Een slang gleed kronkelend af op muizenholletjes. Van de verre weidegronden was het gehinnik van verschrikte merries te horen. Dat moest Mankepoot zijn die de omgeving afschuimde. Op de binnenplaats maakten de ganzen een vreselijk kabaal om te waarschuwen voor een of andere rover. De honden blaften woedend tegen iets onbekends. De ooievaars begonnen dreigend te klepperen en bij wijze van antwoord weergalmde het getrompetter van verre kraanvogels en klonk hun het klaaglijke geroep van kieviten tegemoet. Haviken wachtten in de toppen van de bomen geduldig op het aanbreken van de dageraad.

En zo voltrok zich onophoudelijk en bijna overal de meedogenloze strijd om het bestaan. Triomfgehuil, gekerm van slachtoffers, doodsgereutel van creperenden, gevechten op leven en dood, gekraak van botten die verbrijzeld werden, de geur van bloed, onderdrukt gekreun – dit alles vloeide samen tot één tegenmelodie binnen de grootse betoverende en bedwelmende symfonie van de zomernacht. En ver daarboven spreidden zich de in hun wezen ondoorgrondelijke bomen uit. Met hun kruinen koesterden ze zich in de koude flonkeringen van de sterren, met hun wortels onttrokken ze uit de diepten hun zichtbare gestalte, gelijkend op uitwaaierende fonteinen die in de lucht tot stilstand waren gekomen. Ze stonden daar maar, verheven boven het geraas van de wereld, onbewogen en angstwekkend in hun eeuwige zwijgen ...

Bij het ochtendgloren, toen de nachtelijke gevechten een einde namen en zich een nieuw slagveld aandiende, toen de haviken zich als schichten stortten op de vogels die naar de drassige oevers trokken, schrok Rex plotseling wakker en verborg zich in het struikgewas. De kalkoenen waren luidruchtig aan het bekvechten op de binnenplaats en de stemmen van de dienstmeiden klaterden op. Ineens kreeg hij zo'n vreselijke hongerkramp dat hij, alle voorzichtigheid uit het oog verliezend, sluw als een vos in de richting van de kippenhokken sloop, de eerste de beste kalkoense hen in zijn bek nam en daarmee het koren in glipte. Woedende uitroepen, stenen en verwensingen vlogen hem na. Na zich verzadigd te hebben aan het warme lillende vlees, liet hij de restjes achter voor de kraaien en maakte dat hij wegkwam. Hij zocht zijn heenkomen in de jachthut bij het moeras.

Daar werd hij tegen de middag aangetroffen door Stommetje, die hem een kluif en slecht nieuws kwam brengen.

'Je bent verloren, mevrouw heeft een beloning uitgeloofd aan degene die jou doodslaat.'

'Als ze maar niet denken dat ik gras ga eten,' gromde Rex, terwijl hij verlekkerd zijn bebloede snorharen aflikte.

'Ze gaan allemaal achter je aan. Ik heb de rentmeester horen dreigen dat hij je zal krijgen.'

'Ha, ik weet waar zijn ganzen grazen ... De jongen hebben al veren ... Dat wordt smullen ...'

'Ze heeft hem een jachtgeweer gegeven. Ze willen klemmen zetten, ze kunnen ook giftig aas neerleggen of een drijfjacht houden. En de kettinghonden kun je niet vertrouwen. Om een wit voetje bij hun meesters te halen zullen ze jou onmiddellijk verraden. Het windhondenteefje zoekt je ... Loebas heeft haar lastiggevallen, ze heeft hem gebeten en nu blaft ze om jou.'

'Loebas ...,' gromde hij dreigend. 'Ik heb nu geen oren naar dat teefje, ik moet mijn eigen hachje zien te redden ...'

'Je redt het niet, alleen tegen de hele wereld, arme stakker!' zuchtte Stommetje vol medelijden.

'Ik laat me niet zomaar te grazen nemen ... ik leer ze een lesje dat ze nog lang zal heugen ...,' gromde Rex. 'Eerst hebben ze me weggejaagd, toen begonnen ze op me te schieten en me uit te hongeren en nu willen ze me doodslaan. Wat heb ik toch misdaan?' en hij begon klaaglijk te janken.

'En Larsje heeft om de rentmeester te pesten de hengst een homp brood met een stuk ijzerdraad erin te eten gegeven.'

'Waar hebben ze hem begraven?'

'Hij leeft nog, maar hij gaat ontzettend te keer en hij heeft zulke stuiptrekkingen en trapt zo woest met zijn benen in het rond dat het gewoon verschrikkelijk is.'

'Het rijpaard van mijn meester! Een goede kameraad! Ik heb heel wat keren bij hem onder de krib geslapen.'

‘En de oude grijze merrie, die bij ons genadebrood at, is de wijde wereld ingetrokken om te bedelen om voedsel …’

‘Weggelopen … in haar eentje … de wijde wereld in,’ zei Rex peinzend, zich afvragend hoe dat mogelijk was.

‘De tuinknecht gebruikte haar om water te vervoeren en heeft haar zo afgebeuld dat ze ervandoor is gegaan.’

‘Waar moet ze heen … De wolven kunnen haar verslinden.’

‘De tuinknecht had haar vannacht in de boomgaard achtergelaten en toen hij haar vanmorgen losmaakte en voor een waterton wilde spannen, heeft ze hem met haar hoeven een oplawaai verkocht en weg was ze, de velden in. Ze konden hem maar met moeite weer bij zijn positieven brengen.’

‘Zijn verdiende loon. Maar als de oude merrie met Mankepoot te maken krijgt, gaat ze eraan …’

‘Wat ik je ook nog wilde zeggen: als jij geen kalkoentje van de mevrouw had gepakt, hadden ze je misschien nog gespaard … Maar mijn ganzen laat je beter met rust, vandaag hebben de kraaien toch al drie kuikens bij me weggeroofd! Ik heb de rotzakken beloofd dat ik voor straf al hun nesten in het park uit de bomen ga gooien.’

‘De stinkbeesten,’ gromde Rex verachtelijk. ‘Ik pak normaal geen levende prooi, zelfs geen kippetje, maar als ze tegen mij gaan samenspannen, dan hou ik me daar niet meer aan. Dan is het oorlog!’

En inderdaad brak er vanaf die dag een heuse oorlog uit. Alle bewoners van het landgoed keerden zich onder aanvoering van de rentmeester, die gezworen had Rex te zullen doden, tegen de ongelukkige verschoppeling. Er werd een meedogenloze aanval ingezet, de hele omgeving werd gemobiliseerd. Dag en nacht werd er jacht op hem gemaakt, overal gingen ze hem met stokken te lijf, schoten ze op hem, bekogelden hem met stenen en hitsten honden tegen hem op. Hij hoefde zich overdag maar even in de buurt van het landhuis te vertonen of van alle kanten vlogen de stenen op hem af en stormden jongetjes met lange knuppels uit hun schuilplaatsen tevoorschijn. Zelfs oude mannetjes die zich voor de knechtenhuizen in de zon zaten te koesteren, probeerden hem op allerlei slinkse manieren naderbij te lokken, want iedereen droomde van de beloning die er op zijn kop stond.

Aanvankelijk was Rex in paniek door al die plotselinge aanvallen uit schuilhoeken, al die gevaren die op de loer lagen en al die kreten, schoten en klopjachten. Hij raakte zijn bezinning kwijt en rende als een dolle door de velden, vol bittere gedachten over de laagheid van de mens. En hij zou misschien ten onder zijn gegaan als Stommetje hem niet de goede raad had gegeven:

'Zorg dat je ze een paar dagen niet onder ogen komt, verstop je in de jachthut, ik zal je niet in de steek laten.'

2

Rex deed wat Stommetje hem had aangeraden. Zich met moeite een weg banend door de moerassen keerde hij terug naar de jachthut. Een paar dagen lang lag hij daar in volstrekte eenzaamheid honger te lijden. Hij slobberde alleen af en toe met koortsachtige tong wat water naar binnen. Hij had geen fut om jacht te maken op de eenden waarvan het rond de hut krioelde. Gedurende die lange dagen werd hij geheel in beslag genomen door sombere gepeinzen. En omdat ook zijn wonden nog niet geheeld waren en hij geen kracht en, erger nog, geen levenslust meer in zich voelde, beschouwde hij zich als verloren en wachtte gelaten het naderende einde af.

Op een ochtend vond het windhondenteefje hem daar. Ze was blijkbaar het spoor van Stommetje gevolgd. Ze ging gedwee voor de hut liggen en maakte zachte jankgeluidjes. Opvliegend als Rex van nature was, sprong hij woedend op de indringster af en begon haar woest door elkaar te schudden. Het scheelde niet veel of hij had haar in een diepe moeraspoel gegooid. Maar ondanks de pijn gaf ze geen kik en bleef ze in de buurt van de hut liggen, zonder een oog van hem af te laten, bereid om alle grauwen en snauwen van hem in ontvangst te nemen. Rex wendde zich vol minachting van haar af. Ze was een prachtig dier, melkwit met een goudbruine kop en oren en met grote blauwe ogen. Daarbij was ze slank en lenig als een slang, gracieus in haar bewegingen, met een glanzend reine vacht en scherpe zintuigen. Ze had zo'n goede neus dat ze alles al van verre rook.

Toen hij 's middags in zijn slaap kreunde van de honger, bracht ze hem een vette woerd. Rex at de vogel tot het laatste botje op. Alles wat ze voor hem ving, aanvaardde hij als een hem vanzelfsprekend toekomend tribuut. Het kwam niet in hem op, de buit met haar te delen. Maar na een paar dagen, toen hij voelde hoe de levenssappen weer door hem heen begonnen te stromen en zijn krachten terugkeerden, bekeek hij haar adorerende ogen en liefdevolle toenaderingspogingen niet zonder een zeker welgevallen. Ze straalde als de lentedageraad, dolde in het rond en was smoorverliefd op Rex. Om hem had ze alles achtergelaten, huis en haard, de altijd goed gevulde etensbakken, de heerlijke zwerftochten met haar baasje door de velden en de momenten van zoete huivering als ze een haas had opgespoord en strak bleef staan, in afwachting van de dreunende knal die haar hele lijf deed sidderen. Alles had ze opgeofferd voor die vogelvrij verklaarde bandiet en dakloze zwerver. Ze werd betoverd door zijn leeuwachtige gestalte, zijn machtige stalen kaken en het ontzag dat hij iedereen inboezemde. Wat waren de andere honden op de binnenplaats vergeleken bij deze ware heerser? Zielige huilertjes! Daarom dartelde ze in liefdesvervoering met tedere jankgeluidjes om hem heen. Ze legde haar poten op zijn nek, likte zijn ogen af, drukte zich genotvol tegen hem aan en wachtte rillend van opwinding op een fonkeling in zijn kastanjebruine ogen. Ten slotte zwichtte hij ... En ze zongen het onsterfelijke lied van de liefde. Alles vergaten ze. Voor hen bestond er niets anders meer dan liefkozingen, zalig mingenot en de verlokkingen van lustbevrediging. Het waren wonderschone dagen, vol gloed en schittering. De zon straalde van opgang tot ondergang warmte en vreugde uit. De hemel spreidde zijn smetteloze blauw over de wereld. De nachten keken met miljarden flonkerende sterren toe. Bijna onophoudelijk klonk het melodieuze kwaken van kikkerkoren. Het broeierige moeras geurde bedwelmend. De vogels waren geen moment stil. De heilige hymne van het leven, door duizenden stemmen gezongen, golfde af en aan met ongehoorde kracht en tover.

Van het onooglijkste grasspriet je, van wezentjes waarvan we amper weet hebben, tot de onmetelijke wouden, de witte wolken aan de horizon, de stralende zon – alles zong dat ene onsterfelijke lied van eindeloze verandering en onvergankelijk voortbestaan. En zij voelden zich binnen dit tijdloze lied een tweeklank, zo machtig en innig versmolten, dat het hun toescheen of zij helemaal alleen waren in het universum en aan de oorsprong stonden van een eindeloze rij toekomstige geslachten. En ze werden schier één in hun verlangen en gevoel. Samen gingen ze op jacht in de moerassen, samen spoorden ze wild op en samen doodden ze. Elke prooi werd bemachtigd in een gelukzalige overwinningsroes. Het sluipend najagen van een spoor, het urenlang afwachten in een hinderlaag, het spannen van de spieren voor de sprong, het zich storten op de prooi, het vechten, het achtervolgen en het uiteindelijke triomferen – alles ging gepaard met een huivering van ongekende wellust. Dronken van het bloed en zwelgend in het vlees, het doodsgerochel van prooien die aan stukken werden gescheurd en het gevoel van eigen superioriteit, sliepen ze in op het bloedovergoten slagveld. En later doodden ze, gegrepen door een razernij die ze hadden opgedaan in de omgang met mensen, niet meer uit noodzaak, maar voor hun eigen plezier, louter en alleen om hun dodelijke trefzekerheid, feilloze reukzin en onoverwinnelijke kracht te bewijzen. Uit de moerassen begon reeds een jammerklacht op te stijgen, die tot ver in de omtrek reikte, helemaal tot aan de reusachtige rivier en de zich zwart aftekenende wouden aan de einder. Geweeklaag ruiste door het riet, de biezen en de dwergelzen die op de drassige bodem groeiden. Steeds vaker weerklonk het gekrijs van wanhopige moeders van wie het nest was geplunderd. Tot nu toe had deze hele wereld immers een ongestoord leven geleid, afgeschermd door bodemloze poelen, verraderlijk slijk en onbegaanbare, met schimmel en kroos overdekte moerassen. Zelfs de mens kon daar 's winters niet doordringen tot de diepst verborgen plekken, alleen de vossen wisten af en toe over het dunne, breekbare laagje ijs de rand te bereiken van een open plas waar grote groepen eenden vrolijk rondploeterden. Zo leefden alle schepselen Gods daar onbekommerd in de wildernis, in het genot van hun natuurlijke rechten, die nooit door iemand werden geschonden.

Maar nu, met de komst van die twee zwerfhonden, die in het wilde weg dood en verderf om zich heen begonnen te zaaien, sloop er onrust in de harten van de moerasbewoners. Alles wat het tweetal deed, werd inmiddels met ingehouden adem gevolgd. Zelf hadden de honden er geen idee van dat er uit elke modderpoel, uit elke struik en uit elke rietkraag spiedende ogen op hen gericht waren en dat het nieuws over hun misdaden zich op de vleugels van de wind tot in de verste uithoeken van het moeras had verspreid. En ook de wachters in de lucht hielden een oogje in het zeil. De kieviten, die van alle vogels de meeste eieren verloren hadden aan de slorpende tongen van de honden, cirkelden onophoudelijk rond en begeleidden elke beweging van de twee met waarschuwend gekrijs. Ook de sternen scheerden met korte agressieve kreten over hen heen. Zelfs de kraanvogels zweefden laag voorbij om de gemeenschappelijke vijand in het oog te houden, want niemand in dat vogelparadijs voelde zich nog veilig op zijn nest. De windhond wist met haar duivels scherpe neus het allerkleinste verscholen diertje op te sporen, terwijl Rex haar hielp op haar rooftocht, zonder zich iets aan te trekken van de wilde ganzen die met hun snavels fel van zich afbeten en hem met hun vleugels om de oren sloegen. Alleen de kraanvogels en ooievaars boezemden hem ontzag in met hun formidabele snavels. Maar zij vielen het stel niet aan, hoewel de windhond meer dan eens in jachthouding vlak voor hen stil was blijven staan. Het liefdespaar beviel dit leventje vol opwinding en heerlijk avontuur zo goed dat ze bijna niet meer dachten aan de mensen en die andere wereld die ze hadden achtergelaten …

Maar soms, als het nacht was en de windhond teder tegen hem aangedrukt lag te slapen, ontwaakten in Rex bepaalde gevoelens van heimwee naar het landgoed en naar Stommetje, die zich al een tijd niet meer had laten zien. Naarmate de dagen verstreken, begon het gezelschap van zijn vrouwtje hem zwaarder te vallen en voelde hij zich almaar meer afgestoten door de wreedheid waarmee zij haar slachtoffers pijnigde. Hij was zat van al dat vlees en bloed en van al die liefde, van heel dat heerlijke wilde leventje. Vreemd genoeg begon hij steeds meer op te zien tegen de dag van morgen. Van tijd tot tijd bespeurde hij in de omgeving een soort onraad. Op een keer, toen er een vleugje kruitdamp langs zijn neus trok, begon hij te rillen van angst. En op een nacht hoorde hij duidelijk hoe er in de verte schoten klonken. Soms ook donderde binnen in hem zo dreigend de stem van de mevrouw dat hij opsprong van zijn leger. Zonder zijn vrouwtje iets te laten merken van zijn innerlijke onrust, glipte hij af en toe stiekem weg naar de rand van het moeras en probeerde dan met groeiende heimwee de geluiden op te vangen die door de wind van het landgoed werden aangevoerd. Maar tegelijk werden de herinneringen aan het onrecht dat hem was aangedaan, weer wakker en werd hij verteerd door zulke heftige wraakgevoelens dat hij met zijn klauwen de grond openkrabde en het uitjankte van machteloze woede. Als hij dan terugkeerde van dit soort heimelijke uitstapjes, voelde hij weer meer genegenheid voor de windhond en was hij des te meedogenlozer voor alles wat hij in zijn poten kreeg.

Op een keer, tijdens een maanlichte en met weergaloze vogelzang gevulde nacht, werd hij wakker van het angstige gegak van ganzeriken, gevolgd door een plotseling invallende, doodse stilte. Zijn vrouwtje was niet bij hem in de hut, maar lag buiten. Ze sloeg zenuwachtig met haar staart op de grond en klapperde van opwinding met haar tanden. Over het moeras trok een vreemde, verontrustende geur. Rex sprong boven op de hut en snoof in alle richtingen: te midden van de prikkelende uitwasemingen, afkomstig van de moeraspoelen en de kraanvogelnesten, werd hij duidelijk de penetrante lucht van een wolf gewaar.

Zich schrap zettend voor de sprong en het aanstaande gevecht, speurde hij met wijd geopende neusgaten en opgestoken oren de omgeving af. De wolf hield zich ergens vlakbij verborgen, je voelde hoe hij langzaam de hut naderde. Het gekraak van dorre takjes en het geritsel van natbedauwde rietstengels klonk steeds dichterbij. Ten slotte vielen er in de stilte een paar korte grauwen te horen. De windhond draaide een paar keer wild in het rond en vluchtte toen plotseling de hut in, waar ze wegkroop in het allerdonkerste hoekje. Rex daarentegen wierp zich met een paar machtige sprongen naar voren in de richting van de vijand. De wolf trok zich terug en alles kwam weer tot rust. Maar de volgende nacht, toen de maan zich verhief boven de wouden en fonkelingen wierp in de doodse zwarte wateren, barstte uit de dichte elzenbosjes de bronstige zang van een wolf los. In het huilende lied klonk zo veel hartstocht en hunkerend verlangen dat het windhondenteefje ondanks haar angst als gehypnotiseerd op het geluid afsnelde.

Toen dreunde de dreigende stem van de hond door de stilte van de nacht:

'Wat moet je hier, rattenvanger? Jouw vader heb ik al eens de poten kapotgebeten, dus je bent gewaarschuwd!'

Angst daalde neer over het moeras toen een tweede stem als een donderslag dreunde:

'Jij spoelwaterslorper! Pannenlikker! Hoor wat een echt vrij dier jou te zeggen heeft!'

'Stinkend wangedrocht, gebakken door een schurftige moeder!'

'Ga jij maar ganzen hoeden en de stokslagen van je meesters in ontvangst nemen! Ik waarschuw je, ik scheur de darmen uit je lijf!'

'De dienstmeiden hebben je zeker met bezems bij de vuilnisbak weggejaagd en toen ben je hiernaartoe gevlucht, uitgemergeld kadaver!'

'Vleeszak, ik laat geen botje heel in je lijf.'

'Ik sleep je karkas naar de mesthoop, dan kunnen de kraaien je in stukken scheuren.'

'Hou je bek, van de ketting gerukte mensenknecht! Zwijg als er een vrij dier tot je spreekt!'

De windhond deed een paar passen terug en bleef, de kop naar voren gestoken en één poot opgetrokken, rillend van angst en fascinatie, staan wachten op de afloop van deze opzwepende beurtzang, die als een plotseling onweer was losgebarsten in het holst van de nacht. Alles in de omgeving hield de adem in en kroop zo diep mogelijk weg. Zelfs de wind was gaan liggen en de wateren kwamen tot stilstand en ook de gekromde bomen en rietstengels leken roerloos te luisteren naar deze loeiende storm van haat.

'De hondenmepper gaat een mooi vel van jou maken, dan heb ik mooi wat om op te liggen! Kom maar hier, laffe ramskop, kom te voorschijn, ik bijt al je ribben kapot! Kom maar!' daagde Rex hem smalend uit.

'Smeerlap! Ik ga met die teef van jou bruiloft vieren en dan mag jij voor ons een liedje zingen, hond!'

'Kom maar op, zieltogend scharminkel! Een doodslied zal ik voor je zingen! Een doodslied!' brulde Rex en met een paar reusachtige sprongen schoot hij af op het bosje vanwaaruit een paar groenige ogen onheilspellend glinsterden.

Ze wierpen zich op elkaar en beten zich vast in elkaars vacht in een gevecht op leven en dood. Ze rolden over de grond als een jankende, grommende, vechtende, van woeste haat doortrokken kluwen. Rex was forser gebouwd en hoewel hij minder krachtig en bedreven was in tweekampen dan zijn tegenstander, wist hij hem toch bij de strot te grijpen en sloeg hij hem furieus met de kop tegen de grond. De wolf ontsnapte aan de dood door zich met een laatste krachtsinspanning los te rukken, waarna hij er met een waanzinnig gehuil vandoor ging.

Het gevecht had niet lang geduurd, maar Rex had zijn laatste krachten aangesproken, de wolfsklauwen hadden diepe wonden in hem geslagen. Hij zat onder het bloed en kon niet meer op zijn poten staan. Zijn vrouwtje likte met onderdanige jankgeluidjes zijn wonden schoon. Zolang hij nog niet beter was, ving ze onvermoeibaar vogels voor hem. Hoewel haar lijf bij de herinnering aan de overwonnene begon te rillen van een onbevredigde begeerte, diende zij de overwinnaar trouw en met onvoorwaardelijke toewijding.

Het leven in het moeras hernam zijn loop, alleen waren de twee honden in hun zegeroes zo door het dolle heen geraakt dat de hele omgeving weergalmde van het gekerm der dieren die zonder genade en zonder noodzaak werden gedood. Bedwelmd door zijn overwinning, het gevoel van macht over anderen, de angst die hij om zich heen zaaide en de verafgoding van zijn vrouwtje, waande Rex zich reeds de rechtmatige heerser van die onmetelijke moerassen. Hij werd zo overmoedig dat hij zich al opmaakte om zijn krachten te meten met de mens.

Maar toen gebeurde er iets geheel onverwachts.

Op een late namiddag, toen ze in de schaduw van de hut lagen te slapen en de zon al achter de wouden aan de horizon verdween en er een weldadige koelte neerdaalde, verhief zich een vlucht kraanvogels in de lucht, die daarna weer langzaam naar beneden cirkelden en ergens vlak in de buurt neerstreken.

Rex schoot wakker en de windhond ontblootte haar tanden.

Een reusachtige, onrustig trillende schaduw verduisterde een moment de zon en een machtige zwerm ooievaars landde geruisloos naast de kraanvogels. Vervolgens daalden gekuifde reigers in zigzagvlucht naar beneden. Na hen kwamen in lange formaties wilde ganzen aanvliegen. Sternen stortten pijlsnel, als vallende stenen, omlaag. En ten slotte kwam in dichte wolken een onafzienbare massa klein grut aangefladderd. Het was alsof de hele vogelwereld bijeen was gekomen voor een volksvergadering. Over alle weiden, rietvelden en bomen in de omtrek lag een deinende verenzee van druk bewegende, opgewonden vleugels.

De honden sprongen op en maakten zich onder dreigend geblaf op voor de aanval.

Meteen stak er een stormwind van zwiepende vleugelslagen op. Duizenden snavels, scherp als speren, daalden bijna recht boven hen neer, een gesis als van duizenden slangen sneed door de lucht. De honden begonnen in doodsangst te janken. Ze konden nergens heen vluchten, want als op commando zetten al deze legerscharen zich in beweging en kwamen ijselijk kalm nader en naderbij.

Voorop liepen de enorme grijze kraanvogels, verend op hun staalharde poten en wiegend met hun koppen, die leken op scherp gepunte strijdknotsen.

Aan de flanken rukten massaal de ooievaars op in hun aan lijkwaden herinnerende zwart-witte verentooi, hun lange snavels als spiesen dreigend naar voren gepriemd.

De blauwe reigers naderden met behoedzame sluipgang, de kopveren strijdlustig opgestoken. De wilde ganzen baanden zich, waggelend en vervaarlijk met hun vleugels klappend, verwoed een weg. Hun stompe snavels die meedeinden op hun gebogen nekken, waren klaar om erop los te beuken. Van alle kanten kwamen de vogels in gesloten gelederen aangelopen, om de honden heen vormde zich een ring van snavels. De kieviten scheerden laag rond en doorkliefden de lucht met hun klaaglijk snerpende roep. De rest van de gevederde horde krijste en klapwiekte oorverdovend.

Toen klonk ergens een langgerekt fluitsignaal en daarop viel alles ineens stil. De allergrootste kraanvogel, die zijn nakomelingen al vele malen over zeeën en gebergten had geleid, trad naar voren, klapte zijn vleugels open en trompetterde luid en plechtstatig:

'Vunzige vierpoters! Stiekeme sluipers! Luister! Wij zijn hier gekomen om het vonnis over jullie te vellen! Een rechtvaardig vonnis! Loslopende zwervers! De wildernis heeft jullie genadig opgenomen, maar jullie hebben haar heilige wetten geschonden! Jullie hebben gemoord zonder noodzaak! Jullie hebben gemoord voor eigen plezier! Jullie hebben wreedheden begaan tegen nestjongen! Jullie hebben een leven vol geweld, onrecht en misdaad geleid. Wetschenders! Schuimbekkende gedrochten! Weerzinwekkende bloedzuigers! Wee jullie, wee! Wee!'

'Galg! Galg! Galg!' kraste een zwerm overvliegende raven onheilspellend.

'Wij verbannen jullie uit de wildernis! Keer terug naar jullie halsbanden en stokslagen. Jullie zijn de vrijheid niet waard! Jullie zijn schepsels van de duisternis, van de koude, van de spelonken! Slaven van de mensenbeesten! Jullie zijn net zo boosaardig, leugenachtig en bedrieglijk als zij. Om de vermoorde dieren, om de vernielde nesten, om de doodgebeten jongen, om de geschonden wetten verbannen wij jullie voor altijd! Voor altijd!'

'Galg! Galg! Galg!' krasten de raven, die steeds lager over hen heen scheerden.

De omsingeling werd verbroken en er vormde zich een brede gang dwars door de gevederde massa's heen.

De honden stortten zich in wilde vlucht tussen de rijen vogels door. Ze renden met reusachtige sprongen, helemaal gek van angst, elk moment verwachtend te worden doodgepikt door al die ontelbare snavels. Maar geen enkele snavel hakte op hen in, geen enkele klauw scheurde hun huid open en geen enkele vleugel raakte hun in de vlucht krampachtig gestrekte ruggen.

De schemering viel al toen ze de graanvelden bereikten. Ze verscholen zich in het koren en zegen bekaf neer, meer dood dan levend na de doorstane angsten. Zwaar ademend liet Rex zijn bloeddoorlopen ogen lange tijd over de wuivende korenvelden en de met sterren besprenkelde hemel dwalen, totdat hij eindelijk iets van levenslust in zich voelde terugvloeien. Hij huiverde nog na bij de herinnering aan al die snavels en vleugels die dreigend over hem heen hadden gehangen.

De windhond schoot, toen ze weer wat op adem was gekomen, ineens overeind. Ze stak naar neus in de lucht, snoof in alle windrichtingen en rende rechtstreeks naar huis

Rex sprong onmiddellijk op om achter haar aan te rennen, maar hij hield zich in. Hij luisterde hoe het geluid van haar door het korenveld rennende poten langzaam wegstierf. Zijn ogen stonden droevig, langs zijn afhangende onderlip liepen druppeltjes kwijl en zijn trotse, imposante kop zakte steeds verder naar beneden.

3

Het wurgkoord rond de nek van Rex werd aangetrokken. Door de ondankbaarheid van de mensen was hij van huis en haard verdreven en ook de vogels hadden hem verstoten, zonder dat hij begreep wat hij had misdaan. Vrienden hadden hem verlaten en hij was uitgeroepen tot een alom gehate paria en veroordeeld tot het bittere lot van een dakloos zwerver.

Hij besefte aanvankelijk niet hoe gevaarlijk de situatie was waarin hij zich bevond. Hij werd heen en weer geslingerd tussen angst en woede, hij kon maar niet begrijpen waarom hem zoveel onrecht was aangedaan. Hij had het gevoel of hij tegen een onzichtbare muur opliep. Nu eens draaide hij verdwaasd en angstig om de huizen van de mensen heen. Dan weer vluchtte hij naar de verre velden, verborg zich in greppels en doolde rond langs eenzame wegen om daarna weer terug te keren, ondanks de woeste kreten die hem werden nageroepen, en de stenen die van alle kanten naar hem toe werden gegooid. Of hij lag hele dagen verscholen in de bosjes te luisteren naar de geluiden die hem vanaf de binnenplaats bereikten. Hij kon ook Stommetje niet vinden, de ganzen werden nu gehoed door iemand anders die hem al heel lang vijandig gezind was. Hij probeerde stilletjes naar de papegaai toe te sluipen, maar wat had het voor zin, hij zou dan weer uitentreuren moeten aanhoren dat alle velden, bossen en moerassen al afwisten van zijn vernederende val. Nergens vond hij enig medeleven. Hij stond buiten de gemeenschap, waardoor hij des te meer het mikpunt van vervolging en minachting werd. De domme eksters maakten zich vrolijk over hem. De kraaien zaten hem op de huid alsof hij al een wegrottend kadaver was. Op een keer toen hij, in slaap gewiegd door het ruisen van het koren, in een greppel tussen twee akkers lag te dommelen, werd hij aangevallen door haviken. En overal achtervolgde hem het hatelijke hoongekef van de vossen, wat hem zo tot razernij dreef dat hij als wraak hun holen uitgroef. Ook in het park kon hij zich niet vertonen, want zodra het pluimgedierte hem zag, zetten de ellendige beesten zo'n keel op dat er prompt mensen met knuppels kwamen aanstormen. En als hij zich voor zijn achtervolgers verschool in de wilgenbosjes aan de oever van de vijver, kregen de ooievaars hem in de gaten. Die maakten dan zo'n kabaal met hun geklepper en begonnen zo ongenadig met hun geduchte snavels op hem in te hakken dat hij maar met moeite het vege lijf kon redden. Zelfs uit de hokken van oude kameraden blonken dreigende tanden op bij zijn nadering, alleen Loebas leek zich schuldig te voelen en blafte hem na:

'Ga er vandoor! De mensen zeggen dat je dol bent! Iedereen is bang voor je. Vlucht!'

Dat de kettinghond gelijk had, ondervond hij al snel. Overal waar hij een slaapplaatsje zocht, werd hij onthaald op vijandige horens en hoeven. De koeien- en de paardenstallen raakten bij zijn aanblik in de hoogste staat van alarm, daar werd hem met luid geloei en gehinnik de toegang versperd. Dus sloop hij maar uitgeput en uitgehongerd de varkenshokken binnen om daar de laatste karige restjes voer uit de troggen te eten. Maar de zeugen verrieden hem en op een nacht organiseerde de rentmeester een klopjacht op hem, die hem bijna fataal werd. Als door een godswonder wist hij het er heelhuids vanaf te brengen. Daarop vluchtte hij in totale paniek de bossen in. Om aan een wisse dood te ontsnappen moest hij zijn geboortegrond verlaten en een heenkomen zoeken in de ondoordringbare wouden. Ooit had hij daar eens met zijn baasje een tijd nieuwsgierig rondgezworven, maar nu hij om zich heen keek in het duistere bos, waarin slechts hier en daar een streepje licht doordrong, bleef hij verbijsterd staan. En toen hoog boven hem de heen en weer wiegende woudreuzen geheimzinnig begonnen te fluisteren, en hij aan alle kanten omhuld werd door een onheilspellende stilte, spatte de angst hem uit de bloeddoorlopen ogen en steeg uit het diepst van zijn ziel een langgerekt, wanhopig gehuil op.

Urenlang lag hij ineengedoken tussen de bosjes voor hij zich verder het woud in waagde. De eenzaamheid en de stilte grepen hem bij de keel. Hij was altijd gezelschap gewend geweest! Hij kende het landhuis, het dorp, de binnenplaats. Hij kende de mensen en de dieren. Hij kende de velden en de hemel en hij kende de dagen en de nachten. Hij kende vriend en vijand. Hij wist hoe het eraan toe ging, alle wetten en gewoontes waren hem bekend, maar nu voelde hij zich een verworpene in een wereld die hij niet begreep. Een vreemde, onbekende en angstaanjagende wereld.

Maar de angst voor de dood was sterker dan het verlangen terug te keren naar huis. Hij begon in het wilde weg en vaak bitter honger lijdend rond te dolen. Want in het begin wilde de jacht niet vlotten: zijn afgestompte reukzin was ontoereikend en ook zijn gezichtsvermogen schoot tekort. Hij verstond nog niet de kunst, een sprong juist in te schatten en onverbiddelijk toe te slaan. Hij was nog niet sluw genoeg. Hij kende de weg niet in de wildernis, kende haar wetten niet. Hij rende achter alles aan als een domme, jonge patrijshond. Hij kon geen sporen volgen noch urenlang geduldig een prooi besluipen. Hij verried zijn aanwezigheid door te blaffen. Hij stuntelde door de bossen als een kalf in een lege koeienstal. Hij kefte tegen de eekhoorns die hem met kegels bekogelden. Hij joeg zo woest achter goudhaantjes aan dat de uilen in hun holtes hem uitlachten. Het hele woud hield hem angstvallig in de gaten, want hij joeg iedereen op, maakte iedereen aan het schrikken en beet alles dood wat hij in zijn klauwen kreeg. Duizenden ogen bespiedden hem heimelijk – vanuit het struikgewas, vanuit de toppen van de bomen en hoog vanuit de lucht.

'Het is maar een hond, een domme mensenhond! Niemand hoeft bang voor hem te zijn,' basten de oehoes.

'Hij stinkt naar rook en aas,' krasten de raven, die hem geen moment uit het oog verloren.

Overal rondom klonken spottende blafgeluidjes en werd geroepen:

'Een huisdier op strooftocht! Rover! Kippenjager! Dief!'

'Leeft op onze kosten!' klaagden de wolven, die vanop een afstand zijn spoor volgden.

'Rot op! Rot op!' krijste een oude ekster, die ooit door mensen was grootgebracht en zich nu plotseling weer wat lang geleden geleerde frases herinnerde.

Rex begon woedend tegen hem te blaffen en sprong vergeefs naar de tak waar de vogel zat.

'Stomkop! Stomkop! Stomkop!' krijste de ekster voortdurend, terwijl hij van pret met zijn vleugels klapte.

Rex vluchtte nog dieper de wildernis in, maar overal werd hij achtervolgd door schel gekrijs, dreigend gegrom en onheilspellend gejank. Zo langzamerhand was hij dat eenzame, harde bestaan meer dan beu. Bovendien verdwaalde hij steeds weer in die ondoordringbare wouden. Hij liep er verloren rond. Hij vreesde de overwoekerde drassige plekken waar het krioelde van de slangen, en de woeste stukken oerbos waaruit onophoudelijk allerlei onheilspellende grommende, hijgende, snuivende en stampende geluiden opklonken. Al die ontberingen en angsten werden hem te veel. Hij voelde hoe de dood onafgebroken om hem heen waarde. Ze loerde slechts op een geschikt moment om toe te slaan. Daarom sliep hij alleen overdag en altijd op een open plek, maar ook daar werd hij opgeschrikt door de schaduwen van voorbijvliegende vogels. En omdat hij steeds meer moeite had om iets te vangen en hij helemaal gek werd van de honger, viel hij een keer op klaarlichte dag een troep wilde zwijnen aan en ging er vandoor met een flinke frisling. Hij moest zijn feestmaal echter voortijdig onderbreken en de lekkerste stukken achterlaten, omdat de in woede ontstoken zeugen achter hem aan kwamen gerend. Een andere keer stortte hij zich, volkomen uitgehongerd, als een bezetene op een roedel herten bij een drinkplaats. Daar werd hij onder de voet gelopen, waarna hij zich met zijn laatste krachten naar een kolenbrandershut sleepte, waar hij een paar dagen bleef om de diepe wonden die hij had opgelopen, schoon te likken. De hut stond aan de rand van een uitgestrekte open vlakte waar vroeger hout was gekapt. Deze kapvlakte was dicht begroeid met struikgewas, het wemelde er van de frambozen, bramen en bosbessen, overal kwamen nieuwe scheuten op. Er werd aan één stuk door getjilpt en gekwetterd en midden op de vlakte blonk een langwerpig meer, omzoomd door riet en biezen. De hele dag hoorde je daar het geplas van wilde ganzen en eenden. Het was een godverlaten oord, waar geen mens ooit kwam, maar de bewoners van de wildernis waren er goed bekend. Het was voor hen een soort gewijde plek, waar ze zich dagelijks bij zonsopgang en zonsondergang aan het klare diepe water verzamelden om er ongestoord te drinken en uitgebreid te baden. Rondom stond een woud van eeuwenoude eiken en torenhoge dennen als het ware op wacht. De lucht geurde naar honing en trilde van het gegons van bijen, want de holtes van de oude bomen herbergden bijenkolonies en uit sommige, naar het westen gerichte nesten lekten honingdruppels die in de buitenlucht stolden. Daarboven hingen hele wolken vliegjes die vast kwamen te zitten in de zoete en kleverige vloeistof. Dwars over hen heen walsten eindeloze horden vraatzuchtige rode mieren.

Het weer sloeg voortdurend om. Nu eens brandde de zon ongenadig, dan weer brak er een hevig onweer los, waarbij de aarde dreunde onder de donderslagen en de sidderende wildernis keer op keer werd gestriemd door de vurige gesels van bliksemschichten. Nu eens openden de hemelsluizen zich en sloegen stortregens met bulderend geraas, als de branding der zee, neer op het land, dan weer woeien van de velden droge zomerwinden aan, die zwierend als drinkebroers door de bossen buitelden. En het volgende moment brak er weer een lange rij stille dagen vol warmte en geur aan en zong alles wat leefde het altijddurende en ongekend hartstochtelijke lied van geluk en liefde.

Alleen Rex voelde niet de levensvreugde die alom heerste. Erger nog dan zijn wonden waren zijn innerlijke kwellingen. Zijn onfeilbare instinct zei hem dat hij het niet zou redden in de wildernis, dat hij er gedoemd was ten onder te gaan. En daartoe was hij niet bereid. Hij voelde een steeds sterker wordende overlevingsdrang in zich. Keer op keer sloeg er een golf van woeste opstandigheid door hem heen. Dan krabbelde hij overeind op zijn poten om daarna weer, zwak en ziek als hij nog was, terug te vallen op zijn leger, maar het verlangen om zich te wreken bleef hem verteren. Gedurende die lange dagen en nachten trokken er voortdurend levensechte beelden van geleden pijn en onrecht aan zijn koortsachtige brein voorbij. En hij beleefde alles weer opnieuw en voelde opnieuw de oude pijn, die zo ondraaglijk was dat hij het uitjankte en verteerd werd door haat jegens iedereen die daaraan schuldig was, zowel de mensen als de dieren. Deze stemming werd nog versterkt toen zijn neus en oren hem vertelden dat er voortdurend roofdieren om de hut heen slopen. Hij verwachtte elk moment een beslissend gevecht op leven en dood te moeten voeren, maar dat moment bleef uit. Hij begreep maar niet waarom het niet zo ver kwam, totdat een oude oehoe het hem uitlegde.

'Wie ziek is, wordt niet afgemaakt! Zo luidt de wet!' baste de vogel ergens vanuit een plekje achter in de hut, waar hij zijn nest had.

En de volgende ochtend, toen de oehoe door de zon van zijn jachtterrein verdreven was en zich in het donkerste hoekje van de hut had teruggetrokken, begon hij uiteen te zetten welke wetten en gebruiken er in de wildernis heersen. Hij oehoede monotoon, met eindeloze herhalingen en onbegrijpelijke uitweidingen, maar Rex begreep hem goed.

Toen hij genoeg gehoord had, keek hij de vogel uitdagend in de fonkelgele ogen.

'Ik zou liever schapen hoeden voor de mensen dan koning zijn van de wildernis.'

'Niemand heerst over ons, wij worden geregeerd door eeuwenoude wijze wetten. Die kun jij niet begrijpen, want jij weet niet wat vrijheid is. De mensen hebben hun eigen vrijheid er bij jou met stok en honger ingeramd. Slaaf die je bent, jij hebt je losgerukt van de ketting en nu ben je brutaal aan het blaffen tegen dingen die je niet kunt begrijpen.'

'Maar wat ik wel begrijp is dat ze daar bij de mensen niet de hele tijd jacht maken op elkaar en elkaar voortdurend achternazitten en verslinden. Iedereen kan er rustig slapen.'

'Omdat alle dieren daar enkel leven bij de gratie van de mens en onder dreiging van zijn stok. De dieren vreten elkaar niet op, maar worden opgevreten door de mens. Wat is er geworden van het eens zo grootse geslacht van hoefgangers, hoorndragers en gevederden? Werkvee, dat om een karig maal en een dak boven de kop zijn vrijheid, zijn kracht en zijn bloed heeft verkocht. Jullie leven, planten je voort en sterven alleen maar ten bate van de mens! Je huid, je botten, je vacht – niets behoort jezelf toe! Wee degenen die de onvrijheid hebben omarmd! Jullie zijn zelfs niet in staat om in opstand te komen! Jullie kunnen alleen maar klagen en je gewillig laten geselen en de hielen van je onderdrukkers likken.'

Rex sprong op alsof hij zich aan een stuk heet ijzer had gebrand, maar viel krachteloos weer terug.

'Ik had eens een nest in een kerktoren en ik weet wat zich daar bij de mensen afspeelt. Ik herinner me dat er elke dag bij zonsopgang en bij het vallen van de avond één lange klaagzang vol pijn en wanhoop losbarstte. Vergelijk dat eens met de liederen die opklinken in de wildernis. Hoor je ze? Daar zingt de vrijheid, daar zingt ons vreugdevolle, onbevreesde en zorgeloze bestaan! Daar zingt het geluk!'

Bij de keel gegrepen door herinneringen aan vroeger begon Rex hartverscheurend te janken.

'Je weet niet hoe zalig het is om je vleugels uit te slaan, je naar voren te laten vallen en je op de luchtstroom mee te laten voeren waarheen je maar wilt, enkel vertrouwend op je eigen kracht en meester over jezelf, volkomen vrij!'

'Tot een boomvalk je aan stukken scheurt als een miezerig kwikstaartje,' gromde Rex.

'Als hij sterker is dan ik, dan is dat zijn goed recht. Maar van degenen die het ooit waagden het tegen mij op te nemen, zijn allang niets dan lege nesten overgebleven. Ieder heeft het recht om aan te vallen. Elke snavelhouw, elke dood wordt vergolden met de dood. Wee de zwakken! Wee degenen die zich niet kunnen verlaten op hun tanden of klauwen! Strijd is leven! Triomf is het doel! Het warme bloed van de vijand en zijn levende, nog lillende vlees zijn de goddelijke beloning voor betoonde moed. Roem en buit voor de overwinnaars! Dood aan de overwonnenen! Dat is de strijdleus der vrijen!' riep de oehoe luider en luider.

'Misschien dat je wel 's een muis vangt, maar bespaar me dat geklets over die heldendaden van je. Laat me niet lachen.'

'Jij vindt jezelf al een hele baas als ze je ophitsen tegen een creperende koe! En dan nog ben je bang voor haar hoeven. Een mooie ridder ben je, zelfs de kraaien pikken je in stukken als ze willen ...'

'En jou vreten de luizen op, dan helpt die heldhaftigheid van jou niet veel!' blafte Rex toen hij zag hoe de oehoe met zijn snavel onder zijn vleugels zat te plukken.

'Zwijg, jij mensenknecht, vergeet niet dat je te doen hebt met een vrij dier. Vergeet niet, ellendig hondsvot, dat je slechts een werktuig in handen van de mens bent! De wildernis heeft je opgenomen, daar mag je dankbaar voor zijn! Maar ik geef je een goede raad, keer terug naar de knoet, de volle etensbak en het warme slaapplaatsje in de stal. Om vrijheid te kunnen waarderen moet je vrij geboren zijn. Verdwijn uit mijn ogen, schurftekop!'

Rex sprong op hem af, maar de oehoe zat te hoog en hij viel jankend terug op zijn leger.

De vogel fladderde de hut uit en liet zijn lach door het bos schallen.

'Jullie zullen deze hond nog leren kennen! Jullie zullen de tanden van deze slaaf nog voelen, vrij gespuis!' gromde Rex tandenknarsend. Hij stikte bijna van woede. Hij was nog nooit door iemand zo beledigd en vernederd. Die schimpscheuten over onvrijheid staken hem ontzettend en brachten hem tot razernij. Het waren ware woorden en daarom kon hij ze niet verkroppen.

Dit alles had hij moeten aanhoren! Hij draaide maar rond op zijn leger, in zijn eigen staart bijtend en schuimbekkend van machteloze woede. Pas na deze smadelijke beledigingen was het hem duidelijk geworden hoe onlosmakelijk hij nog met alle vezels van zijn bestaan gebonden was aan die oude wereld. Hoe dat hele leven dat hij kort geleden nog zo hartgrondig vervloekt had, hem toch zo vertrouwd en dierbaar was gebleven. Tegelijkertijd voelde hij de onoverbrugbare kloof die hem scheidde van de wildernis, en besefte hij hoezeer hij haar vreesde. En juist daardoor begon hij haar des te meer te haten. Hij hief een woest gehuil aan en verwenste haar. Zijn dolle haat haalde ongedachte vechtersinstincten in hem naar boven en maakte ten slotte dat hij alle vrees van zich af wierp. Geprikkeld door de vlijmscherpe spotternijen van de oehoe, die aanvoelden als zweepslagen, kroop hij, zwak als hij nog was en met nog niet geheelde wonden, naar het meer om daar vanuit een schuilplaats in het oeverriet bliksemsnel een wilde eend te verschalken, voordat deze ook maar had kunnen kwaken. Dat gaf hem nieuwe kracht en zelfvertrouwen en al snel kon niets hem er meer van weerhouden om hele dagen achter elkaar in het rietland op de loer te liggen en vogels te vangen die daar aan het waden waren. Dat deed hij zo behendig dat zelfs de meest waakzame kraanvogel het niet merkte als hij met een prooi in de bek terugkeerde naar de hut. En naarmate hij aansterkte en de jacht hem gemakkelijker afging, begon hij de heersende wetten van de wildernis brutaalweg te negeren. Hij schond ze door demonstratief op klaarlichte dag, voor het oog van iedereen, te doden. Steeds hoger, steeds trotser verhief zich zijn machtige leeuwenkop. Allengs werd rondom hem een grimmige, onheilszwangere stilte voelbaar. Hij merkte hoe duizenden ogen hem volgden, hoe in bosjes, schuilholen en boomholtes en vanuit de lucht elke daad van hem werd gewikt en gewogen, hoe hij steeds nauwer omsloten werd door een ring van gevaar waaruit elk moment een aanval kon komen. De oehoe had zijn best gedaan om de wildernis tegen hem op te hitsen. Overal hoorde hij het hatelijke hoe-hoe van de vogel en zijn gedempte holle vleugelslag. Soms bespeurde hij jonge wolven die hier en daar schielijk voorbijslopen. Nu eens zwierf er in de buurt een vos rond die met zijn neus omhooggestoken de omgeving afspeurde, dan weer zat er een lynx verscholen tussen de takken met bloedbeluste ogen te fonkelen. Zelfs de domme eekhoorntjes, die almaar rondhingen bij de hut, leken hem in de gaten te houden. En hoog in de lucht, bijna onzichtbaar, cirkelden de haviken rond. Je kon je niet verbergen voor hun duivels scherpe blik. Ook het woud en de kleine bosvogeltjes schenen deel uit te maken van de algehele samenzwering tegen hem. De kraaien, die met enthousiast gekras om hem heen vlogen als hij hun genadiglijk de heerlijke restjes van zijn prooien liet, vlogen bij het invallen van de schemering naar de wolven toe om verslag uit te brengen. Dicht dooreengroeiende braamstruiken grepen hem vast met hun scherpe doorns, afhangende takken sloegen striemend tegen hem aan en opschietend struikgewas versperde hem de weg. Winden wisten sporen uit en verwaaiden de wildgeuren. Maar ondanks alles gaf Rex geen krimp en deed hij alsof er niets aan de hand was, het leek of hij opzettelijk steeds meer risico's begon te nemen.

Geconfronteerd met een dergelijke onverzettelijke driestheid en onraad bespeurend, begon de ontstelde wildernis terug te deinzen.

Met ware doodsverachting besloop Rex op een dag een sprong reeën, die zich tegen de schemering op de gewijde plek aan de rand van het water hadden verzameld. Zich van geen gevaar bewust stonden ze daar lange tijd argeloos te drinken, sierlijk met elkaar spelend op de oever. Rex stortte zich op een rank, nauwelijks volgroeid dier. Het wist zich los te rukken uit zijn klauwen en vluchtte met een wilde sprong het water in. Rex kreeg het midden in het meer te pakken, sleepte het naar de kant en doodde het, zonder zich iets aan te trekken van zijn gekerm. Hij genoot uitgebreid van zijn maal, terwijl de kraaien in afwachting van de restjes om hem heen zwermden. Toen klonk er uit het struikgewas opeens wolvengehuil. Rex hief zijn bloederige kop op en antwoordde met een dreigend gegrom.

Het was Mankepoot die tevoorschijn kwam uit een berkenbosje en zijn deel opeiste.

'Kom het maar halen!'

'Eerlijk delen of ik laat je richten wegens het doden op een gewijde plaats.'

'Kom het hier maar halen!' gromde Rex hem toe, terwijl hij zijn tanden tot aan de wortels ontblootte.

De wolf, dronken van de geur van vers bloed, begon met een langgerekt gehuil zijn kameraden, die zich ergens in de buurt schuilhielden, erbij te roepen …

Rex besloot niet langer te wachten. Hij sprong op, zette zich schrap voor de aanval en hief, vervaarlijk met zijn ogen rollend, een bloedstollend strijdgehuil aan.

Mankepoot trok zich behoedzaam terug en snelde langs de oever naar de overkant van het meer. Rex liet een machtig gebrul horen, waarin zoveel trots, besef van eigen kracht en woede doorklonk dat er een huivering door de wildernis trok en al wat leefde zich voor deze dreigende bulderstem verborg in holletjes, nesten en ontoegankelijke hoekjes van het woud. Niemand ging het gevecht aan. Na aldus zijn superioriteit bewezen te hebben, sleepte Rex de overblijfselen van de ree triomfantelijk naar de hut en liet zich doodmoe neervallen op zijn leger.

Het was de eerste keer in de wildernis dat hij 's nachts rustig en onbezorgd sliep.

Bij het ochtendgloren ging hij naar het meer om te drinken. Hij rolde een keer door het water en vlijde zich daarna neer onder een paar dennen, waar het behaaglijk gonsde van de bijen die hun nesten verlieten om te gaan werken.

Een nieuwe heerlijke dag brak aan. Onder de bomen lag nog de dauwnatte en van de zware bedwelmende geur van hars en paddenstoelen doortrokken ochtendschemer. De nevels maakten zich los van hun nachtelijke slaapplaatsen, spreidden zich als een blauwig waas uit over de kapvlakte en kronkelden als doorzichtige spindels omhoog naar de hemel. Een vleugje wind kondigde de nadering van de zon aan. De ontwakende bomen schudden hun takken uit en een regen van parelende dauwdruppels daalde neer op de aarde. De slaperige stilte werd doorbroken door het eerste geritsel en gezoem, het eerste geklapwiek en getjilp. En naarmate de nacht verbleekte en de omtrekken van de bomen duidelijker zichtbaar werden, begon de wildernis te trillen van leven. Ontelbare wolken vogels zwermden af op het meer. Rietpluimen begonnen overal te wuiven waar reeën zich langs platgetreden paden naar het water repten. Wilde zwijnen banjerden, luid gierend en met hele rotten tegelijk, door het struikgewas. Wolven slopen geruisloos voorbij, alleen hun geur bleef hangen in de lucht en verried hun aanwezigheid. Vossen liepen onrustig keffend rond. Roofvogels daalden met een enkele wiekslag neer uit de bomen. Uit de richting van het meer hoorde je het gekrakeel van wilde ganzen en eenden, vermengd met een luid geplons. Als allerlaatsten kwamen de kraanvogels aangevlogen.

Al die dichte drommen grote en kleine roofdieren, hoenderachtigen en grazers – alle bewoners van de wildernis waren daar onder vrolijk geroezemoes en genietend van hun vrijheid, bijeen om hun dorst te lessen en te baden, onder bescherming van eeuwenoude wetten die op straffe des doods verboden om op een drinkplaats te jagen.

Rex lag daar onder een den in het zicht van iedereen, ontzagwekkend groot en getekend door de misdaad die hij de vorige dag op deze plek had begaan. Niemand viel hem echter aan.

Men ging hem uit de weg, het was of niemand notitie van hem nam. Geen enkel oog glansde op in zijn richting. De dieren liepen kalm aan hem voorbij, alsof hij er niet was.

Dit vervulde hem met argwaan, hij vertrouwde die onverschilligheid niet, daar moest iets achter zitten. Vooral het gedrag van de wolven vond hij uiterst verdacht. Maar toen de dageraad met een purperen gloed in het water begon te spelen, verdween het wildernisvolk weer even snel en onhoorbaar als de laatste nevelflarden.

Alleen de kraanvogels bleven achter. Ze hadden zich in grote scharen aan de oevers van het meer verzameld en leerden hun jongen vliegen. Om hen heen stond een dichte kring van wachtposten opgesteld. Om de zoveel tijd vloog er een groepje vogels onder aanvoering van een paar leiders op, die dan al cirkelend steeds hoger opstegen, tot boven de kruinen van de bomen, in de richting van de roze verkleurende wolken, waarna de vogels een V-formatie vormden en schijnbaar ergens in de diepten van de hemel oplosten, zodat alleen hun langgerekte trompetroep nog getuigde van hun ongenaakbare vlucht.

Vervolgens keerden ze in dezelfde vliegorde terug om na een rustpauze opnieuw het luchtruim te kiezen.

Rex zon op wraak voor de vernedering die hij kort daarvoor had moeten ondergaan. En zodra de nacht was gevallen en mistige windsels de kapvlakte geheel hadden omhuld, begon hij op de vogelmassa's af te sluipen en probeerde hij op allerlei slinkse manieren heen te dringen door het kordon van wachtposten die daar, één poot opgetrokken en de kop weggestoken onder de vleugels, stonden opgesteld. Maar nog voordat hij de voorste rij had bereikt, doorkliefde een langgerekte kreet de lucht en werd zijn rug getroffen door tientallen zware snavelhouwen.

Hij droop af, schuimbekkend van woede en vol onbevredigde wraakgevoelens. Daarna kroop hij weg op zijn leger en viel al snel in slaap.

Het was al diep in de nacht – de maan dreef boven de wouden, over de wateren schoten onophoudelijk fonkelende lichtvlekjes, de nevels raakten als zilveren draden verstrikt in het gras en het lage struikgewas – toen plotseling ergens aan de andere kant van het meer de hartverscheurende klaagzang van een kraanvogel losbarstte.

De wildernis verstomde, verwonderd, betoverd. Prompt kwam er een einde aan het vechten en jagen. Het woud hield zijn adem in en luisterde gespannen toe, geheel in de ban van deze zang, die aanving in serene verstilling maar allengs aan kracht won en zinderde van een onbestemd verlangen en bodemloze hunkering. Het was of een allerheiligste kern, sluimerend in de diepte van elke ziel, zich openbaarde en alle levende schepsels in bezit nam en met zich mee voerde.

Rex wist zelf niet wat hem terugbracht bij de massa's kraanvogels. Hij lag daar neergedrukt in het gras te luisteren, de oren opgestoken, zonder zich nog te bekommeren om zijn veiligheid.

De kraanvogels hadden de oevers van het meer helemaal overspoeld. Ze stonden daar zij aan zij, de nekken ingetrokken tussen de vleugels, terwijl een van hen, zo te zien de aanvoerder en opperzanger, zijn kop naar de maan gewend had en aan het zingen was met een slepende, zieldoorborende en zo'n melodieuze stem dat het leek alsof ze geheel bestond uit zilveren flonkeringen en etherische geuren. Af en toe spreidde hij zijn vleugels en begon dan klapwiekend om zichzelf heen te draaien in een soort rituele dans, terwijl zijn gezang steeds verhevener, hemelser en smachtender klonk. Hij zong rapsodieën over verre, verre reizen, de opgaande zon tegemoet! Over onafzienbare vlakten, ongenaakbare bergtoppen en bruisende zeeën. Daarna bezong hij de bekoringen van gouden woestijnen, blauwe rivieren en palmbossen en van de zonnegloed. Hij zong over landen waar geen mensen wonen en waar ieder schepsel een vrij en gelukkig leven leidt, zonder angst voor de dood. In zijn zang weerklonken de voorouderlijke sprookjes, teruggevonden in de woestijn en ontrukt aan de hunkering van gewonde harten.

Rex schrok pas op toen hij de penetrante geur van een wolf gewaar werd: vanonder een paar dennentakken flikkerden groene ogen. De vossen draaiden onrustig om elkaar heen en probeerden, terwijl ze met hun staarten tegen de grond sloegen, steeds dichterbij te komen. De lynxen zaten roerloos op hun takken. Zelfs de smerige everzwijnen waren toegestroomd en lagen daar, de snuiten naar de maan gekeerd, massief naast elkaar. Een enorme massa herten, een woud van geweien op de machtige koppen, luisterde als versteend toe. Alle boompjes en struiken waren behangen met zwermen vogels. Vrijwel de hele bevolking van de wildernis was samengedromd om in een soort sacrale vervoering weg te dromen en zich te laten betoveren door visioenen van verloren paradijzen. In allen verbleekte de herinnering aan het dagelijkse bestaan, aan strijd, honger bloedvergieten. De onsterfelijke adem van smachtend verlangen verenigde al deze gekluisterde zielen en deed hen dromen van een mogelijk toekomstig leven.

De aanvoerder zong onverdroten verder, af en toe begeleid door een droog geklepper van snavels en een enkele keer onderbroken door een klaaglijke schreeuw uit de verzamelde menigte.

Vlak voor het aanbreken van de dageraad, toen de maan onderging en er een koude wind opstak uit de duistere diepten van het woud, verstomde het gezang en weldra lag de kapvlakte er verlaten bij. De kraanvogels sliepen, de mistflarden spreidden zich over hen uit als doorzichtig witte sluiers en de bossen verstilden. Slechts af en toe steeg uit de rijen van de wachtposten een snerpende waarschuwingskreet op.

Rex kon maar niet tot rust komen. Hij lag de hele nacht te woelen en kon zijn draai niet vinden. En zodra de dag aanbrak, zocht hij de open ruimte op en rende het vrije veld in. Hij moest en zou snel naar zijn oude vrienden toe. Hij voelde zich een andere hond, zelfs een paar verschrikte hazen die hij onderweg passeerde, liet hij ongemoeid. Zijn hart liep over van vreugdevolle liefde. Hij blafte de patrijzen die hij tegenkwam vriendelijk toe. Hij rollebolde door het koren dat nog nat was van de dauw. Op het weiland bij een boerderij brak hij de kluisters van een paard dat vergeefs probeerde uit een sloot te klimmen.

‘De zonsopgang tegemoet! Naar het oosten!’ klonken in hem de woorden na die hij gehoord had.

Juist op dat moment voltrok zich het wonder van de opkomende zon. Ze verhief zich reusachtig en rood, als een zichtbaar teken van genade, een hemels oog van erbarmen met de wereld.

Dat was het moment waarop in hem een nieuwe gedachte werd geboren, een gedachte die, aanvankelijk nog vaag en onbestemd, hem niet meer zou loslaten en hem deed huiveren door haar grandioze vermetelheid. Hij dacht eraan daarheen te gaan waar de kraanvogels naartoe trekken, naar die gezegende streken waar geen mensen zijn maar vrijheid en geluk heersen.

Hij kwam door een dorp waar hij goed bekend was. De honden daar bejegenden hem wantrouwend, sommige blikkerden met hun tanden, maar nadat hij hun een paar keer vriendelijk had toegegromd, begeleidden ze hem naar de landerijen van de heren.

Aangekomen bij de heuvel die de grens met het landgoed markeerde, klom hij naar boven en begon in een opwelling van vreugde op zachtjes jankende toon raadselachtig te verkondigen:

‘Ik ben gekomen om ons geslacht uit de gevangenschap van de mens weg te leiden. Houdt jullie gereed. Laat iemand op de berg aan de rand van het bos op mij wachten. Ik zal later alles uitleggen.’

Meteen daarop sprong hij weg in het koren. Over de weg naderden enkele ossenspannen, die zware knarsende wagens vol graan voorttrokken. Zwepen striemden onophoudelijk neer op de ruggen van de dieren.

Bij de oprit naar de binnenplaats zag hij hoe de oude ezel met een zak over zijn kop werd afgeranseld door een paar jongens, die hem probeerden de kalksteengroeven in te drijven. Het dier balkte erbarmelijk.

‘Hou vol! Ik kom je helpen!’ blafte Rex in een vlaag van woede en medelijden.

Hij rukte de ezel de zak van de kop, waarna het dier zich buiten zinnen van de pijn en gesterkt door de ontvangen hulp woest op de jongens stortte. Hij sloeg met zijn poten naar achteren en trapte hen waar hij ze maar raken kon.

Voordat de ezel hem kon bedanken, was Rex al stilletjes de binnenplaats op gelopen, naar het hok van Loebas, die hem angstig binnenliet. Rex zette hem zijn plannen uiteen. Na lang nagedacht te hebben gromde de oude hond:

'Leid ze allemaal weg, dan zul je de mensen eens te keer horen gaan. Want alle dieren worden even erg uitgehongerd, afgeranseld en afgebeuld!'

'Alle hoorndragers, alle hoefgangers en alle moddersnuiten?' vroeg Rex vol verbazing. 'Maar kan ik ze dat wel aan het verstand brengen en ze meekrijgen?' Zoiets leek hem welhaast onmogelijk.

'Wie niet meegaat, moet maar blijven en zuchten onder de zweepslagen. Die zal dan ook het werk moeten opknappen van de beesten die wel gaan. Dat moet ze worden ingeprent. Is het een verre tocht?'

'Over bergen en zeeën, naar de plaats waar de kraanvogels overwinteren, ver weg, heel ver ...'

Loebas sprong zo abrupt op dat zijn ketting ervan rinkelde, en gromde kwaad:

'Ze zeiden dat je dol was geworden, maar nu zie ik dat je gewoon dom bent. Maak dat je wegkomt!'

'Botte ramskop die je bent. Zet een varken een bak honing voor en hij gaat liever spoelwater drinken, want daar is hij nu eenmaal aan gewend. Als je er later maar geen spijt van krijgt,' waarschuwde Rex hem, gepikeerd door de woorden van zijn oude vriend.

'Maak dat je wegkomt. Straks zien ze je nog en krijg ik ervan langs. Pas als de anderen met je meegaan, smeer ik 'm ook.'

'Jij bent zo vergroeid met je ketting dat de vrijheid je benauwt. Jullie kunnen niet eens meer in opstand komen!' gromde Rex, de woorden van de oehoe herhalend.

'Die papegaai van jou wilde ook haar vrijheid terug, ze is ervandoor gegaan, maar gisteren hebben ze haar meer dood dan levend uit de klauwen van de haviken moeten redden. Haar vleugels zijn gebroken. Ik heb haar horen jammeren!'

Rex trok zich dit nieuws erg aan, hij had medelijden met zijn vriendin. Hij maakte zich al op om onmiddellijk naar haar toe rennen, maar de weg werd hem versperd door een dienstmeid, die hem met een stok dreigde. Hij vloog haar aan en ze viel op de grond. Hij ging haar woedend te lijf, totdat de hele binnenplaats haar te hulp schoot.

Rex verdween tussen het koren. Toen hij weer tevoorschijn kwam, begon hij wraakzuchtig rond te zwerven bij de gebouwen, dit keer niet meer stilletjes, niet 's nachts, maar op klaarlichte dag, als een ware heerser die met zijn kracht gehoorzaamheid afdwingt. Vervuld van zijn nieuwe grootse gedachte gaf hij zich hier volledig aan over, met de volle kracht van zijn vurige hart en onstuimige temperament. Behalve dat verheven doel bestond er niets meer voor hem. En de honden schonken hem hun vertrouwen, ze beschouwden hem als hun heer en meester en gehoorzaamden hem in alles.

Hij werd altijd vanop een afstand begeleid door een paar van de allersterkste honden, die hem beschermden en zo nodig te hulp snelden. Want hij was als herboren, de oude Rex was niet meer te herkennen, zo veranderd was hij tijdens zijn periode van vrijheid. Met zijn enorme gestalte en gelige vacht deed hij denken aan een echte leeuw. En ook zijn stem was leeuwachtig. Als hij kwaad was, brulde hij zo hard dat alle levende wezens zich angstig tegen de grond drukten. Hij at wat hij te pakken kon krijgen zonder zich iets aan te trekken van hoe daar op de binnenplaats over werd gedacht. Hij werd steeds zelfverzekerder en hoogmoediger en nam meedogenloos wraak op oude vijanden, niemand werd ontzien.

Als vaste verblijfplaats koos hij een berg bij de weidegronden aan de rand van het bos, die door de mensen 'De Burcht' werd genoemd. Daar was een ruïne, bestaande uit enorme massa's opgestapeld puin, brokstukken van vestingmuren en restanten van oude bastions, dit alles overwoekerd met hazelaars, berkjes en bramen. In een half ingestorte boogzaal, die niettemin beschutting bood tegen regen en wind, ontving hij zijn helpers, beraadslaagde met hen en stuurde ze erop uit om overal in de omtrek agitatie te bedrijven. Gewoonlijk zat hij daar hoog op een stuk muur met zijn arendsogen de velden af te spieden en hij hoefde maar ergens een geval van onrecht te bespeuren of hij snelde erheen.

'Laat niet met je sollen, verdedig jezelf!' was de leuze die hij en zijn kameraden de door de mensen getiranniseerde dieren voorhielden. En nergens miste dit zijn uitwerking.

De zaken namen een ongedachte keer. De paarden vergolden elke zweepslag door met hun hoeven van zich af te trappen. De ossen rukten zich los uit hun jukken, verbrijzelden de karren en ploegen en liepen doodleuk de akkers in om zich te goed te doen aan het graan. De varkens waren niet meer weg te krijgen van de aardappelvelden. De honden, eenmaal losgelaten, weigerden zich opnieuw aan de ketting te laten leggen. Zelfs de domme schapen vulden de lucht met opstandig geblaat. Alleen de oude ezel durfde zich, ondanks zijn eerste succesvolle poging tot verzet, niet langer te verweren en balkte na elke mishandeling alleen maar jammerlijker:

'Bang, bang! Ik ben zo bang!'

De opstand verbreidde zich ongemeen snel, want overal namen de honden het op voor de slachtoffers van onrecht en gingen de onderdrukkers te lijf. Er braken voortdurend gevechten uit, er vloeide bloed, stokslagen hagelden neer op ruggen, zwepen knalden, er werd aan één stuk door gevloekt. De stemmen van het afgebeulde vee weergalmden huiveringwekkend en vertwijfeld door de wijde omtrek. In die meedogenloze strijd sneuvelden heel wat dieren, terwijl ook veel mensen, gespietst door horens of vertrapt door hoeven, het leven lieten. De strijd werd steeds verbitterder, want de oogsttijd was aangebroken, de gewassen moesten worden binnengehaald en het land moest worden omgeploegd. Maar de paarden en ossen wilden niet gehoorzamen. De radeloze mensen schreven deze weerspannigheid toe aan de heersende hitte en een of andere epidemie.

Rex hoorde de berichten die hem hierover bereikten onbewogen aan. Zeker van de overwinning voelde hij zijn hart zwellen van trots. Hij stak zijn neus in de wind en zich voorhoudend dat hij zelf verantwoordelijk was voor alles wat er in de wereld gebeurde, waande hij zich reeds haar heer en meester. Om het moment van intrede van het universele geluk te bespoedigen, begon hij zelf de dorpen en stadjes langs te gaan.

Menige nacht bracht hij door op boerderijen in de paarden- en koeienstallen. En menigmaal moest hij wegvluchten voor de stokken, maar steeds weer keerde hij hardnekkig terug en als het licht in de boerenhutten doofde, sloop hij listig als een vos naderbij en verkondigde de nakende dag der bevrijding. Hij prees het toekomstige geluk aan met de hartstocht van een onwankelbaar geloof, maar niettemin had hij heel wat weerstand te overwinnen. Soms leek hij een luisterend oor te vinden, maar stuitte hij toch op een dof, apathisch stilzwijgen. Af en toe verhief zich een zware gehoornde kop, glansden ergens ogen op en werd ongeduldig met hoeven getrappeld, maar antwoord kreeg hij niet, er werd alleen gesnauwd:

'Naar je hok, hond! Stoor ons niet in onze slaap!'

'Heeft zich losgerukt van de ketting en denkt nu dat hij vrij is!'

Ten slotte gebeurde het dat ergens in een stal waar hij aandachtig werd aangehoord, een van de koeien hem, na lang en diep gezucht te hebben, tussen het herkauwen door slaperig en loom antwoordde:

'Waarom moeten we zo ver weg weiden gaan zoeken? En wie geeft ons daar iets warms te drinken? Wie voert ons hooi? Wie ververst het stro in de stal?'

En de ene koe na de andere begon de goedheid van haar eigenaar en haar comfortabele stal te loven.

'Het is ze er alleen maar om te doen jullie uit te melken en jullie kalfjes af te pakken!' gromde Rex ongeduldig.

'Kalfjes! Kalfjes!' zochten de koeien moeizaam hun geheugen af en een plotselinge pijn sneed door hen heen.

'En daarna slachten ze jullie en vreten jullie op!'

Doodsangst doorsidderde de zware lijven. In hun schemerige herinnering doemden beelden op van een rode baard en witte klauwen, die hun kinderen, hun moeders en hun naasten wegrukten en voor altijd wegvoerden. En opeens stak er als een stormvlaag een ijzingwekkend geloei op, dat zich razendsnel verspreidde van stal naar stal, totdat het hele dorp ontwaakte en de mensen met stokken kwamen aanrennen.

'Laat niet met je sollen, verdedig jezelf!' blafte Rex strijdvaardig en hij schoot de boomgaard in.

Maar de stokken misten hun uitwerking niet. Er daalde een stilte neer, die slechts af en toe werd doorbroken door een klaaglijk gesteun.

Rex schuimbekte van woede om zoveel karakterloze onderworpenheid.

'Bijt eerst maar 's mijn ketting door, dan zal ik je laten zien wat ik kan!' antwoordde een van de koeien.

'Wat een sukkel,' bemoeide een andere koe zich ermee. 'Wat dacht je nou, ik ga toch zeker niet mijn eigen baasje aanvallen. Sukkel!'

'Ik heb de boerin een keer een schop gegeven en daarna mocht ik drie dagen lang tegen een lege ruif aankijken, drie dagen!'

Geduldig proberend begrip op te brengen voor hun bezorgdheden, begon Rex opnieuw op hen in te blaffen.

'Ze laten ons niet gaan,' onderbrak een van de koeien hem. 'Op een keer ben ik 'm gesmeerd naar het bietenveld, daar ben ik weggejaagd.

Daarna heb ik het aardappelveld geprobeerd, ik was al door de omheining heen, maar toen hebben ze een poot van me gebroken. Nee, ze zullen ons niet laten gaan. Een hond laten ze wel vrij rond rennen, maar ja, die brengt dan ook geen geld in het laatje ...'

Met luide smakken herkauwend en af en toe met een klaaglijke loei te kennen gevend dat ze hun geliefde wei misten, verzonken de koebeesten in een diep gepeins.

Tot zijn geluk werd Rex in de stallen van de fokstieren heel anders onthaald. Hij kreeg onmiddellijk veel begrip. Ogen vlamden woest op, gedrongen koppen begonnen aan de kettingen te rukken en muilen stieten een hees gebulk uit dat de muren deed trillen.

'Leid ons! Verbreek onze ketenen! We hebben genoeg van de stal, het juk en de mens! Leid ons weg, de kudden zullen ons volgen. En wie ons in de weg staat, zal kennismaken met onze horens en hoeven!'

Het gebulk werd steeds oorverdovender, de hoeven schraapten over de grond, uit de ogen bliksemde woede en de ruwe tongen likten Rex liefdevol.

Gesterkt door hun strijdlust begon Rex de paardenstallen langs te gaan. Onverschrokken verschafte hij zich toegang tot de met drek besmeurde, krappe en bedompte boxen, waar een armzalig samengeraapt zootje scharminkelige paardjes opgesloten zat, waar honger, zweep en harde arbeid iedereen in gevangenschap gelijk hadden gemaakt.

Elders trof hij de vette merries van de pastoor, die niks van hem wilden weten, want de zeereerwaarde gaf hun elke dag een brok suiker of homp brood. Verder waren er weldoorvoede werkpaardjes die alleen maar droomden van een bak aardappelen met zemelen. Maar het gros bestond toch uit ellendige hoopjes paard. Een verzameling krakende botten en rafelige lappen vel, een stel kromgetrokken en murw geranselde knollen, blind, vol zwerende wonden, met uitgemergelde doodskoppen, klaar om als afval te worden afgevoerd. Een partij wegterende karkassen als prachtig voorbeeld van de morele verwording van de mens.

Toen Rex zijn verhaal had gedaan, vloeiden er tranen uit etterende ogen en klonken er wanhopig snikkende hinnikgeluiden.

'Te laat! Voor ons is geen redding meer mogelijk, voor ons is er geen enkele hoop meer! We zouden meteen door de wolven verscheurd en door de kraaien doodgepikt worden! Vervloekt zij ons leven!'

Daarentegen vond hij in de stallen van de rijkere boeren paarden die vroeger hoog in aanzien hadden gestaan en door wier aderen nog edel bloed stroomde. Deze bleken nog vatbaar voor woorden van hoop. De herinnering aan voorbije tijden bracht nieuw leven in hun stram geworden botten, de smaak van vrijheid was hun liever dan die van haver.

'Leid ons! Leid ons!' briesten ze uitzinnig, terwijl ze hun uitgemergelde oude koppen trots omhoogstaken en met hun neusgaten de geur van de vrij waaiende winden opsnoven.

'Ik herinner me nog de wijde wereld!' hinnikte een oude grijze hengst. 'Ik ben over zeeën gevaren! Met mijn hoeven heb ik de aarde doen opstuiven! Ik rende om het hardst met de winden. Het gebulder van kanonnen schrok mij niet af, kogels noch blinkende lanspunten joegen mij schrik aan. Laat de klaroen maar schallen! Wij zijn klaar voor de strijd! Aan de kant! Opzij! Wij vermorzelen de vijand onder onze hoeven.' En ondanks zijn kortademigheid en oude botten wilde hij zich losrukken en de vrijheid tegemoet stormen

Er waren nog andere paarden, die lang dienst hadden gedaan op landgoederen, in paleisparken en in grote steden, maar daarna door noodlottige omstandigheden waren weggezakt in een poel van leed en ellende. Onder hen waren renpaarden die door hun geruïneerde eigenaren van de hand waren gedaan en net als zij op de bodem waren beland. Je had er een Engelse volbloed met kreupele benen en gezwollen gewrichten die jarenlang een rosmolen had aangedreven en zich nu niet meer normaal kon voortbewegen, maar voortdurend rond zijn eigen as draaide. Het dier reageerde als een bezetene op de aansporingen van Rex.

'De jachthonden blaffen dat het een aard heeft! Hop hop! Dwars door het veld! Een vliegende start! In galop!' brieste het dier, terwijl het door de smalle stal begon rond te galopperen en daarbij steeds tegen de voederbakken en muren opbotste. Het rende daar maar rondjes, de groezige staart omhooggestoken, de rug gekromd, terwijl zijn manen alle kanten op wapperden.

Geschrokken van het gek geworden dier maakte Rex dat hij wegkwam. Daarna stuitte hij in een andere stal op een paar doodgewone boerenpaarden. Het waren kloeke, gezonde beesten, gewend aan harde arbeid en de zweep, die beschikten over een zekere boerenslimheid en zich niet overdreven uitsloofden, maar zich zo nodig in leven wisten te houden met het stro dat ze van daken trokken. Ze hoorden hem geduldig aan, terwijl ze hem uitvoerig besnuffelden.

'En wat zit er voor ons in het vat als de honden vrij zijn?' luidde hun nuchtere vraag.

Rex toverde hun vol enthousiasme prachtige beelden voor van een gelukkige toekomst.

'Alsof ze ons ergens anders zomaar iets voor niks zullen geven, al was het maar een handvol haksel!'

'Ook de mensen lokken ons met mooie praatjes: ploeg maar, paardjes, ploeg maar, als het klaar is, krijgen jullie elk een bak haver.'

'Vreetzakken, boerenhengsten! Kleingelovigen!' fulmineerde Rex, geschokt door hun sceptische houding.

'Rustig aan, jij! Alleen domme veulentjes rennen met opgestoken staart zomaar de wijde wereld in! De mens is een schurk, een tiran en een moordenaar, dat is bekend. Zweepslagen, kastijdingen, slavenarbeid en een karig maal – dat is ons loon. Maar wie gaat ons te eten geven als we eenmaal vrij zijn?'

'Alle hooibergen zijn dan van jullie! Alle klavervelden! Alle graanakkers!'

'Dat hebben wij onszelf ook al een paar keer voorgespiegeld, maar dat is altijd heel erg slecht afgelopen, met zweepslagen.'

'Blijf dan maar bij de mensen. Als verder iedereen weggaat bij hem, dan heeft hij tenminste nog wat achterblijvers over om af te beulen! Hij zal jullie zulke happen haver verkopen dat jullie geen tand in je bek meer over zullen houden.'

Ondanks hun boerse slimmigheid en voorzichtigheid waren de paarden toch aan het denken gezet en beloofden ze plechtig om, als het zover was, gehoor te geven aan zijn oproep tot verzet.

Rex begaf zich terug naar zijn ruïne. Onderweg ging hij hier en daar nog wat dieren langs om hen eraan te herinneren waar en wanneer ze bijeen moesten komen. Daarbij stuitte hij op een enorme troep varkens die een klaverveld van de landheren aan het omwoelen waren. Oudergewoonte wilde Rex al woedend op de vernielers afstormen, maar hij bedwong zich tijdig en probeerde hen voor zich te winnen.

Ze kwamen van alle kanten aangerend, de zeugen voorop. Ze gingen om hem heen staan, hieven hun snuiten naar hem op en staarden hem aan met hun schrandere grijze oogjes. Knorrend en heen en weer schommelend begonnen ze steeds dichter om hem heen te drommen, totdat Rex bijna in zwijm viel van hun stank en zich in het nauw gedreven voelde door al die snuiten met de blinkend witte slagtanden.

'Wat wil die?' viel een kolossale oude fokbeer hem bruusk in de rede. 'Had je niet genoeg botten meer om op te kluiven en ben je dan maar hier gekomen om ons op te hitsen? Had je het zo slecht bij de mensen? Je kunt er vreten tot je pens uit mekaar barst, de hele dag luibakken en naar hartenlust achter de teven aan rennen. Wat wil je nog meer?'

'Geluk en vrijheid voor alle verdrukten!' verhief Rex plechtig zijn stem.

'Hoor hem blaffen!' snoof de fokbeer verontwaardigd. 'Een hond die op bevel van de mens iedereen bijt, te lijf gaat en opjaagt! Die is erger dan de mensen zelf. Volgens mij heult hij met de wolven en wil hij met ons zijn voedselvoorraad spekken! We kennen dat soort weldoeners maar al te goed! Een van jullie heeft me eens mijn staart afgebeten en twee biggetjes van mij aan stukken gescheurd. Toen heb ik hem de pens opengereten. Pas jij ook maar op voor je ingewanden, spiegel domkoppen die vrijheid van jou maar voor, maar laat ons varkens liever met rust! De wijsneus, begrijpt niet eens dat de waarheid van de wereld gedragen wordt door varkens, dat zij het zijn die rust en orde en een geleidelijke vooruitgang verzekeren. Maar de ware heerser van de wereld is de mens, want hij is het brein! Hij denkt en werkt en zorgt ervoor dat wij allemaal iets te vreten hebben, dat wij kunnen bestaan. Jij met je geredeneer kan ons alleen maar te gronde richten. De wereld is op een wijze manier geordend, iedereen dient zijn plaats te kennen en te luisteren naar wat de mens hem beveelt.'

'Jullie worden gewoon opgegeten, maar de anderen mogen hun leven lang lijden en zich te pletter werken.'

'Zwijg, anders rijt ik je buik open, en denk eraan dat er in het bijzijn van zeugen niet over de dood wordt gesproken. Dat is ons geheim! Het is een vrijwillig offer dat we brengen voor de instandhouding van ons gehele geslacht. Scheer je weg en blijf zo ver mogelijk bij ons vandaan, onnozele hond.'

'O, zeugen, keuen, biggen en gij beren, hoor mij aan!' barstte Rex plotseling los.

Een smadelijk gelach overstemde zijn pathetische geblaf.

'Zwerfhond, schooier, dief.'

'Jouw vrijheid is net zoveel waard als een afgekloven bot.'

'Smeerlap, bijt de handen die hem te eten geven.'

'Hij wil ons de stallen uit jagen en aan de wolven overleveren!'

'Stomkop, wil oorlog voeren met de mensen!'

Zo gilde de uitzinnige meute varkens, terwijl ze met hun snuiten tegen hem aan stootten en steeds dreigender om hem heen drongen.

Rex besefte dat ze hem, als hij ook nog maar iets zou zeggen wat hun niet zinde, onder de voet zouden lopen en uit elkaar zouden rijten met hun slagtanden. Daarom hield hij zich koest en deed hij net of hij heel erg moe was. Hij knikkebolde, kwispelde met zijn staart om de vliegen weg te jagen, rekte zich behaaglijk uit en vleide zich ten slotte met uitgestrekte poten op de grond.

Daarop lieten de varkens hem eindelijk met rust. En omdat de middagzon ongenadig brandde, verspreidden ze zich traag over de voren en greppels om een koel plekje te vinden voor hun dikke buiken.

'Er zijn te veel varkens op de wereld,' dacht Rex bij zichzelf toen hij zich verlost wist van hun gezelschap. 'Hun koppen zijn te zwaar om omhoog te kijken naar de zon!' stelde hij met leedwezen vast, waarna hij zich schielijk terugrepte naar zijn onderkomen.

Hij zat niet al te lang in over het voorval met de varkens, zeker als hij ervan was dat de meerderheid hem toch wel zou volgen. Want zijn boodschap was al doorgedrongen tot de massa's en verspreidde zich als een lopend vuurtje. Het leed van eeuwen had in de harten van de dieren de voedingsbodem gelegd voor de zaadjes van geloof en blinde gehoorzaamheid aan degene die hun de weg wees naar het beloofde land. Zijn grootse boodschap ging gepaard met de rotsvaste overtuiging dat het leven in vrijheid gelijkstond aan een eindeloze rij jaren met alleen maar voedsel, voortplanting en ontspanning. Het kwam Rex ter ore dat er hier en daar al onenigheid en ruzie was ontstaan over de vraag wie welke weidegronden in bezit zou krijgen. Hij hoorde deze berichten begripvol en minzaam aan.

'Ze worden ongeduldig, het is zaak om zo snel mogelijk op pad te gaan,' dacht hij bij zichzelf.

Sinds het voorval met de varkens werd hij begeleid door twee herdershonden die geen meter van zijn zijde weken.

Later kregen ze nog gezelschap van een hele meute loslopende en verwilderde zwerfhonden. Om die allemaal in leven te houden moest Rex samen met hen op strooptocht gaan naar de bossen, waar ze genadeloos huishielden onder het wild. Omdat hij nog niet vergeten was wat hem daar eerder was aangedaan, wilde hij gebruik maken van de gelegenheid om nog wat oude rekeningen te vereffenen en daagde hij wraakzuchtig alle bosbewoners uit tot een gevecht. Maar zoals te verwachten was, nam niemand zijn uitdaging aan, zelfs de wilde zwijnen hadden geen zin om de strijd aan te binden met de losgeslagen horde plunderaars. En ook de roofdieren van het bos trokken zich tactisch terug van het strijdtoneel, ze bleven op een afstand en lokten de indringers ongemerkt steeds dieper de wildernis in. Ondertussen viel de rest van het woud ten prooi aan de hongerige hondenbende.

De hele dag weergalmden de bossen van een uitzinnig geblaf, gevolgd door kreten van doodsangst en verschrikking. De ontketende meute doodde zonder mededogen en noodzaak. Op vele plaatsen klonk het doodsgekrijs van reeën en herten die aan stukken werden gescheurd. Iedereen die maar kans daartoe zag, verstopte zich of vluchtte weg naar de meest ondoordringbare hoekjes van het woud. De wildernis verstomde in ontzetting, zelfs de vogels zongen bedeesder dan anders en pas 's nachts, als de duisternis bescherming bood, barstte overal een smartelijk geweeklaag en gejammer los. Vooral de oehoes basten onheilspellend:

'Dood alom! Wee ons! Wee! Wee!'

'De vrijheid vergaat! De wildernis vergaat! De wereld vergaat! Wee ons!' huilden de stemmen in doodsnood.

En ergens in de ongeziene diepten van de wildernis klonk het langgerekte, zich steeds verder verwijderende gehuil van de wolven. Daardoor werden de honden in hun razernij alleen maar des te meer opgezweept en zetten ze met verdubbelde moordlust, bloeddorst en roemzucht een woeste achtervolging in om de confrontatie met de roofdieren aan te gaan en met hen af te rekenen.

'Ze vluchten weg als hazen! Schande over hen, ze verdienen de dood!' jankte Rex, uit alle macht meerennend in de achtervolging.

Ze joegen voort zo hard ze konden, in dolle woede, schuimbekkend, bijna buiten zinnen, tot ze aankwamen bij de diepste diepten van de wildernis, daar waar geen wegen, geen paadjes en geen dichte struiken meer waren, maar alleen een eeuwenoud, ontoegankelijk en aaneengesloten zwart naaldwoud oprees, waarin geen zonnestraal meer doordrong en waar eeuwige duisternis en doodse stilte heersten. Er was geen groen gras, geen bloem te zien, de bodem was bedekt met roestkleurige mossen en een soort grijzige korsten, hier en daar blonk in het duister als een troebel oog een moerasplas. De honden hielden de pas in en baanden zich moeizaam een weg over de omgevallen oeroude bomen en door de wirwar van dorre takken, stronken en afgebrokkelde stukken rots. De groenige schemer waarin alles, als op de bodem van de zee, vervaagde tot iets onwezenlijks en ongrijpbaars, boezemde zoveel angst in dat de honden schichtig met de staart tussen de poten verder slopen, terwijl ze telkens bleven staan en wantrouwig om zich heen snuffelden.

Het gehuil van de wolven in de verte verstomde, alleen de kreet van een arend hoog boven hen kliefde van tijd tot tijd door de lucht en de onzichtbare toppen van de bomen ruisten zachtjes in de wind.

Plots drong een vreemde, onaangename geur hun neusgaten binnen.

'Stop! Wat is dat voor een lucht?' vroeg Rex ongerust, terwijl hij om zich heen snoof.

De honden kromden hun rug, hier en daar hoorde je een dier met zijn tanden klapperen. Velen wilden al rechtsomkeert maken.

'Voorwaarts! Als het een vijand is, gaat hij eraan,' besloot Rex onverschrokken.

In gesloten linie zetten de honden zich in beweging, de neuzen tegen de grond, de oren opgestoken.

Het naaldwoud werd wat minder dicht, de bodem werd rotsiger, hier en daar gloorde er een streepje licht in het duister en klaarde het op. Ten slotte kwamen ze aan bij een open vlakte, omsloten door machtige witte rotsen die als scherpe slagtanden omhoogstaken naar de hemel. Reusachtige, als uit groenachtig brons gesmede beuken rezen er imponerend op. Een riviertje klaterde langs de stenen naar beneden. Grote zwarte vogels zaten op de rotsen. De hemel hing onbereikbaar hoog over het land en de middagzon zond haar warmte naar beneden.

De honden slurpten gulzig van het water en legden zich, na zich een poosje op het gras te hebben uitgeleefd, te ruste.

'Als we uitgerust zijn, gaan we terug,' besloot Rex, die nog altijd achterdochtig om zich heen snuffelde.

Ze vielen allemaal in slaap, behalve een van de herdershonden, die op een of ander verdacht spoor was gestuit en daar nu haastig achteraan ging. Hij rende alle kanten op met zijn neus tegen de grond en blafte zenuwachtig.

'Dit is niet van een wolf … ik snap het niet … alarm! De vijand is nabij!'

Plotseling deed een machtige doffe brul de lucht sidderen.

De honden sprongen allemaal op, klaar om te vechten of te vluchten.

Verderop was een groepje beren bezig om via grote keien in het water het riviertje over te steken. Voorop ging de mannetjesbeer, met twee jongen dicht tegen zich aangedrukt, en daarachter volgde de berin.

De honden, die nog nooit zulke monsters hadden gezien, waren verlamd van schrik en deinsden klaaglijk jankend achteruit. Klappertandend en koortsachtig rillend kropen ze dicht tegen elkaar aan. Rex schraapte met zijn poten over de grond en keek vol huivering naar de onbekende vijand.

Bij de overkant aangekomen, liet de mannetjesbeer de jongen over aan de berin, die hen, angstig om zich heen kijkend, met haar neus haastig begon weg te duwen in de richting van een met struiken begroeide rotsspleet. De mannetjesbeer ging op zijn achterpoten staan, stootte een machtig gebrul uit en begon zich toen langzaam in de richting van de honden te bewegen … Het was een enorm beest, groter dan een mens, rossig bruin met een witte halsvlek, en in zijn opengesperde muil blonken twee rijen witte tanden.

De honden stoven in paniek alle kanten uit, hun instinct zei dat ze moesten vluchten, ze waren vreselijk bang, maar tegelijk kolkte er zo'n razende woede in hen dat ze uitzinnig begonnen te janken.

Alleen Rex bleef roerloos staan. Hij stelde zich op aan het hoofd van zijn troepen, zijn hele lijf trilde van een geweldige drang om te vechten. Hij dook ineen voor de sprong, spande zijn spieren, kromde zijn rug, verzamelde al zijn krachten, boog zijn kop steeds lager, zoog zich met zijn gloeiende ogen vast aan de vijand – en het volgende moment wierp hij zich als een steen tegen de borst van de beer. De klap kwam zo onverwachts en was zo hevig dat het beest als een blok achterovertuimelde. Bliksemsnel sprong hij weer overeind, maar Rex ontweek hem. Hij begon om hem heen te rennen, deed voortdurend uitvallen en probeerde hem te bijten waar hij maar kon, zodat de beer zich brullend alle kanten op draaide zonder dat hij de hond in zijn klauwen kreeg.

Toen – als op commando van hun leider – stortte de hele meute zich op de beer. Honderd tanden en klauwen grepen zich vast aan zijn vacht en begonnen er meedogenloos aan te rukken. Er ontspon zich een verbitterd gevecht. De beer verhief zich telkens weer op zijn achterpoten en de hele tijd vlogen er honden door de lucht, die met gebroken ruggengraat en gekneusde ribben neerploften op de grond, waarna de anderen zich des te woedender vastbeten in de kolos.

Zelfs de gewonde honden vochten zo verbeten door tot hun laatste ademtocht dat de beer ten slotte niet meer op kon tegen de overmacht. Tevergeefs stortte hij zich met zijn vreselijke kracht en angstwekkende gebrul op de hele meute en verbrijzelde met één dodelijke uithaal van zijn poot de ruggen van zijn belagers. Hoeveel strotten hij ook doorbeet, hoeveel aanvallers hij ook doodtrapte met zijn poten, hoeveel hij er ook onder zijn gewicht verpletterde en verscheurde met zijn klauwen – het mocht niet baten.

De honden wisten van geen wijken. En als een eik die doorbuigt onder orkaangeweld, wankelde de beer alle kanten op. Overal rukten de tanden van de ontketende meute aan hem. Hij dacht er niet aan om te vluchten en verdedigde zich met de moed der wanhoop, maar reeds voelde hij de tanden doordringen in zijn ingewanden, reeds werden zijn flanken opengereten, zijn dijen uit elkaar gescheurd en zijn ribben gebroken. Keer op keer viel hij op de grond en werkte zich dan weer met een uiterste krachtsinspanning omhoog. Vol gapende wonden en met losse bloederige lappen huid vocht hij door, terwijl het floers van de dood zijn ogen reeds vertroebelde, totdat hij definitief ter aarde stortte.

Het beest deed nog een laatste poging om op te krabbelen, maar het volgende moment sprong Rex hem naar de keel. Ze vielen allebei op de grond, waarna de rest van de meute zich ook op de beer wierp. Daar verstrengelde zich alles in onontwarbare kluwen klauwen, koppen, tanden, gapende wonden en ijselijke kreten. De kluwen rolde over het gras, spatte bloed om zich heen, botste op tegen bomen, struiken en stenen en liet een spoor van doden en zwaargewonden achter zich.

Ondertussen daalden de raven neer van de rotsen en uit de bomen. Steeds lager cirkelden ze rond boven het slagveld.

Ten slotte weerklonk de laatste rochelende brul van de zieltogende beer.

Rex rukte het bloederige hart uit zijn lijf en vrat het gulzig op, terwijl zijn kameraden van het nog warme bloed slurpten en zich te goed deden aan het lillende vlees.

Schichtig omkijkend naar de rotsen, maande Rex zijn kameraden tot vertrek.

De honden hieven een triomfgehuil aan dat klaaglijk door de wouden schalde, en maakten zich haastig op voor de terugtocht.

Op het slagveld bleven alleen creperende dieren en lijken achter, omzwermd door raven, kraaien en haviken, die zich op het feestmaal stortten.

Hoewel ze uitgeput waren door het gevecht, renden de honden zo snel ze konden weg, met achterlating van de verzwakten en zwaargewonden, totdat ze in de ochtendschemering hun slaapplaatsen bereikten.

Er waren er nog maar weinig over, de dappersten waren gesneuveld in de strijd of lagen te creperen in de bossen.

'De overwinning is duur betaald!' jankte Rex zachtjes, terwijl hij de treurige restanten van zijn troepen overzag. De overlevenden konden door uitputting en bloedverlies nauwelijks nog op hun poten staan. Hij was vooral bedroefd om de twee herdershonden, die bij de eerste de beste aanval op de beer het leven hadden gelaten.

De honden sleepten zich mistroostig naar de boogzaal, maar niemand kon de slaap vatten, want uit de wouden zwol een onheilspellend gemurmureer aan. Het gerucht over de dood van de beer was zich bliksemsnel aan het verspreiden: de vogels zongen het elkaar toe, de bomen ruisten het van de een naar de ander en de winden verspreidden het. Ten slotte trok er één lange jammerklacht door de wildernis:

'De vorst van het woud is gevallen! Wee de wildernis! Dood aan de moordenaars! Dood!'

‘Een geweldenaar was het, een ware heerser!’ moest Rex toegeven, terwijl hij terugdacht aan de enorme kracht en de machtige brul van de beer. Hij kreeg er koude rillingen van en bij het horen van de jammerklachten van de woudbewoners besefte hij dat alle wilde dieren wraak wilden nemen op hem en de honden.

‘Je kunt het niet opnemen tegen de hele wereld!’ jankte hij angstig, toen de kreten van verontwaardiging steeds heftiger en woester kwamen aangolven.

Daar kwam bij dat de aanbrekende dag bewolkt en winderig was en Rex zich af en toe verbeeldde dat de bomen in de wind omhoogrezen, uit hun wortels schoten en zich klaar maakten om zich onder het aanheffen van een wild strijdlied gierend op hem te storten. Hij voelde zich zo dodelijk vermoeid dat hij neerzonk op zijn leger en meteen in slaap viel. Maar telkens als de wind maar even aantrok en harder begon te loeien, schrok hij wakker en meende hij het langgerekte gehuil van wolven, het gekras van raven en het verre, verre gebrul van een beer te horen …

‘Eentje is er dood, maar hoeveel zijn er nog over?’ vroeg hij zich af en hij vluchtte de velden in om stilte te zoeken en verder te slapen.

Toen hij ten slotte wat had kunnen rusten en een beetje gekalmeerd was, zond hij in alle windrichtingen koeriers uit om bekend te maken op welke dag iedereen moest samenkomen op de weidegronden van de heren aan de rand van het bos.

De samenkomst was gepland voor zondagmiddag, op het moment dat de kerkklokken zouden gaan luiden.

Beducht voor elk mogelijk gevaar wachtte Rex vol ongeduld op het moment van samenkomst.

‘Op naar de vrijheid! De zon tegemoet! Ver weg! Heel ver weg!’ herhaalde hij steeds weer als in ijlkoorts.

Die laatste paar dagen voor de samenkomst bracht hij trillend van opwinding door. Koortsachtig rende hij van hot naar her. Doelloos liep hij rond door de ruïne waar hij zijn hoofdkwartier had. Nu eens rende hij de velden in, dan weer kroop hij in de bosjes en lag daar dan urenlang om zich heen de lucht op te snuiven en rond te kijken, zijn zenuwen nauwelijks meester. Tot overmaat van ramp brachten ook de nachten hem geen verlichting. Want dan bazuinden de uilen en de oehoes, als het ware speciaal voor hem, vanuit de bomen zulke nieuwtjes over de toorn van de wildernis dat de angst hem om het hart sloeg en zijn tanden begonnen te klapperen. En overdag waren het de kraaien die, rondcirkelend boven de ruïne, almaar onheilspellend krasten. Er moest daar iets gaande zijn in de duistere diepten van de wildernis, want de verkenners die waren uitgezonden, kwamen terug met verontrustende berichten over geheime bijeenkomsten van wolven en vossen. Ook waren er waarnemingen van roedels herten die vlak bij de ruïne werden gesignaleerd. Verder waren de wilde zwijnen in de buurt druk in de weer om weggetjes te banen naar de velden, terwijl boven de ruïne voortdurend hele zwermen roofvogels rondvlogen, die in de gaten leken te houden wat er daar beneden gebeurde. En van tijd tot tijd hoorde je duidelijk de verre echo van een bloedstollend gebrul.

Hij was ervan overtuigd dat er een grote strafexpeditie tegen hem werd beraamd.

Nog twee zonnen en twee nachten! sprak hij zich moed in en hij zag zichzelf al aan het hoofd van onafzienbare massa's naar het oosten, naar de vrijheid trekken.

In de voorlaatste nacht voor de samenkomst, toen het zo koud en regenachtig was dat je zelfs op twee pas afstand niets kon ruiken, gaven de wolven een teken van verzoening en lieten weten dat ze tot een vergelijk wilden komen.

Rex sprong op een uitspringend stuk puin en boorde zijn ogen in de bosjes, waar groenige lichtjes flonkerden en het geschuifel van poten te horen was.

'Wat moeten jullie?' gromde hij uit de hoogte.

De wolven sleepten een stuk ree voor hem aan en Mankepoot gromde onderdanig:

'Heil de overwinnaar, neem de buit in ontvangst.'

'Wat moeten jullie?' gromde hij nogmaals vol verbazing, bang dat ze iets in hun schild voerden.

'Wij zijn gekomen om jou eer te bewijzen en tribuut te brengen!' keften de vossen en legden doodgebeten patrijzen, fazanten en hazenjongen aan zijn poten neer.

'Wat moeten jullie?' bulderde Rex, terwijl hij dreigend zijn tanden liet zien, waarop Mankepoot zich angstig tegen de grond aan drukte, naar hem toe kroop en smekend jankte:

'Red ons, onoverwinnelijke, red de wildernis!'

'Jullie zaken zijn de mijne niet! Maar blaf verder!' bromde hij minzaam.

'Triomfator! Jij hebt de beer, de vorst van het woud, gedood, neem de macht van hem over en bescherm ons.'

'Welk gevaar dreigt er dan? Misschien andere beren?' vroeg hij op een toon die verried dat hij daar erg ongerust over was.

'Erger. Mensen zijn het grote water overgestoken en houden een enorme drijfjacht. Ze rijden op paarden en op wielen en komen te voet, met achter zich aan een heel leger honden. Ze brengen dood en verderf. Ze moorden met bliksemflitsen, ze verdelgen met vuur, ze vangen met netten, vooral op ons wolven hebben ze het gemunt,' snikte Mankepoot, terwijl hij met zijn klauwen wanhopig over de grond krabde.

'En ook onder ons houden ze genadeloos huis,' huilde een vos met zijn staart voor zijn ogen.

'Een drijfjacht, in deze tijd van het jaar? Ik heb daar ook eens aan meegedaan, maar dat was in de winter, toen er sneeuw lag en we goed de sporen konden volgen.'

'Ze zijn onverwachts binnengevallen en moorden iedereen uit! Red ons! Red!'

'Wij zijn onschuldig! Onschuldig!' jammerden de vossen in koor met de wolven. 'De mensen zijn laaghartig, ze willen onze vacht hebben! Het zijn rovers en schurken, ze leven ten koste van ons!' klonk het huilend.

'Ha, de wolf verwijt de mens dat hij zwart ziet!' smaalde opeens de oehoe vanaf een nog overeind staande toren van de ruïne. 'Wie heeft er een hele kudde veulens uitgemoord? En wie heeft alle lammetjes uit de schaapskooi weggeroofd? Er wordt om minder wraak genomen!' oehoede de vogel, de wolven onbarmhartig al hun wandaden in herinnering brengend.

'Wij leven gewoon op grond van onze oeroude rechten! Wie wil ons dat betwisten?' grauwde Mankepoot, trillend van woede.

'De wolf ruit wel van baard maar niet van aard!' ging de oehoe honend verder. 'En wie heeft dat mensenjong vlak voor de deur van zijn huis weggekaapt?' herinnerde hij de wolf giftig aan een ander voorval.

'Kom 's hier jij en zeg dat nog eens in mijn gezicht, jij luizig pak veren, rattenvanger die je bent!'

‘Hou je snavel, schreeuwlelijk!’ bulderde ook Rex. ‘Zit me daar nachtenlang lasterpraatjes rond te tateren in de bossen! Preekt over de wetten van de wildernis! Weg met dat weerzinwekkende mormel!’

De oehoe maakte dat hij wegkwam en zocht haastig een heenkomen in het woud. Daarna deed Mankepoot uitgebreid verslag van de drijfjacht en schetste een onthutsend beeld van de moordlust en gewelddadigheid der mensen.

‘Ze deinzen nergens voor terug, ik ken ze maar al te goed! Maar hoe kan ik jullie beschermen?’ vroeg Rex en hij verzonk in een diep gepeins.

Ten slotte werd een heel eenvoudig plan bedacht, iets wat bovendien de ijdelheid van Rex streelde.

‘Geef de dieren die de mensen dienen, een teken dat ze hun bazen moeten verlaten, dan wordt hun hele macht gebroken. Wat beginnen ze zonder paarden en honden?’

‘Maar dan hebben ze nog altijd hun bliksemflitsen! Ze beschikken over verschrikkelijke vermogens! Ze kunnen stormwinden temmen en water voor hun kar spannen! Ik heb hun krachten gezien! Ik haat ze net zo als jullie. O, wat haat ik ze …’

‘Onverslaanbare, verhef je stem en alle bewoners van de velden, boerderijen en wildernissen komen in opstand. Je hoeft maar te gebieden en al wie horens, hoeven, slagtanden en klauwen heeft, zal zich op de tweepoters storten, ze onder de voet lopen en alle kanten op jagen. We denderen over ze heen. We roeien ze uit tot de laatste man! Red de wildernis. Red de wereld van de mensenplaag. Je zult onsterfelijk worden. Het nageslacht zal je roemen. Je zult een plaats veroveren in de harten van allen. Sta op, gebied en leid ons en je zult een overwinning aanschouwen zoals nog nooit een oog heeft aanschouwd. Ga ons voor in de strijd tegen de gemeenschappelijke vijand! Wij zullen hem vernietigen! Moge de herinnering aan hem voor altijd worden uitgewist. Moge zijn naam worden vervloekt vanwege alle misdaden waarmee hij de aarde heeft bezoedeld,’ huilde Mankepoot met een hese, van wilde haat doortrokken stem. ‘Hij roeit alles om zich heen uit! Hij heeft steeds meer ruimte nodig! Hij verontreinigt het water, vernietigt de bossen en laat enkel woestenij, dood en van die afzichtelijke, eentonige velden achter. We hebben geen plek meer om te jagen, we kunnen ons niet meer in leven houden! Het beste wild verhongert! En nu strekt hij zijn roofzuchtige klauwen uit naar de wildernis, ons laatste toevluchtsoord, ons thuis, waar onze voorvaderen vanouds hebben geleefd,' huilde Mankepoot, ten prooi aan wanhoop en angst voor de dag van morgen. 'Ons wacht de hongerdood! De elanden zijn al weggevlucht, ze hadden geen plek meer om rustig te baden en zich voort te planten! De herten zijn op zoek naar nieuwe plaatsen om te grazen. De reeën zoeken hun heil op het open veld. De laatste dassen zijn weggevangen in ijzeren klemmen. Zelfs de beren zijn niet veilig meer in hun holen. Er is een vernietiging aan de gang, een totale vernietiging. Leid ons, red de wildernis! We hebben onze laatste tanden ervoor over om te zorgen dat ook onze nakomelingen het ruisende dak van de wildernis boven zich voelen, dat de bouwwerken van de mens tot puin vergaan en de velden weer begroeid raken met bos. Red ons!' zo smeekten ze Rex jammerend, terwijl ze zijn poten en vacht likten.

'De mens kunnen we niet uitroeien,' erkende Rex, daar maakte hij zich geen illusies over. 'De duistere nacht kan niet worden omgesmeed tot klaarlichte dag. Maar wraak nemen – daar heeft de verdrukte het volste recht toe! Ik ken de tweepoters, naakt zijn ze, zwak, zonder scherpe tanden en klauwen, maar evengoed zijn ze de ergste van allemaal! Ze hebben een onvoorstelbare kracht in hun kop. Je kunt tegen ze in opstand komen, maar verslaan kun je ze niet. En wie zich inlaat met hen, zal ten slotte als slaaf voor ze moeten werken. Maar ik heb mijn boeien al verbroken en het zal niet lang meer duren of alle dieren die op de velden werken, zullen oproer kraaien en mij volgen!' zo beloofde hij, zijn kop trots opgestoken, en hij begon bij de gedachte aan zijn grootse missie opnieuw prachtige beelden te schetsen van het nakende geluk.

Zijn boodschap was al bekend, maar pas toen Rex uitgeblaft was, jankte Mankepoot:

'Wij zweren je trouw en gaan met je mee!'

Rex keek de wolven wantrouwend aan, maar hun ogen straalden zoveel oprechte overgave uit dat hij hen geloofde.

'Maar eerst moet je ons helpen! Ik zal jou en je honden erheen brengen langs allerlei sluippaadjes die ik goed ken. Ik weet waar ze bivakkeren. We vallen ze vannacht aan als de paarden uitgespannen zijn. Jij en je honden gaan er als eersten op af, want de paarden vertrouwen ons niet, die koesteren nog bepaalde oude vooroordelen jegens ons. Bij volle maan zullen we je trouw en gehoorzaamheid zweren, maar red ons eerst.'

Ze trokken zich terug in het struikgewas om Rex de gelegenheid te geven na te denken over hun voorstel.

Hoewel zijn achterdocht nog niet geheel was weggenomen, besloot hij toch om de wildernis te redden. Het bood een goede gelegenheid om zijn wraakzucht te bevredigen. 'Een goede oefening voor mijn jongens in het onbevreesd aanvallen van de mens,' zo redeneerde hij.

Nadat hij een vijftigtal van de dapperste honden om zich heen had verzameld, ging hij tegen het middaguur samen met hen op pad. Mankepoot liep voorop en via de sluipweggetjes die alleen hij kende, leidde hij hen dwars door de bossen heen, terwijl de andere wolven hen flankeerden. Toen ze al ver waren doorgedrongen in het woud, vervolgden ze hun weg in het diepste stilzwijgen. Het was of ze er helemaal in oplosten, alleen de haviken en raven die boven de bomen achter hen aan vlogen, verrieden hun aanwezigheid. Af en toe hielden de honden halt om uit te rusten en zich te goed te doen aan het voedsel dat de wolven en vossen hun brachten. Pas in de late avondschemering kwamen ze aan bij de rand van de rotsige open vlakte die Rex maar al te goed kende, en verstopten zich in het struikgewas.

De vlakte was hel verlicht door kampvuren, overal kringelde rook en gonsde het van de stemmen van mensen en dieren. De avondwind voerde de prikkelende geuren van geroosterd vlees aan. De paarden kauwden haver uit linnen zakken en de losgelaten honden dartelden vrolijk blaffend rond tussen de karren en knaagden aan de hun genadig toegeworpen botten. De jagers zaten rond de vuren geschaard. Er hingen enorme hertenbouten aan kruisspitten te braden. Glazen rinkelden en uitbundige drinkliederen schalden. Ondanks de vermoeienissen van de drijfjacht leek iedereen zich helemaal uit te leven na het binnenhalen van de rijke buit.

Nadat Rex het terrein had verkend, gaf hij de dieren die voor de mensen werkten, het reeds welbekende sein zich gereed te houden voor de strijd. De honden begonnen blij te janken en hielden zich daarna stil, terwijl de paarden de voerzakken van zich af wierpen en ongeduldig met hun hoeven over de grond schraapten. De hele wildernis hield haar adem in.

Het moment waarop de strijd zou losbarsten, kwam langzaam en onverbiddelijk dichterbij.

En toen de mensen, na zich volgevreten en zich bezat te hebben, zich op een kluitje te ruste legden, toen er niet meer werd gestookt en de kampvuren begonnen te doven en te roken, klonk het korte commando van Rex:

'Vertrappen en uiteenjagen! Voorwaarts! Voor de wildernis, voor ons thuis! Voor de vrijheid!'

De wolven hieven zo'n ijzingwekkend en opzwepend strijdlied aan dat de aangevuurde horde honden terstond de kampplaats op stormde. Er barstte een onbeschrijflijk gehinnik en geblaf los. De paarden schopten de mensen wild briesend met hun hoeven waar ze hen maar raken konden, en vertrapten de smeulende kampvuren, zodat de gloeiende stukken houtskool in het rond vlogen. De honden, die met de wolven wedijverden in moed, omsingelden de drijvers en de jagers en stortten zich met een woest gehuil op de vijand. De uitgetrapte vuren doofden geheel.

In het donker en in paniek door de onverhoedse aanval renden de uit hun slaap gerukte mensen als gekken door elkaar, zonder dat ze er een benul van hadden wat er gebeurde. Ze vluchtten de bossen in of zochten, luidkeels schreeuwend en proberend de belagers van zich af te slaan, hun heil in de bomen en op de rotsen. In de verschrikkelijke chaos klonk slechts zelden een schot, omdat de jagers, die door de plotselinge overval alle kanten op waren gestoven, niet bij hun geweren konden komen. Ondertussen woedde de strijd steeds heviger en meedogenlozer. Wanhoopskreten doorsneden de lucht. Het gekerm van de levend in stukken gescheurde slachtoffers ging verloren in de kakofonie van geblaf, gejank, getrappel en gehinnik. Het duurde een tijdje voordat de mensen, bekomen van de eerste schrik, enige weerstand begonnen te bieden. Hier en daar probeerde een enkeling met alleen zijn blote vuisten een hele meute van zich af te houden. De wolven vielen dol van woede aan, reten de mensen aan flarden en sleurden ze heen en weer over het slagveld. Een schutter in een gescheurde jachtlivrei, met een gezicht vol schrammen en overdekt met vreselijke wonden, verdedigde zich met een smeulend stuk hout tegen een hele troep wolven. Een ander, die door de paarden onder de voet werd gelopen, krijste erbarmelijk onder hun hoeven vandaan. Weer een ander was op een hengst gesprongen, die als een gek met hem wegstoof en hem tegen bomen en rotsen aan slingerde. Een reusachtige kerel had een wolf bij zijn achterpoten vastgegrepen en hakte daarmee in op de aanvallers. Ten slotte klonken er uit de beuken en van de rotsen steeds vaker salvo's en zag je in de oplichtende flitsen kluwens in elkaar verstrengelde honden, wolven en mensen over de grond rollen. De paarden, die door het dolle heen waren, vertrapten alles en iedereen.

Rex, met Mankepoot aan zijn zijde, ging voor in het gevecht. Hij wierp zich aan het hoofd van zijn troepen in het strijdgewoel, waarschuwde als er gevaar dreigde, joeg de dieren die zich aan de gevechten wilden onttrekken terug, en schoot daarna weer zijn kameraden op het slagveld te hulp, terwijl hij in het donker zijn angstaanjagende leeuwenstem liet bulderen om zijn medestrijders tot het uiterste aan te vuren.

Mankepoot, niet bij machte zijn bloeddorstige aard in te tomen, stortte zich keer op keer in het heetst van de strijd om zijn eeuwig onbevredigde moordlust te stillen, waarna hij druipend van het bloed en meestal met een stuk vlees in zijn bek weer terugkeerde.

'Leg neer! Je gaat toch geen mens opvreten!' snauwde Rex hem met onverholen afkeer toe.

Iets van spijt deed zijn hart ineenkrimpen. Weliswaar zag hij met de kille en geconcentreerde berekening van de ware veldheer toe op het verdere verloop van de strijd, maar toch begon hij uit een plotseling opkomende aversie jegens de wolven zijn honden op te roepen, zich wat in te houden en maande hij hen tot grotere voorzichtigheid.

'Wij mogen met onze eigen huid betalen om jou aan de overwinning te helpen,' gromde Mankepoot misnoegd.

'Jullie strijden voor je vrijheid en je voortbestaan, wij alleen om de eer! Vergeet niet dat wij meedoen op jullie verzoek. Als jullie niet tevreden zijn, trek ik mijn jongens wel terug uit de strijd,' dreigde Rex, terwijl hij zijn tanden liet blikkeren.

Helemaal buiten zinnen door de geur van bloed en de kreten van de mensen die aan stukken werden gereten, wierp Mankepoot zich opnieuw in de strijd.

Maar Rex, die zich meer en meer afzijdig begon te houden, hoorde al dat geschreeuw en gekerm op het slagveld met toenemende ergernis aan. De wanhopige kreten van de mensen sneden hem door de ziel, zijn geweten werd pijnlijk wakker geschud. Tevergeefs probeerde hij zich los te maken van deze gevoelens, maar hij ontkwam er niet aan, overal werd hij erdoor achtervolgd. Ergens zag hij een man op het riviertje af kruipen, maar eigenlijk was het niet meer dan een restje mens: een stuk vlees met flarden kleding en verbrijzelde botten, druipend van het bloed en erbarmelijk krijsend. En Rex moest denken aan zijn vroegere baasje, die een keer tijdens een jachtpartij verwond werd door wilde zwijnen. Die had hij toen ook zo aangetroffen: op handen en voeten naar het water toe kruipend. En in een wonderlijke opwelling van mededogen liet hij zich neervallen naast de gewonde man en begon jankend zijn gezicht te likken. Een paar langsrennende wolven wilden de zieltogende man doodbijten, maar Rex joeg ze woedend weg. Hij kon de wanhoopskreten van de mensen niet langer aanhoren.

Nu, bij het zien van de overwonnenen, die als hazen zo hulpeloos spartelden in de klauwen van de wolven, begon hij klaaglijk te janken om hun smadelijke ondergang. Hij vergat zijn wrok en haat jegens hen.

Plotseling voelde hij weer zijn aloude gehechtheid aan de mensen, zijn onderdanige angst voor hun almacht en hun wonderlijke onderlinge verbondenheid. Bij momenten besefte hij in het diepst van zijn hart dat zij hem toch het meest na stonden, dat hij aan hun zijde moest strijden en samen met hen ten onder moest gaan. En tegelijk groeide in hem de haat jegens de wolven en hun weerzinwekkende wreedheid.

De strijd ontaardde inmiddels in een chaotische en gruwelijke slachtpartij. Steeds verscheurender klonk het geschreeuw van de slachtoffers die aan flarden werden gereten. Gegrepen door een razende bloeddorst hielden de horden ongenadig huis onder de mensen die gewond en uitgeput ter aarde stortten. Triomfgehuil vermengde zich op het slagveld met het gekraak van brekende botten en het doodsgerochel van stervenden.

Alleen een paar heldhaftig terugvechtende mannen, die als door een wonder hadden weten te ontkomen aan de scherpe tanden van de aanvallers, waren erin geslaagd hun karren te bereiken, waar ze zich hadden gewapend met bijlen, spiesen en rieken. Nu verdedigden ze zich als leeuwen tegen een hele bende wolven die hen omsingeld hielden en van alle kanten op hen af sprongen. Die onverwachte weerstand en de felle schittering van de stukken ijzer die onophoudelijk op hen neerdaalden, maakten de dieren enkel nog doller van woede. Ondertussen knetterden uit de bomen steeds meer schoten en regende het kogels die almaar vaker doel troffen.

Rex maakte van de gelegenheid gebruik om met een luid gejank op te roepen tot een staken van de strijd.

Op dat moment werd hem de weg versperd door Mankepoot, die tegen hem op sprong en hem woedend toeblafte:

'Verrader! Je laat ons in de steek! Maar wij blijven hier tot we het laatste menselijke botje hebben afgekloven.'

'Als je het zonde vindt om die lijken te laten liggen, vreet ze dan maar gerust op! Wij hebben wel wat beters te doen dan creperende tweepoters afmaken. Snap je niet, stomme ramskop die je bent, dat ze wapens hebben om zich te verdedigen! Moet je kijken hoeveel jongens van jou ze al hebben kapotgeschoten! Hoor je ze knallen?! En er zijn er ook al heel wat de bossen in gevlucht, die gaan misschien hulp halen. Wat heb je eraan om er nog een stuk of wat dood te bijten? Het is hoog tijd om ons terug te trekken.'

'Scherp je tanden en klauwen! Bijt ze dood, scheur ze kapot, rijt ze aan stukken! Maak ze af!' huilde de ontketende Mankepoot en stortte zich, zonder acht te slaan op de waarschuwingen van Rex, met zijn wolven op de karren.

'Vandaag nog gaan ze jou villen, stinkbeest,' gromde Rex meewarig en hij riep zijn eigen troepen nogmaals op om de gevechten te beëindigen en zich terug te trekken. Maar het duurde een hele tijd voordat ze hem gehoorzaamden en eindelijk het slagveld verlieten. Vooral met het bijeendrijven van de alle kanten op gestoven paarden ging veel tijd verloren. Ondertussen begon er in de diepten van het woud een onheilspellend lichtschijnsel te gloren.

Het was of de zon opkwam, maar er klopte iets niet, ze leek in alle vier de windstreken tegelijk op te komen. Alsof er een bloedrode dageraad uit de aarde losbarstte, van alle kanten kwam aanvloeien en met vurige tongen opsteeg naar de toppen van de bomen. Toch was de hemel zwart, sterrenloos en betrokken. De bomen stonden er roerloos bij, er was alleen een dof gedruis te horen dat almaar aanzwol.

Rex herkende de prikkelende geur van rook en verstijfde van schrik.

'Achter mij aan! Zo snel je kunt! Achter mij aan!' jankte hij plotseling en het volgende moment rende hij, in doodsangst, instinctief in de richting waar het nog het donkerst was, terwijl de hele horde honden hem volgde. Alleen de paarden waren bij het zien van het vuur, woest hinnikend en alles en iedereen onder de voet lopend, teruggekeerd naar de open vlakte.

Het lichtschijnsel breidde zich uit, het rees op als een muur en kwam razendsnel naderbij. Je kon reeds, als door een bloedrode nevel, de vechtenden op het slagveld zien. De dichtstbijzijnde bomen begonnen zich zwart en steeds imposanter af te tekenen en hier en daar glansde rozig een rotspunt op .

Plotseling begonnen de vogels te krijsen. Er stak een stormwind op en de vlammen grepen als het ware de bossen bij de keel, duizenden vuurtongen flitsten langs de enorme zwarte stammen en schoten, overslaand van tak naar tak en van boom naar boom, steeds verder omhoog en vraten zich met bloederige tanden een weg door de duisternis.

Een flakkerende ring van vuur omsloot de vlakte. Alles werd brandhelder! Het woud baadde in het licht van ontelbare fakkels. Een vlammende, rokende en knetterende zondvloed stortte zich uit over de wereld. De weerschijn van het vuur kleurde de hemel roestrood. Het triomflied van het vuur loeide door de wildernis. De verschroeide woudreuzen begonnen, fonteinen van bloedrode vonken om zich heen spattend, kreunend om te vallen. En te midden van dit orkaangeweld was het wanhopige gekerm van de stervende dieren en mensen nauwelijks nog te horen.

4

De warme, met sterren bezaaide nacht was al ver gevorderd. Uit de dorpen in de verte klonk het gekraai van hanen. Rust lag over het land. De velden en de bossen ademden stilte. Een sluier van nevels spreidde zich zilverwit, als een onafzienbare bevroren zee, uit over de wereld. Geen enkele vogel zong, nergens ritselde een roofdier op jacht naar een prooi. De bossen hulden zich in een doods stilzwijgen. De hele wereld lag verzonken in een diepe, ongestoorde slaap. De dauwdruppels hingen er verstild bij.

Alleen in de ruïne aan de rand van het bos werd niet geslapen.

Op een reusachtig brokstuk van de oude vestingmuur zat Rex, met naast hem Stommetje. De jongen sliep nog half en bromde af en toe kort iets als reactie op wat Rex hem vertelde. Ze begrepen elkaar moeiteloos.

'De laatste nacht!' gromde Rex, terwijl hij gespannen de duisternis in tuurde, als wilde hij het aanbreken van de ochtend bespoedigen.

'Loebas had het daar ook al over, maar ik was toen zo ziek dat het niet tot me door is gedrongen ...'

'Jij gaat met ons mee!' zei Rex gedecideerd. 'Je kunt ons nog goed van pas komen.'

'Dus toch aan de mensen blijven hangen! Maar we moeten geen domme dingen uithalen. Gaan jullie echt?' vroeg hij, want hij kon het nog altijd niet geloven.

Rex moest de hele tijd denken aan de nieuwe dag die weldra zou aanbreken. Hij rilde van angstige afwachting en stille vreugde. Hij kon zich alleen niet voorstellen hoe alles zou lopen. In gedachten snelde hij ver vooruit en doolde hij rusteloos rond in onbegaanbare woeste streken en ongekende droomwerelden. Zijn enige gids was een hunkerend verlangen dat heel zijn hart vervulde.

'We gaan op weg! Op naar het oosten, naar de zon, de vrijheid tegemoet!' bulderde hij, waarna hij zich uitrekte op zijn achterpoten en uitgebreid in alle windrichtingen snoof. 'De wolven zijn hier ergens in de buurt.'

'Ik dacht dat ze verbrand waren.'

'Die Mankepoot is een slim baasje, hij heeft de wolven die nog in leven waren, via de rivier in veiligheid weten te brengen. Er zijn er heel wat omgekomen, maar de rest is toch, verschroeid of niet, ontsnapt aan het vuur. Maar de mensen zijn tot de laatste man omgekomen.'

'Niet waar! Ik heb zelf een paar overlevenden gezien, in het landhuis. Ze hebben zulke vreselijke dingen verteld dat iedereen moest huilen. Ze geven de wolven de schuld van alles. Ze zeiden dat ze een heel leger gingen verzamelen en zo'n klopjacht wilden organiseren dat die voor eens en altijd worden uitgeroeid. En ook de familie wil wraak, want een paar van hun lakeien en de rentmeester zijn niet teruggekomen van de drijfjacht.'

'Maak jij je nou maar niet druk om onze huid,' jankte Mankepoot, die naast hen was komen liggen. 'Voor ze een kik kunnen geven, bijten we ze allemaal de strot door. We lusten ze rauw.'

'Breng ze dat dan eerst maar eens aan het verstand met dat gehuil van je!' gniffelde Stommetje.

'Die tweepotige stinkbeesten komen ons de strot uit,' gromde de wolf, terwijl hij zijn snuit tegen Stommetje aan duwde. 'Wat hebben we hier – een mensenjong?' vroeg hij met dreigend ontblote tanden.

'Hij is hier met onze permissie. Niemand mag hem een haar krenken,' waarschuwde Rex.

'Als hij 't waagt een poot naar me uit te steken, dan ...' dreigde Stommetje, terwijl hij met een lang mes blikkerde.

Mankepoot sloeg hem het wapen uit handen, zette er een poot op en spotte:

'Probeer me nu maar 's te steken, snotaap!'

Bliksemsnel stak Stommetje zijn hand in de muil van de wolf, greep hem achter bij de tong vast en gromde:

'En probeer jij me nu maar 's te bijten, verschroeide luizenpels! Ik zal je sterretjes laten zien!'

Rex wist de boel snel te sussen, waarna de twee kemphanen vredig naast elkaar gingen liggen, alsof er niets gebeurd was.

'Wij hebben geen vaderland meer,' jammerde de wolf, met moeite zijn pijnlijke tong bewegend. 'Wij zijn ongelukkige ballingen! Wij schikken ons naar jouw wetten en zullen je trouw dienen. We zullen je overal volgen.'

'Onderweg zouden jullie mooi de koeien kunnen bewaken,' liet Stommetje zich ontvallen.

'Eentje meer of minder maakt voor een wolf toch niet uit!' gromde Rex.

'Alsof jullie honden beter zijn en alleen maar gras eten,' gaf Mankepoot lik op stuk.

'Voor iedereen zal er genoeg vlees zijn! Onderweg zullen er flink wat beesten creperen!' snoerde Stommetje iedereen gauw de mond.

Na Stommetje een tevreden lik gegeven te hebben, trok de wolf zich terug in de bosjes om nog wat te slapen.

De nacht liep onverbiddelijk ten einde, de sterren verbleekten, de hemel begon al flauw op te lichten.

'En als de mevrouw je nou weer in genade aannam?'

Deze vraag was zo schokkend en kwam zo onverwachts dat Rex ervan rilde en het een poosje duurde voor hij een antwoord vond. Hij gromde dof:

'Te laat! Hebben ze het over mij gehad? Ik heb voor altijd met de mensen gebroken. Wat dood is, kan niet weer tot leven worden gewekt. Zelfs de herinnering aan het verleden is voor mij vervloekt. Ik zou niet meer in onvrijheid kunnen leven, ik wil niet meer bedelen om de gunst van de mensen en gelaten alle onrecht, honger en vernedering ondergaan. De bewoners van de velden en de boerderijen hebben allemaal hun vertrouwen in mij gesteld, al het onrecht schreeuwt om wraak, ik ben het die aan alle onvrijheid een einde moet maken en daarvoor in de plaats geluk moet brengen. Ze hebben hun lot en dat van hun nageslacht in mijn poten gelegd. En ik zal hen wegleiden uit de slavernij, dat is mijn opdracht. Te laat,' jammerde hij, waarna hij zich plat tegen de grond drukte en losbarstte in een hartverscheurend gejank. 'De mens is slecht, vals en verraderlijk! Hij kan niet anders dan liegen, moorden en onderdrukken. Laat ze maar eens proberen zonder ons te leven, wij redden het wel zonder hen. We hebben een lange reis voor de boeg, maar op het einde wacht ons de vrijheid!'

'Als jullie onderweg tenminste niet creperen van de honger,' smaalde Stommetje.

‘Ha, aan akkers en hooimijten zal er geen gebrek zijn en aan wild ook niet! Overal is ons tafeltje gedekt.’

‘Da’s waar,’ gaf de jongen toe en hij krabde zich op zijn hoofd. ‘Maar als er strenge vorst komt en het gaat sneeuwen, of als het almaar blijft regenen?’

‘Daarginder is het altijd groen en schijnt eeuwig de zon. De kraanvogels kennen die gelukzalige streken. Ze hebben mij er alles over verteld en hebben beloofd de weg daarheen te zullen wijzen. Ze komen later achter ons aan gevlogen.’

‘Als ze daar zo’n heerlijk paradijs hebben, waarom komen ze dan naar ons toe?’

‘Ook de winden waaien alle kanten op. Is er in het landhuis over mij gepraat?’

‘Toen het bekend werd dat jij een beer in stukken had gescheurd, heeft mevrouw in eigen persoon de huishoudster de huid vol gescholden, omdat die jou honger had laten lijden en gedwongen had om te vluchten. Ze vond het heel erg dat het zo gelopen was.’

Rex moest zachtjes huilen en verzonk in gepeins.

Stommetje liep de boogzaal in, legde een vuur aan en toen het flink brandde, begon hij de door hem meegebrachte aardappelen te bakken. Hij deelde zijn maaltje met de honden en als dank bracht een van hen hem een vette gans die hij de vossen afhandig had gemaakt. Daar was de jongen heel blij mee.

‘Dat wordt een feestmaal!’ mompelde hij en nadat hij de gans ontweid had, pakte hij hem in met een laag leem, legde hem in het vuur, strooide er flink wat gloeiende kolen over uit en braadde hem tot de laag leem helemaal drooggebrand was en hij de heerlijk geroosterde en kostelijk geurende vogel eruit kon halen. De veren waren allemaal in de leem blijven zitten.

‘Als je elke zondag zo’n lekker hapje voorgeschoteld krijgt, hoef je niet eens de wijde wereld in om je geluk na te jagen!’ bekende Loebas, gulzig zijn stuk gans naar binnen slokkend.

‘Ja, Loebassen hebben niet meer nodig dan dat,’ gromde Rex, terwijl hij zijn neus afkeerde van de prikkelende geuren en opnieuw in gepeins verzonk.

Stommetje viel naast hem in slaap. Wat de jongen had gezegd over het landhuis, had Rex meer aangegrepen dan hij durfde toe te geven. Hij had het nieuws ingeslikt als een verlokkelijk aas met scherpe punten die binnen in hem waren blijven steken en nu pijnlijk prikten. De herinnering aan het vroegere leven – dat nog maar net voorbij was, maar toch al zo ver weg leek dat de contouren ervan in hem al bijna vervaagd waren – ontlokte hem zachte weemoedige jankgeluidjes. Hij wilde het geleden onrecht niet vergeten, integendeel, hij herbeleefde het in zijn herinnering en liet de lange bloederige aaneenrijging van smartelijke vernederingen opnieuw aan zich voorbijtrekken. Maar tegelijkertijd voelde hij steeds sterker een soort huiverend ontzag voor de mensen. Op dergelijke momenten rezen ze voor hem op als wezens, bekleed met een onbegrensde macht. Hoe verder hij zich van hen verwijderde, des te onbevattelijker werden ze voor hem, gelijk de zon, de bergen, de vrieskou, de hemel.

'Wat zijn wij vergeleken bij hen,' vroeg hij zich af. 'Wat? Een door eeuwige honger opgejaagde kudde, een reusachtige kolonie mieren, rondkrioelend onder hun verpletterende voeten.'

Hij sidderde in het aangezicht van de kloof die hij plotseling voor zich zag opdoemen en waaruit de ijskoude adem van de dood hem tegemoet sloeg. Niemand van ons kan die kloof overbruggen! Niemand! En de kille wanhoop van een wezen dat zich dodelijk beledigd voelt, de wanhoop van de kikker die opkijkt naar de overvliegende arend, omklemde zijn hart en maakte hem moedeloos.

Lange tijd zocht hij naar de oorzaken voor die gruwelijke ongelijkheid tussen mens en dier. Hij protesteerde ertegen uit naam van alle beledigde levende schepsels, uit naam van de hele wereld. En ten slotte meende hij, de enige manier om die kloof te dichten, te hebben gevonden.

'Dat is het, ja, dat is het!' Nu begreep hij het. 'Zij worden niet geplaagd door de dagelijkse zorg om het bestaan, want al duizenden en duizenden generaties lang werken wij dieren voor hen, en ook het water, de lucht, de zon, de aarde en de hele schepping hebben ze dienstbaar gemaakt aan zichzelf. Daar is hun macht op gebouwd. Neem de slaven van ze af en het is gedaan met hun superioriteit. Dan worden ze nog deerniswekkender en weerlozer dan wij. Dan zal er een volmaakte gelijkheid heersen!' zo gromde hij triomfantelijk in zichzelf.

'Maar zolang je de mens zijn verstand niet afneemt, neem je niets van hem af, want overal vindt hij wel wat op!' bromde Stommetje laatdunkend en hij viel weer in slaap.

Ineens vervaagden de regenbogen aan de hemel en vielen zijn met zoveel moeite opgetrokken bouwwerken in puin. En Rex voelde zich opnieuw het ellendige, eeuwig misdeelde schepsel dat vergeefs aan zijn ketenen rukt om te ontsnappen aan de menselijke overheersing.

'Zo snel en zo ver mogelijk wegvluchten!' jankte hij, zijn pijn verbijtend, en terwijl zijn blik zich verloor in de diepten van het firmament en de fonkelingen van de ontelbare sterren, vergat hij alles om zich heen en rook hij niet eens de wolf die naast hem was komen liggen.

Stilzwijgend wachtten ze op de komende dag.

En bij het eerste ochtendgloren, toen aan de oostelijke horizon de duisternis uiteen begon te vallen en de hemel opklaarde, stak Mankepoot zijn neus in de wind en gromde zachtjes:

'Ze komen eraan! Heel in de verte.'

De kraaien begonnen een voor een en daarna in hele groepen hun slaapbomen te verlaten en vlogen hoog in de lucht met gedempte vleugelslag de dageraad tegemoet.

De nacht loste heel langzaam op. De velden leken weg te zinken, terwijl de bomen steeds duidelijker naar voren traden en tegen de verblekende hemel hun asgrauwe, als rookpluimen uitwaaierende kruinen toonden. In het oosten vormden zich vanuit de duisternis groenige inhammen waarvan het wateroppervlak geheel tot stilstand leek te zijn gekomen. Eroverheen lag een laag as die geleidelijk opgloeide in het nog kille ochtendrood. De zon zond zijn voorboden vooruit.

'De schapen komen deze kant op! En ik ruik paarden, heel veel, massa's,' jankte de wolf, terwijl hij met zijn staart op de grond sloeg.

'Alsof er een hele stoet karren aan komt bolderen,' bevestigde Stommetje, die wakker was geschoten.

En ja, meteen daarop kon je een door de grote afstand en het mistgordijn gedempt hoefgetrappel horen. En even later, toen de dageraad reeds de hele oostelijke kant van de hemel in lichterlaaie had gezet, was het of zich tegen de achtergrond van de opkomende zon laaghangende wolkenformaties samenbalden, waaruit verre, langgerekte loeigeluiden opklonken.

Rex, op alles voorbereid, was al opgesprongen en boorde zijn vurige ogen trillend van opwinding in de wazige verten. Toen hij ten slotte de vormeloos dichterbij rollende massa's ontwaarde, liet hij zich uitgeput en overweldigd door een onuitsprekelijk gevoel van geluk terugvallen op de grond. Hij was zo opgewonden dat hij nauwelijks kon ademhalen, hij lag daar maar met zijn kop op zijn poten.

Mankepoot rende als een dolle heen en weer, zond zijn maten op verkenning uit en barstte telkens weer uit in een triomfantelijk gehuil.

'Zet niet zo'n keel op, nachtegaal van de koude grond, zo schrik je ze nog af,' snauwde Stommetje hem toe, waarna hij in de beschutting van de ruïne een vuur aanlegde en begon met het roosteren van aardappels en een paar vogeltjes, die hem waren gebracht door Loebas, zijn onafscheidelijke kameraad. Ondertussen deed hij al fluitend allerlei vogels na.

In de bloedrood kleurende gloed van de dageraad tekenden zich steeds duidelijker zwarte drommen af die van alle kanten kwamen toestromen. Het was of er ergens enorme watermassa's buiten hun oevers waren getreden en zich bulderend over de aarde uitstortten. Alsof een vloedgolf die met geweld over hindernissen heen kolkte, steeds dreigender naderde. Je kon al duizenden gehoornde koppen onderscheiden, die op schuimende golven leken voort te drijven. De lucht begon te trillen en te zinderen van de hete uitwasemingen. Het was of er een vreselijk onweer, met onophoudelijke donderslagen en de ene bliksemflits na de andere, in aantocht was. De aarde sidderde, de bomen schudden heen en weer en alle vogels begonnen in paniek te krijsen toen de eindeloze kudden de weidegronden aan de rand van het bos overspoelden en al die verschillende stemmen versmolten tot één machtige dreun.

Op hetzelfde moment rees de stralend rode zon op uit de diepten van het heelal en overgoot de wereld met haar gloed.

Door de zondoorschenen grondnevels kwam de ene onafzienbare kudde na de andere aanstampen, te midden van de almaar aanzwellende dreun van gehinnik en geloei, met daartussendoor het geblaf van de honden, die probeerden al was het maar enige orde te scheppen in de chaos. Steeds zwaarder daverde de lucht van alle stemmen, steeds meer wanordelijke massa's overstroomden als onstuitbare bruisende golven de weidegronden aan de rand van het bos. En nog voordat de zon het laatste zich laag boven de horizon verschuilende ochtendgrijs had opgeslokt, waren er duizend maal duizenden toegestroomd. Zover het oog reikte zag je in plaats van gras, koren en struikgewas alleen nog maar deinende massa's horens, koppen, manen en staarten.

Achter de kudden aan kwamen uit alle windrichtingen eindeloze zwermen vogels aangevlogen. Nu eens leek het alsof er een zware loodgrijze wolk kwam opzetten die van tijd tot tijd de zon verduisterde, dan weer was het of er kolkende zwarte rivieren dwars door de nog bleke hemelvelden stroomden, dan weer leken er ijle rookslierten, zonder begin of einde, onder een hels en doordringend gekrijs steeds lager naar beneden te kringelen. De vogels naderden als duistere hagelwolken en daalden met een dof geruis van vleugels neer op de grond en op de takken van de bomen, die heen en weer schudden onder de aanloeiende storm. Zelfs de meest ondoordringbare verborgen plekjes in het woud werden opgeschud en alle bewoners van de wildernis zochten, wezenloos van angst door de wolkbreuk die boven hen losbarstte, in paniek een veilig heenkomen. Het leek alsof de aarde zelf in beweging was gekomen en met donderend geraas in elkaar stortte.

Alleen Rex zat daar roerloos op zijn stuk vestingmuur en keek onaangedaan naar het chaotische gekrioel onder zich. Innerlijk stond hij in vuur en vlam en huiverde hij van opwinding, uiterlijk was hij een rots in de branding. Overal werden hem doordringende, koortsig brandende blikken toegeworpen, alsof er bliksemschichten op hem werden afgevuurd. De dampende ademwolken en al die emoties en hunkeringen waarvan de lucht vervuld was, stroomden samen in zijn hart. Hij zoog alles op en voelde zich krachtiger, trotser en zelfverzekerder dan ooit. Al dat geloei, hoefgetrappel, geklapwiek en tumult in de bossen verleenden hem een aureool van macht.

Zie hoe allen zich daar opstelden, zie hoe zelfs op sterven na dode dieren zich met hun laatste krachten naar de weidegronden sleepten. Zie hoe al wat getekend was door pijn, leed en onrecht, zich voor hem verzamelde, hem vol liefde in de ogen keek, op zijn bevelen wachtte en hem onvoorwaardelijk was toegedaan.

De ketenen waren afgeworpen, de eeuwenoude vijand was verslagen, de slaven hadden hun tirannen overwonnen en nu sidderde het in alle harten en in alle zielen alleen nog maar van dat ene heilige woord: vrijheid, vrijheid, vrijheid!

Rex besefte dat en hij verzonk in een diep gepeins over de wonderlijke spelingen van het lot.

'Wat moest de mens nu beginnen? Wat bleef er over van zijn kracht en heerschappij? Wat was hij nog tegenover deze ontzagwekkende overmacht? Een stofje dat de kudden op hun hoeven meevoeren en daarna vergeten. Vergeten dat het ooit ergens bestaan heeft. Net zoals honger wordt vergeten als er genoeg te eten is, of sneeuw in de hitte van de zomer. De mens blijft alleen achter, naakt en weerloos, als een welpje dat aan de moederborst is ontrukt en in een greppel is gegooid. En hij zal niet eens een hond vinden die hem uit medelijden komt likken. Hij eindigt als voer voor de kraaien en de raven. Hij zal honger lijden en zich eindeloos moeten afbeulen.' Zo stelde Rex zich vol leedvermaak de toekomst van de mens voor. 'Laat hem dan maar eens proberen te heersen! We zullen nooit meer samen zijn!' Zo dacht hij, maar plotseling beving hem een zekere weemoed en begon een soort gevoel van verantwoordelijkheid zich te roeren in zijn ontwaakte geweten. Een zekere angst wierp zijn nog flauwe schaduw over zijn van geluk stralende ziel. Hij liet zijn ogen glijden over de onafzienbare massa's, die op zijn bevel bereid waren hun aloude legersteden te verlaten en afscheid te nemen van hun weliswaar zware, maar toch zekere bestaan! Weet die ontelbare menigte bevrijde slaven wel raad met de vrijheid? Een orkaan rukt eiken met wortel en al uit de grond en blaast ze alle kanten op, maar kan hij ze ook weer terugzetten in de aarde, zodat ze verder groeien en groen blad dragen?

Terwijl dit soort vragen maar rondmaalden in zijn kop, kwam Mankepoot aangeslopen. Hij keek Rex onderdanig aan en jankte zachtjes:

'Heer, ik die samen met jou de mensen heb aangevallen, ik bibber nu op mijn poten.'

Rex keek hem verbaasd aan. In de ogen van de wolf flikkerde een waanzinnige angst.

'Te veel levend vlees! Stel dat ze worden opgeschrikt, dan vertrappen ze ons als regenwormen,' jankte de wolf ontzet. 'De ribben barsten nu al uit mijn lijf van al dat geloei en gebrul. Door de stank ben ik mijn reuk helemaal kwijt. De smerige beesten, ze gaan de hele wereld nog onderschijten. En over die vieze veestapel moeten wij heersen, wat een vernedering! Onoverwinnelijke, heers over mijn geslacht, wij zullen je trouw en gehoorzaamheid zweren. Mijn dochters zullen jou welpen baren. Maar vergeet dat vee en laten we samen een nieuw vaderland gaan zoeken. Wat bindt jou aan hen? Jij die een beer hebt gedood. Jij die je hebt volgezogen met menselijke wijsheid! Jouw edele geslacht stamt toch niet af van varkens of koeien? Ga je samen met hen gras vreten en regenwater uit plassen slobberen? Jij, grote doder der wildernis, jij wilt leven te midden van een kudde oproerige slaven, midden tussen al die hompen consumptievlees? Ik zeg je dit: jouw voorvaderen, die tweegevechten leverden met herten en wilde zwijnen, zouden huilen als ze zagen hoe hun nakomeling zich zo te schande maakte. Het is nog niet te laat om op je schreden terug te keren. Ik ken alle sluippaadjes, we gaan er stiekem vandoor, we laten de kudden over aan hun lot en trekken zonder hen de wijde wereld in, waar onze poten ons maar heen dragen, waar het riekt naar vette buit, waar we precies kunnen doen wat we zelf willen. We zullen nieuwe, nog grotere wouden vinden, waar volop te vreten zal zijn en geen mens ooit een stap heeft gezet. Wat wil je nog meer, o heer?'

'Geluk voor iedereen. Dat kun jij niet begrijpen, gulzige bloedslurper,' grauwde Rex vol verachting.

'Maar wat ik wel begrijp is dat wij verloren zijn,' jankte Mankepoot wanhopig. 'Hoe moeilijk het me ook valt, heer, wij zullen onze eigen weg moeten gaan, de weg van onze voorvaderen! Wij kunnen niet meedoen met deze waanzin ...'

'Ga maar!' gromde Rex verbolgen. 'Verlaat me maar, maar bedenk dat de wildernis je niet zal beschermen tegen mijn wraak. Je hebt je uit eigen vrije wil bij me aangesloten en nu ga je er laf vandoor. Verrader, al zou je je verstoppen in een vossenhol, mijn jongens zullen je toch wel opsporen en de kraaien zullen je er aan je haren uit trekken! Kies maar! Je kunt me nog van dienst zijn!' bulderde hij gebiedend.

'Genade! We zullen jou gehoorzamen,' jankte de wolf, terwijl hij Rex onderdanig de poten likte.

'Jij gaat de kudden van achteren bewaken en de achterblijvers met je wolvengehuil aansporen.'

'Goed, heer. Maar mogen wij dan hebben wat onderweg doodblijft?' vroeg hij al likkebaardend.

'Voor jou is het leven niks anders dan een vreetpartij. Het gaat er jou alleen maar om dat je een volle pens hebt.'

'En waar gaat het jou dan om? En die stukken vee? En de mens zelf?'

Toen Rex daar zo gauw geen antwoord op wist, sprong hij zonder verder na te denken van zijn vestingmuur en ging naar Stommetje in de ruïne om zijn honger te stillen met de gebakken aardappelen en wat er aan botjes was overgebleven. De jongen gaf hem te eten en maakte daarna aanstalten om te vertrekken.

'Waar ga je naartoe?'

'Naar huis. Jij trekt met je volgelingen de wijde wereld in, ik ga terug naar mijn mensen,' antwoordde hij uitdagend.

'Ik kan je heel goed gebruiken. Blijf bij ons, je kunt vuur maken en je hebt een mes. Blijf maar!' drong hij op kameraadschappelijke toon aan.

'Ik ben een mens en ik heb niets met jullie te maken. Als jullie de wereld in willen trekken, dan zeg ik jullie: staarten opgetild en voorwaarts mars. Als je wil heersen over het vee, doe dat dan maar. Maar ik kan je verzekeren dat jouw heerschappij van korte duur zal zijn. De mensen zullen die fratsen van jullie snel zat zijn. Kijk toch eens hoe de velden zijn platgetrapt. Elk moment kunnen ze met zwepen komen aanstormen. Dat wordt hier een bloedbad, er zullen heel wat botten worden gekraakt. Wie denkt dat de mensen zomaar afstand zullen doen van hun levende have, is een domkop. Vroeger toen je nog op het landhuis woonde, was je slimmer. Het vee is in opstand gekomen en denkt dat het de hele wereld op zijn kop kan zetten. Iets opvreten kan iedereen,' smaalde Stommetje, terwijl hij nog eens naar de kaalgevreten graanvelden keek, 'maar niet iedereen kan koren inzaaien.'

Hij stond boos op en haastte zich de ruïne te verlaten.

'Staan blijven, of ik laat je door de wolven in stukken scheuren en je lijk naar de binnenplaats slepen.'

Stommetje kreeg het benauwd toen hij de fonkelende woede in de ogen van de hond zag.

'Laat me gaan. Heb ik je ooit iets misdaan?' snikte hij angstig.

'Genoeg. Als we eenmaal op de plaats van bestemming zijn, laat ik je gaan,' beloofde Rex minzaam.

'Ik zal bij jullie creperen van de honger. Als je maar niet denkt dat ik samen met de koeien gras ga vreten!' waarschuwde Stommetje met minachting in zijn stem.

'Het zal je aan niets ontbreken. De honden zullen voor je zorgen, je wordt nog vet bij ons.'

'Ja, zeker rauw vlees eten en vers bloed drinken! En zo'n verschrikkelijk eind lopen, dat hou ik niet vol.'

'Je mag op een bloedhengst van de heren rijden! En nu uit mijn ogen!' commandeerde Rex.

Zonder hem nog te durven tegenspreken zocht Stommetje een plekje in de schaduw van de vestingmuur en probeerde in te slapen. Maar de hachelijke situatie waarin hij zich bevond, maakte dat hij geen oog dichtdeed. Bittere tranen vergietend en met zijn mouw langs zijn neus wrijvend probeerde hij tot zichzelf te komen en begon hij te zinnen op een slimme manier om te ontsnappen. Om zeker te zijn dat zijn vluchtpoging zou slagen, was hij in de eerste plaats afhankelijk van zijn speciale gave die hem in staat stelde de taal van alle levende wezens te verstaan. Hij keek naar de weiden om in te schatten wat de beste vluchtroute zou zijn, maar verstijfde bij de aanblik van de kudden die alle ruimte in beslag hadden genomen. En nog altijd stroomden er nieuwe massa's toe.

De zon naderde het zenit, de wind was gaan liggen, de schaduwen slonken en de wit geblakerde hemel straalde zo'n verschroeiende hitte uit dat de kudden, na de laatste restjes graan en gras op de vertrapte velden opgegeten te hebben, massaal neerzegen.

'Wanneer gaan we?' wendde Stommetje zich plotseling tot Rex, die op zijn vaste uitkijkpost zat.

'Als de hitte voorbij is. Tegen de avond, wanneer de kerkklokken luiden.'

Stommetje trok zich terug in de luwte van enkele reusachtige eiken met laag afhangende takken aan de zoom van het woud.

'Ik verstop me in een boom,' dacht hij sluw. 'Dan vinden ze me niet! Ze kunnen me de pot op! Laat de wolven en de honden maar eens proberen mij hieruit te halen!' grijnsde hij, terwijl hij met zijn ogen de bomen afzocht voor het allerhoogste plekje. Maar plotseling kromp hij ineen van angst. Op de takken rustten enorme arenden, haviken, boomvalken en massa's vogels van allerlei pluimage. En waar hij ook keek, overal zag hij hetzelfde. Op de grond en in de schaduw van de bomen lag het bezaaid met wolven, honden en vossen. Alles was verzonken in een soort waakzame halfslaap, waarin je je bewust bent van wat er om je heen gebeurt, en je van het ene moment op het andere klaar bent om aan te vallen of op de vlucht te slaan.

Toen hij bekomen was van de schrik, begon Stommetje de stemmen van allerlei vogels na te doen. Ergens uit de moerassen in de buurt kreeg hij antwoord van wilde ganzen, de kraaien reageerden met een voorzichtig gekras en zelfs een misleide havik ging kekkerend in op zijn lokroep. Alleen de oehoe, die het bedrog door had en kwaad was omdat hij in zijn sluimerslaap was gestoord, baste dreigend uit zijn boomholte:

'Mankepoot, maak dat mensenloeder af! Hij is in staat de hele wildernis in de val te lokken.'

De wolf kwam onhoorbaar naderbij geslopen, maar de jongen voelde de hete adem van het roofdier in zijn nek, draaide zich abrupt om en sloeg vlak voor de ogen van het roofdier bliksemsnel vuur.

'Kom 's dichterbij als je durft, vriend Mankepoot! Kom maar! Ik geef je bek een mooi rood kleurtje met mijn vuur, daar zal je teefje blij mee zijn!' spotte hij, waarna hij een paar dorre bladeren in brand stak en die naar de wolf toe gooide.

'Satansgebroed!' hoestte Mankepoot, naar adem happend en terugdeinzend voor het vuur en de rook.

'En jullie ga ik ook als bijen uitroken!' dreigde Stommetje de vogels en hij legde een hoop vochtige sparrentakken op het vuur, waardoor zich een verstikkende, scherpe rook ontwikkelde, die de eiken van alle kanten omhulde en in zwarte pluimen opsteeg naar de kruinen.

De verschrikte vogels vluchtten massaal weg naar verder weg gelegen bomen, behalve de oehoe, die paniekerig rondfladderde in zijn holte en klaaglijk uitriep:

'Vervloekt mensenjong! Ik stik!'

'Dat zal je leren de wolven tegen mij op te hitsen, ouwe blinde uilenkop!' maakte hij zich vrolijk over de vogel en onder dekking van de rook klauterde hij omhoog naar het topje van een boom en maakte het zich gemakkelijk tussen de takken.

Wat zou ik deftig als een echte landheer rondparaderen op die hengst, lachte hij gelukzalig in zichzelf en dommelde in.

5

Traag sijpelde de tijd als witgloeiend zonnestof door het uurglas. De hele aarde lag amechtig te neer in de middaggloed. De hitte benam de adem en deed de huid dampen van het zweet. Verzengende winden zogen de laatste druppeltjes vocht op. Het verschroeide land dorstte naar water. Geen blaadje bewoog zich, geen stem klonk op. De hemel was overtrokken met een branderig gelig waas, als een troebele oogbol. IJlblauwe vlammen dansten over de velden. De lucht was enkel nog een droog verterend zengen. Een doods zwijgen hing als een loden last over alles heen. Alles leek te versmelten, te vervloeien en trillend weg te golven in onmetelijke ruimten. In de verblindende fonkelingen werden alle kleuren opgeslokt. Alle levenskracht spatte uiteen, als platgeslagen onder een moker. De levende schepsels waren tot niets meer in staat. Hun harten voelden dor, als blaadjes die nog een laatste keer trilden alvorens af te vallen. Alleen de zon, op het hoogtepunt van haar macht, vervolgde, in de werveling van haar eigen vuur, meedogenloos haar voorbeschikte baan.

Rex zat, roerloos als een standbeeld in de vlammengloed, hoog op het topje van zijn verbrokkelde bastion, dat trots uitkeek over de wouden. De arenden rustten daar uit van hun hemelhoge vluchten en de uilen hadden er hun nest.

De halve wereld lag te glinsteren voor zijn ogen. Een onafzienbare vlakte, als het ware geborduurd met de volle pracht van de overdadige zomer, spreidde zich langzaam uit naar het oosten, tot aan de witbestoven kammen van de sneeuwbergen aan de horizon. Overal was ze bestikt met decoratieve elementen: tal van rivieren, glinsterend als zilverdraad; eindeloos kronkelende bomenrijen langs grijze wegen; groen vervloeiende bosvlekken; langwerpige meren, sierlijk gebogen als palmtakken en omboord met geel zand; goudkleurige korenvelden, besprenkeld met hooimijten; witte dorpjes die met hun vensterruiten lagen te glinsteren te midden van boomgaarden; kerkhoven die de armen van hun kruizen in gebed uitspreidden naar de hemel; landhuizen die opdoken uit grote parken; kerken met slanke torens die groen omkranst naar boven staken; her en der achteloos rondgestrooide kale rotsige heuvels; stadjes die deden denken aan overhoop gehaalde molshopen, en fabrieken met rode schoorsteenpijpen, uitgestoken als de nekken van waakzaam spiedende kraanvogels. Onder de hoge bleke hemel, in de trillende lucht van het middaguur, lag deze hele zonovergoten wereld in een gouden gloed te baden en leek het leven tot stilstand gekomen. Alles was bewegingloos, geluidloos, zo goed als kleurloos, als een stoffige verschoten gobelin.

De zon hing al ergens tussen het middaguur en de avondschemer toen er geluid werd voor de vesper. Traag galmden de bronzen klokken een plechtige en verheven hymne, die leek op te wellen uit de harten en verlangens van al wat leefde. Het imposante en verheven klankspel vloeide ineen tot een gebed vol aanbidding, dat steeds hoger reikte, de zon en de hemel voorbij, tot ergens aan de voeten van de Oneindige!

En op hetzelfde moment steeg, als een invallende tweede stem, van de velden en uit de bossen en dalen, schijnbaar uit het diepste der aarde, een ontzagwekkend gebrul en geloei van ontelbare dieren op, zodat de bomen heen en weer schudden, afgerukte blaadjes naar beneden regenden en wolken opgeschrikte vogels het luchtruim kozen. En nauwelijks was het gebrul en geloei verstomd of het waren de wolven die losbarstten in een langgerekt en hartverscheurend gehuil.

'Naar het oosten! Het oosten! Het oosten!'

De kudden zetten zich in beweging, in de richting van de ver weg aan de oostelijke horizon blauwende bergtoppen. Ze schommelden stilzwijgend in rechte lijn vooruit, dwars door akkers en braakliggend land, dwars door dorpjes en steden, dwars door bossen, rivieren, weiden en moerassen. Het was alsof een of andere onzichtbare vulkaan een geweldige stroom kokende lava had uitgespuwd. En die stroom rolde maar voort met een niet aflatend donker gerommel en overal waar hij voorbijtrok, bleven slechts stenen, skeletten van bomen en kale, platgetrapte aarde achter. En de dood.

Van tijd tot tijd scheurde zich uit de voorttrekkende kudden, zomaar opeens, iets los dat klonk als een gezang vol onstilbaar verlangen en dat zo'n verschrikkelijke kracht had dat huizen van de weergalm in elkaar stortten, bomen doormidden braken en wegkruizen omvielen.

Tot mijlenver in de omtrek beefde de aarde onder het zware stampen van de poten.

Alsof alle krachten van de aarde zich hadden gebundeld tot een heerschaar zoals de wereld nog niet eerder had gezien.

Rex reed voorop op een enorme gitzwarte hengst en daarachter volgde Stommetje, die vrolijk met zijn blote hielen tegen de flanken van zijn eigen paard aan sloeg. Daar weer achter volgde een onafzienbare kudde merries, veulens en ruinen, rondom bewaakt door hengsten. Vervolgens kwamen de koeien onder aanvoering van de stieren. En daar weer achter sjouwden de sombere ossen, die waakten over dichte massa's ooien, geflankeerd door rammen. Helemaal achteraan verdrongen zich de varkens met een troep zeugen aan het hoofd.

De honden waren overal waar het nodig was om de orde te handhaven en gehoorzaamheid af te dwingen.

De wolven hielden de achterhoede in de gaten en joegen de traagste beesten op met hun gehuil en hun tanden.

De stoet werd afgesloten door allerlei losse rosharige troepen vossen, marters en wezels.

De dieren trokken onvermoeibaar verder tot het helemaal donker was. Te uitgeput en te opgewonden om aan voedsel en water te denken, lieten ze zich zonder te eten en te drinken ter plekke neervallen.

Bij het aanbreken van de nieuwe dag aten ze alles op wat er op de velden, in de hooibergen en zelfs in de graanschuren te vinden was en slorpten ze de rivieren leeg tot er alleen nog maar modderpoelen over waren. En daarna trokken ze weer verder.

Ze bewogen zich al een stuk langzamer, maar schuifelden toch, met dezelfde hardnekkige verbetenheid en een onveranderlijk op de bergtoppen in de verte gerichte blik, onstuitbaar voorwaarts in de richting van het oosten, waar de vrijheid lonkte.

Zo regen de dagen zich aaneen, vol amechtig gezwoeg en in een meedogenloos brandende hitte.

Vergeefs werd in alle kerken de noodklok geluid. Vergeefs probeerden de mensen de verwoestende lawine te stuiten, vergeefs versperden ze wegen, ploegden akkers om, zetten dalen onder water, staken bossen in brand en wierpen barricades met paalomheiningen op. De massa's rolden in gesloten gelederen almaar met dezelfde onverstoorbaarheid voort, zonder angst voor de dood en zonder zich te bekommeren om de verwondingen die werden opgelopen bij het overwinnen van alle obstakels. De woede op hun voormalige tirannen werd er enkel door aangewakkerd, de herinnering aan het geleden onrecht herleefde en hun vrijheidsdrang werd des te sterker. Met woest gebrul stormden ze voorwaarts, kuilen opvullend met hun eigen lijken, vuren blussend met hun eigen bloed en dalen overdekkend met hun beenderen.

Ze stroomden verder als een door niemand in te dammen vloedgolf.

De radeloze mensen namen de wapens op en probeerden met kanonnen en geweren het verschrikkelijke legioen kapot te schieten en tot staan te brengen. Er brak een onverbiddelijke strijd uit. De kanonnen bulderden de hele dag door en trokken lange, diepe voren in de kudden. Geweerkogels hagelden neer op de massa's en zaaiden dood en verderf. Rookwolken verduisterden de aarde en de zon. De jammerkreten van de stervenden stegen ten hemel. Er ontstond chaos. De rookwalmen, het onophoudelijke geflits van geweervuur en het donderende geknal, het door merg en been dringende gejammer en gebrul van het vee dat in het gedrang vast kwam te zitten – dit alles zaaide zo'n paniek dat de dieren bleven staan en terugweken, waarbij ze elkaar verdrongen en onder de voet liepen. De aarde werd bedekt met een steeds dikker tapijt van lijken, de kanonskogels troffen steeds vaker doel en een hele cohorte reuzen hakte in het rond met vreselijke bijlen.

Toen hief Rex, die als een wervelwind op zijn zwarte hengst over het slagveld stormde, met een woest gehuil het strijdlied van de dood of de overwinning aan. Uit de massa's steeg als antwoord een zieldoorborend gebrul op, vol vechtlust en haat, en het volgende moment stormden de dieren in gesloten gelederen naar voren, zonder nog iets te zien of te horen, buiten zinnen van woede – en gingen over tot de aanval.

De vijandelijke strijders die deze aanval overleefden, stoven in wanorde en paniek uiteen, verstopten zich in de bomen, vluchtten de bergen in en verschansten zich in vestingsteden. De hele mensheid verkeerde in een staat van totale ontreddering.

De triomferende kudden, uitgeput door de doorstane angsten en de helse gevechten, zegen neer op het slagveld, zonder zich iets aan te trekken van het doodsgereutel en gekerm der stervenden rondom. Alleen hier en daar gingen losse groepjes stieren, zeugen, wolven en honden de mensen die ze tegenkwamen, in dolle woede te lijf en scheurden ze in stukken. Tot mijlenver in de omtrek, zover het oog reikte, zag je alleen maar gehoornde koppen, varkenssnuiten, wuivende manen en zwaaiende staarten met daartussen stapels lijken en eindeloze rijen gewonden en stervenden. De gruwelijke slachtpartij was uitgemond in rivieren, plassen en meren van bloed, dat al aan het stollen was in de open lucht. Aan flarden gereten bloederige resten lagen vastgekleefd in rood gekleurde poelen. Omgevallen en nog warme kanonnen lagen daar als dode haaien met afgerukte stukken menselijk lichaam eromheen. Hier en daar probeerde zich – uit een stapel of kuil, uit een bosje of greppel, uit het gras of een hoop puin grond – de waanzinnig kronkelende romp van een mens of dier los te maken, onder het slaken van een laatste verscheurende doodskreet.

Toen Stommetje dit zag, kromp zijn hart ineen, maar om zich niet te laten kennen mompelde hij alleen:

'Te veel rottende lijken. Als de zon de boel gaat opwarmen, krijg je een stank van hier tot gunter.'

'Zo meteen komen ze de kadavers opruimen,' gromde Rex en hij stak één oor op naar de hemel.

'Zijn dat hagelwolken, of wat? Jezus, dat gaat me een gekletter geven!' stamelde Stommetje en de schrik sloeg hem om het hart.

'Luister 's goed hoe die wolken klinken!' waarschuwde Rex, beide oren spitsend en zijn kop schuin houdend.

En ja, hoog boven hen leken vanuit die zwarte wolken die de zon bedekten en met razende snelheid naderbij kwamen, vreemde suizende en fluitende geluiden te komen, als een aanloeiende storm, totdat onmiskenbaar het angstaanjagende gekrijs van ontelbare vogelstemmen te onderscheiden viel. Een eindeloze zwerm roofvogels begon rond te cirkelen boven de kudden. Ze verduisterden de zon met hun onrustig wapperende vleugels en wervelden door elkaar als bladeren in de wind. De zwerm barstte open en vertoonde spleten waaruit arenden, gieren, raven, kraaien en haviken tevoorschijn stroomden. In een ommezien was het hele slagveld overdekt met een krioelende verenmassa en waren overal snerpende kreten te horen. Onophoudelijk klapperden duizenden vleugels en klampten duizenden klauwen zich vast in het vlees. De roofzuchtige snavels begonnen verbeten te hakken, te rukken, te scheuren en te verslinden.

Er trok een siddering door de kudden, boven het vleugelgeruis en duizendstemmige onheilspellende gekras uit was een doodsbang geloei te horen. Vooral de schapen begonnen hartverscheurend te blaten en kropen dodelijk verschrikt zo dicht mogelijk tegen elkaar aan. Er dreigde een totale paniek, die elk moment tot uitbarsting kon komen, want al die vraatzuchtige snavels kwamen blindelings aangestormd zonder in het tumult onderscheid te maken tussen levende en dode dieren. Menige rug kleurde al rood van het bloed en menige snuit moest zich wanhopig weren tegen de scherpe vogelklauwen.

De wolven slaagden er met de grootste moeite in de aanvallers een tijdlang op afstand te houden, en Rex maakte van de gelegenheid gebruik om de in rep en roer gebrachte kudden weg te leiden naar een andere plek een kilometer of twintig verderop, die er nog ongeschonden bij lag. Het was een streek waar nog genoeg te eten was, met welvarende dorpjes, groene weiden en zilveren beekjes, ergens aan een uitloper van de bergen, die nog altijd ver weg lagen maar toch al steeds imposanter oprezen met hun tegen het hemelblauw afstekende besneeuwde toppen.

'We blijven hier wachten op de kraanvogels. Die hebben beloofd ons de weg te wijzen over de bergen en nog verder, naar het oosten.'

'Ze kunnen nu elke dag verschijnen, nog even en het is zo ver,' mompelde Stommetje, die zijn intrek had genomen in een leegstaand huis en daar op een enorm vuur eten aan het maken was voor zichzelf en voor Rex en Loebas, zijn onafscheidelijke kameraad, die het zich op een bed onder een donzen deken gemakkelijk had gemaakt.

'En wie heeft het nu het beste voor mekaar?' gromde Rex, zich als vanouds neervlijend bij het vuur. 'Wij doen niet onder voor de mensen!' snoefde hij, terwijl de warmte zijn lijf doorstroomde.

'Elk beest op zich is sterker dan een mens, maar wat hebben ze huisgehouden onder jullie!'

'Wie in naam van de vrijheid valt, sterft niet voor niets!' blafte Rex vol trots terug.

'Voor ons is het de dood of de overwinning!' jankte Mankepoot uit de deuropening.

'Maar jij hebt je tijdens de gevechten mooi volgevreten, je lijkt wel een mestvarken,' spotte Stommetje en hij porde de wolf met zijn voet in de dikke buik.

'Wie macht heeft over anderen, mag met ze doen wat hij wil,' jankte de wolf, zijn met bloed besmeurde bek aflikkend.

'Iedereen heeft recht op geluk,' blafte Loebas, die zijn neus onder de donsdeken vandaan stak. En hij liet zijn ogen uitdagend rondgaan. 'Wij zijn allemaal gelijk aan elkaar!'

'Dan ben ik dus gelijk aan een ram?' stoof Mankepoot op. 'Laat er maar eentje hier komen en proberen mij op te vreten, dan zal ik je geloven. Een paar snuggere ezels hebben fabeltjes over gelijkheid rondgestrooid en andere ezels hebben dat geloofd, net als die kletspraat over geluk voor iedereen. Voor jou was het hoogste geluk een bot dat je uit de keuken kreeg toegeworpen, voor een paard een bos klaver of een volle bak haver, terwijl ik nog niet genoeg had aan een hele kudde kalveren! Wat klets je dan over gelijkheid, sul van een hond! Jij hebt van je baasjes geleerd om allerlei onzin na te blaffen. Je begrijpt niet dat de mensen ook alleen maar uit eigenbelang handelen, dat het hun ook maar om één ding te doen is: een lekker leven leiden.'

'Ieder die geboren wordt, moet ooit sterven, de rest is flauwe kul,' gromde Rex laatdunkend en hij boog zich over de schaal met vlees en aardappelen die Stommetje hem had voorgezet.

'Het stinkt me hier te veel naar mensen!' gromde Mankepoot met een rilling van afgrijzen en hij liep schielijk naar buiten.

'Denkt dat hij zich met die tanden en klauwen van hem alles kan permitteren,' mompelde de jongen, terwijl hij af en toe een hap nam uit de pot met eten.

Loebas wachtte geduldig op de restjes die overschoten. En toen ze allemaal hun buik rond gegeten hadden, vielen ze in een diepe slaap.

De nacht was nog maar jong toen ze alweer gewekt werden door een verschrikt geloei en gegil.

Rex sprong op. Vlak voor hun ogen was de hemel helemaal gloeiend rood gekleurd door een laaiend vuur. De kudden schoten in paniek alle kanten op. Het reusachtige woud stond in brand, zwarte rookwolken kronkelden uitwaaierend omhoog. De bomen vlamden als fakkels, de lucht trilde van het geknetter.

Hele kuddes schapen bewogen zich, dicht opeengedrongen en angstig blatend, in de richting van de brand.

'Ze willen ons uitbraden,' stamelde Stommetje, zich de ogen uitwrijvend. 'Dat mensentuig, ze laten hun tanden zien en zitten ons op de huid. Die gaan ons nog heel wat keertjes het leven zuur maken,' wendde hij zich tot Rex, maar die was al op zijn hengst gesprongen en weggestoven om de verschrikte dieren te kalmeren.

Het bos brandde tot diep in de nacht door en de rook spreidde zich als een verstikkende deken steeds dikker uit over de aarde,.

Nauwelijks hadden ze zich tegen de ochtend verzameld in een verwoeste boerderij of er brak opnieuw tumult uit.

Enkele tientallen uit de kluiten gewassen bruine herdershonden joegen een opeengedrongen hoopje erbarmelijk krijsende, tweepotige wezens voor zich uit.

'Mensen! God allemachtig, dat zijn mensen!' bracht Stommetje uit, verstijfd van schrik.

'Moederschapen waren met hun lammetjes voor de hitte de bossen in gevlucht en zijn daar omgekomen. Merries met hun kalfjes zijn ook omgekomen. Koeien en zeugen met hun kindjes ook. Zij hier zijn het die het vuur hebben aangestoken dat iedereen heeft opgevreten. En toen wij de kudden wilden verdedigen, slingerden zij hun bliksems op ons af. Veel van onze kameraden hebben het niet overleefd. Wij eisen dat zij gewroken worden. Wreek ze!' gromden de herdershonden dof.

'Waar wachten jullie nog op!' snauwde Rex ongeduldig.

'Onze taak is het alleen om te bewaken en bijeen te jagen, die van jou om te richten, o heer en meester.'

De vrijwel naakte mensen, besmeurd met roet en druipend van het bloed, keken wezenloos voor zich uit, niets anders meer verwachtend dan nieuwe kwellingen en de dood.

'Vlucht de bomen in!' klonk het plotseling uit de mond van Stommetje, die het niet langer kon aanzien.

Maar de mensen verstonden hem niet, ze zagen alleen maar massa's beesten die zich om hen heen verdrongen.

Mankepoot kwam schuimbekkend aangestoven, het kwijl liep hem langs de bek, zijn ogen flikkerden groen.

'Doe met ze wat je wil!' beval Rex.

Mankepoot hief met woest gehuil een strijdkreet aan, de herdershonden weken uiteen en in de opening die zo ontstond, werd het dicht opeengepakte hoopje mensen zichtbaar. Ze fluisterden iets tegen elkaar, hun ogen dwaalden rond en bleven steeds vaker hangen aan de grote linden achter de boerderij. Maar voordat ze iets konden ondernemen, begon de aarde te dreunen en stormde er een troep dolzinnige wolven op hen af.

Een door merg en been dringend gekerm steeg op ten hemel en even later slingerden er alleen nog maar bloederige restjes mens in het rond.

'Je zei dat ze in de bomen moesten klimmen!' gromde Rex dreigend, toen ze alleen waren.

Stommetje keek hem onbevreesd aan met zijn blauwe ogen en trok tegelijk zijn lange scherpe mes.

'Je doet mee met ons maar helpt de vijand?'

'Waarom heb jij ze door de wolven laten verscheuren?'

'Je hebt gehoord waarom! Ze hadden zich kunnen verdedigen! Kijk me niet zo aan!' gromde Rex en hij zette zich al schrap voor de sprong.

'Je bent net zo'n dol monster als die Mankepoot!' stoof Stommetje op, waarna hij zich terugtrok in een kamer van de boerderij en wegkroop onder een donzen deken.

Loebas probeerde hem met kameraadschappelijke likjes tot bedaren te brengen, maar kreeg een trap en smakte tegen de grond. Stommetje begroef zich helemaal onder de deken en begon krampachtig te huilen. Hij huilde om de mensen. Hij voelde weer zijn menselijke aard, het ongeluk van de mensen deed zijn hart samenknijpen. En hoewel hij onder hen nog minder aanzien genoot dan zijn vriend Loebas, besefte hij toch dat die kwelduivels van hem zijn eigen broeders waren. Eerder had hij nooit met iemand van hen ook maar enige verwantschap gevoeld. Hij was verwekt in een dronken bui, door de laaghartigheid van de mensen te vondeling gelegd bij de keuken van het landhuis en grootgebracht in het gezin van armoede, mishandeling en verachting.

Iedereen schopte en kwelde dat onaantrekkelijke, wanstaltige, lelijke schepsel. Hij had de kop van een buldog, kromme benen, rood borstelhaar op een opgezwollen waterhoofd, laag afhangende apenarmen en een stem die meer leek op het kwaken van een kikker dan op het praten van een mens. Alleen zijn ogen – blauw, helder en intelligent – waren van een buitengewone schoonheid. Verstoten door de mensen naar de bodem van de maatschappij en gedoemd te leven tussen de dieren op de binnenplaats, was hij deze gaan beschouwen als zijn broeders en gelijken. Zij lieten zich graag door hem leiden, omdat ze zijn superioriteit over hen erkenden. Pas tijdens hun gezamenlijke tocht waren ze vreemden voor hem geworden, bijna vijanden. Zelfs Rex bezag hij nu met geheel andere ogen, meer vanuit de hoogte van zijn menselijke geaardheid. En zo was hij op de gedachte gekomen om te vluchten.

'Snap je dan niet dat de mensen ons geluk in de weg staan,' stak Rex zijn kop om de deur van de kamer. 'Daarom moeten we ze uitroeien.'

'Ik zie jou nog eens op een oude bedelaar af kruipen en smeken om een homp brood, Koning Hond.'

'Waarom ben jij niet thuis gebleven bij de ezel? Jullie zouden een prachtig stel zijn.'

'Zo zie je maar, wie met pek omgaat, wordt ermee besmet,' antwoordde de jongen verwijtend.

'Klim in de boom en kijk of er geen bossen in brand staan op onze weg,' beval Rex. 'De vogels vliegen onze kant op en er komt een brandlucht daarvandaan.'

'Stuur de kraaien maar op verkenning uit,' stribbelde Stommetje tegen, maar toch kwam hij zijn bed uit.

'Schiet op, stuk mensengebroed, zolang ik nog goedgeluimd ben!' gromde de hond ongeduldig.

De jongen klauterde als een eekhoorn een reusachtig hoge boom in, begon met zijn haviksogen waarmee hij alles in de wijde omtrek kon zien, de omgeving af te speuren en riep naar beneden wat hij zag:

'Een bosbrand. Het vuur kruipt onze kant op, maar kan ons niet bereiken, want er liggen brede stukken moeras tussen.'

'We moeten eromheen zien te geraken. Wat is er achter het bos?'

'Daar is het geel, misschien zijn het zandbanken of anders graanvelden, met veel heuvels.'

'Mondje dicht over dat vuur. De kudden raken bij het minste of geringste in paniek. En we hebben nog een lange weg te gaan.'

'Wanneer vertrekken we?' vroeg Stommetje, terwijl hij zich naar beneden liet zakken.

'De kraanvogels gaan ons over de bergen heen leiden, ze kunnen elk moment aankomen.'

'Over een paar dagen zal alles hier al helemaal kaalgevreten zijn. Vanuit de boom zie je alleen maar platgetrapte velden, terwijl de rivieren en meren veranderd zijn in modderpoelen. Tot aan de bergen redden we het ook wel zonder kraanvogels.'

'Ik ga meteen kijken hoe het er voorstaat met de weiden,' blafte Rex en hij snelde weg, begeleid door een troep enorme herdershonden.

Stommetje floot Loebas en verkende samen met hem het stadje waar ze hun intrek hadden genomen. De witte, door moestuinen omringde en helemaal met bloemen begroeide huizen, sommige van meer dan één verdieping, lagen er verlaten bij. Ramen en deuren waren verdwenen, hier en daar was een muur ingestort, overal slingerden kapotte meubelstukken. De wolven, honden en varkens hadden er vreselijk huisgehouden en alles leeggeplunderd. In de boomgaarden waren alleen nog stronken over, in de moestuinen groeide niets meer, alles was vertrapt. Overal fladderden verschrikte duiven rond, de rode daken en de grote bomen langs de weg zaten er vol mee.

Gewapend met een bijl begon Stommetje een afgesloten voorraadkamer, een paar kasten en een kelderdeur open te breken. Hij trof daar zoveel verschillende levensmiddelen aan dat een hele horde honden die door Loebas waren opgetrommeld, zich eraan te goed kon doen. Vooral het brood en het spek vonden gretig aftrek.

'Dat schijnt beter te smaken dan al dat rauwe vlees en lauwe bloed!' grinnikte Stommetje, terwijl hij een paar laarzen die hij ergens opgescharreld had, aanpaste. Het waren zijn allereerste laarzen. Daarom streelde en kuste hij ze en trok ze met een kloppend hart van opwinding aan. Daarna vond hij nog een of ander rood pak dat precies zijn maat was. Hij trok zijn van grof linnen gemaakte rafelige broek en hemd uit, hulde zich in het pak en floot bewonderend.

'Je lijkt het herenzoontje wel,' blafte Loebas, die hem van alle kanten besnuffelde.

'Ben ik soms minder dan het herenvolk,' riep hij uit met zijn raspende stem, terwijl hij zich trots bekeek in de spiegel. 'Ben jij dat, meneertje Bastaard? Of ben je het herenzoontje zelf, meneertje Vondeling? Of ben je misschien een landjonker, meneertje Gedrocht?'

Zo stond hij zich te bewonderen voor de spiegel, terwijl hij alle bijnamen in herinnering riep waarmee hij altijd werd beschimpt. Hij herkende zichzelf niet eens in die rode uitdossing en nieuwe laarzen.

'Of ben jij dat toch in eigen persoon, Stommetje?' vroeg hij, zich ervan vergewissend dat de bewegende gestalte die door de spiegel waarheidsgetrouw werd weerkaatst, werkelijk van hemzelf was.

'Ha-ha-ha! Aap! Ha-ha-ha!' lachte opeens iemand met een stem die uit de diepten van de spiegel leek te komen.

Stommetje trapte zo hard tegen de spiegel dat de scherven in het rond vlogen, maar het lachen hield aan. Op een kast zat een spreeuw. De jongen wilde zich woedend op hem storten, maar de vogel fladderde door het raam naar buiten en streek neer in een hoge boom, vanwaaruit hij zijn uitdagende spotlach verder liet klateren.

'Stom kwetterbeest!' schold Stommetje en hij probeerde de spreeuw te lokken door zijn stem te imiteren, maar die liet zich niet verschalken.

Hij gooide een steen naar de vogel en ging verder met het doorzoeken van de huizen. Hij schreeuwde het telkens opnieuw uit van blijdschap als hij een voorwerp tegenkwam dat hij tot nu toe alleen door de ramen van het landhuis of in zijn dromen had gezien.

Hij nam alles in zich op met ogen die straalden van een onbeschrijfelijk genot. Hij maakte het zich gemakkelijk op sofa's, rolde rond over bedden en divans, bekeek zich in spiegels, paste kleren aan, tooide zich in dameskleding, liet zich wegzakken in diepe fauteuils, beukte op de toetsen van piano's en stampte met veel plezier rond over stapels kussens, satijnen kleden en linnengoed. Na volop van dit alles genoten te hebben, koos hij ten slotte enkele spullen voor zichzelf uit: een jachtsabel met schede en gordelriem; een revolver; een toom voor zijn hengst; een warme paardendeken en als kostbaarste schat een schitterende rijzweep, precies zo een als waarmee het herenzoontje zo vaak zijn rug had bewerkt. Beladen met deze buit was hij al op de terugweg naar zijn kwartier toen hij achter een kapotte winkelruit een schommelpaard zag staan: een grijs dier met een rood tuig, zo groot als een kalf en overtrokken met echt paardenvel. Zijn hart stond stil, hij keek er ademloos naar, hij was een en al verrukking en stomme bewondering. Ten slotte sprong hij erbovenop, klakte met zijn tong, klopte het dier op de nek, stootte met zijn hielen tegen de flanken, liet zijn rijzweep knallen en schommelde uitgelaten op en neer. Hij leek volledig buiten zinnen, hij schreeuwde, huilde, lachte, alles door elkaar. Hij vlijde zich tegen de paardenhals aan en sloot zijn ogen. IJlings joeg hij voort, het paard ging woest te keer onder hem, de wind floot in zijn oren. Zo vloog hij in duizelingwekkende vaart voort naar onbekende verten, steeds sneller, steeds vuriger.

Toen hij eindelijk doodmoe was van het rijden, steeg hij af en klopte het paard nog een keer op de hals. Maar toen leek hij plotseling tot bezinning te komen. Hij deinsde geschrokken achteruit en dacht beschaamd: 'Mijn God, wat ben je toch een sukkel. Je hebt toch een echte hengst!' En als straf voor zijn eigen domheid sloeg hij het paard aan diggelen en gooide de stukken het raam uit.

Ontevreden met zichzelf liet hij zijn ogen nog eens door de winkel dwalen. Plotseling bleef hij vol huiverend ontzag staan, als voor een altaar. In een grote kast met spiegeldeuren stonden op planken allerlei figuren uitgestald: kleine en grote poppen in de prachtigste kledij; witte en bruine teddyberen; paarden; marionetten, lammetjes. Verder lag het er vol met sabels, geweertjes, trommels, toeters en allerlei andere curiositeiten die hij nog nooit eerder had gezien. Hij sloeg een kruisteken en wreef zich de ogen uit. Droomde hij of niet? Hij boorde zijn brandende blik in die miraculeuze voorwerpen en hield zijn adem in, bang dat alles zomaar weer in het niets zou oplossen. En terwijl hij keek, welden er tranen van ontroering in zijn ogen op.

'Mijn lieve Jezus, wat fantastisch mooi!' snikte hij en een onbeschrijflijke vreugde benam hem de adem.

Ergens in een hoekje van de winkel, in een apart kastje, zat een pop ter grootte van een vijfjarig meisje. Ze had kastanjebruin haar, saffierblauwe ogen, een matte bleke huid en bloedrode lippen. Midden over haar hoofd liep een keurige scheiding, haar gezicht was ovaal, bijna streng en betoverend mooi. Ze droeg een geelrood jurkje en groene muiltjes. Stommetje had gezworen dat ze levend was. Hij liep op haar toe en stamelde wat. Ze lachte! Het koude zweet brak hem uit, zijn hart stond stil, hij viel bijna flauw. Voorzichtig deed hij een paar passen opzij, haar ogen volgden hem. Zijn haren gingen recht overeind staan, hij durfde zich niet te verroeren en hield zijn adem in, zijn ziel was een en al aanbidding en devote onderwerping. Hij viel neer op zijn knieën, vouwde zijn handen en stamelde vol overgave en in extatische verrukking een gebed.

Daar kwam Loebas binnenstormen. De hond zette het op een blaffen, sprong op de pop af en wilde zijn tanden in haar jurkje zetten.

'Hé, hondsvot, tegen wie blaf je daar!' ontstak Stommetje in woede en greep hem bij de strot. 'Tegen wie!' en hij gaf hem er met zijn rijzweep zo ongenadig van langs dat de hond klaaglijk jankend wegvluchtte.

'Het is gewoon een domme hond! Dat hij blaft, is niet uit kwaadaardigheid, echt niet!' verontschuldigde hij zich voor het gedrag van zijn kameraad, terwijl hij wat dichter naar de pop toe schoof en haar bijna onwillekeurig bij de hand pakte.

'Mama! Mama!' kirde een meisjesstemmetje en allebei haar armpjes strekten zich naar hem uit.

Stommetje wist zelf niet hoe en wanneer hij weer in zijn eigen kwartier was beland. Toen hij bijkwam, was Rex daar juist aan het beraadslagen met Mankepoot en de herdershonden. De jongen maakte zich klein op zijn bed, verstopte zijn hoofd onder de donsdeken en probeerde langzaam weer tot zijn positieven te komen en de doodsangst die hem ertoe gedreven had overhaast te vluchten, te overwinnen.

Toen het donker werd, vertelde Stommetje het hele voorval aan Rex.

'Ze moet levend zijn, ze praatte, ze strekte haar handjes uit, ze keek,' verzekerde hij met grote stelligheid.

'Net zo eentje heb ik 's op een keer in het landhuis in haar poot gebeten en toen kwam er allemaal zaagsel uit.'

'Waag het 's haar aan te raken, ik rijt je pens open,' dreigde Stommetje en hij zwaaide vlak voor de neus van Rex met zijn blinkende jachtsabel.

'Doe die ijzeren slagtand weg en hou op met krijsen! De kraanvogels zijn al in aantocht, de arenden hebben het geboodschapt!' blafte Rex, terwijl hij Stommetje besnuffelde. 'Je hebt een nieuwe vacht. Geloof me, ze is niet levend, ik heb er toen maar met moeite mijn tanden uit kunnen trekken, bovendien stonk ze.'

‘Wat weet jij nou van mensendingen,’ smaalde Stommetje vol minachting, vanuit een gevoel van menselijke superioriteit, en hij legde zich te ruste. Maar hij kon niet slapen, hij moest de hele tijd denken aan de pop en de gevaren die haar van de kant van de honden en wolven bedreigden. Vooral Mankepoot was gevaarlijk, die kon haar uit wraakzucht in stukken scheuren.

Stommetje sprong op, hij moest iets doen. Hij rende naar buiten, keek naar de maan en luisterde naar de geluiden van de nacht. Toen de stilte eindelijk was neergedaald over de kudden en er alleen nog af en toe ergens een slaperig geloei of een waakzame hondenblaf opklonk, trok hij zijn jachtsabel uit de schede en zette het op een lopen.

Het was een heldere, maanlichte en stille nacht. De pop zat er nog net zo bij als hij haar had achtergelaten, roerloos, met wijd geopende ogen, overgoten door het zilveren schijnsel van de maan. Hij aarzelde lang, maar ten slotte vermande hij zich, nam haar ineens in zijn armen en drukte haar tegen zijn hart aan. Toen gebeurde er iets dat hem het bloed in de aderen deed stollen: ze sloeg haar armpjes om zijn nek en uit haar mondje vloeide een stroom zachte, betoverende klanken.

Hij nam haar mee naar buiten en ging zitten. Ondanks de vreselijke angst die hij voelde, bleef hij haar stevig vasthouden. En toen hij nog eens goed naar haar luisterde, kwam hij weer enigszins tot bedaren. Hij begreep dat ze met hem sprak in een soort gonzend bijentaaltje.

‘Ik versta jouw taal niet!’ kreunde hij wanhopig, terwijl hij zijn koortsachtig gloeiende gezicht tegen haar borst aan drukte.

Opnieuw stroomde er een honingzoete bedwelmende melodie uit haar mond, die deed denken aan de geur van jasmijnen in een warme voorjaarsnacht, aan het spelen van maneschijn of aan de verre roep van een onrustig fladderende ziel die gevangen zat in de kerker van een lichaam. En het was of zij in zijn hart een lang vergeten klokgelui deed opklinken, waardoor het plotseling volstroomde met herinneringen aan vroeger en klaaglijk begon te steunen.

‘Mammie!’ zo scheurde zich uit de diepten van zijn ziel een bloedige, van doffe smart doordrenkte kreet los en bittere hete tranen welden op in zijn ogen. Jammerlijke beelden van geleden onrecht trokken plotseling weer aan hem voorbij, de pijn sloeg met meedogenloze mokerslagen in op zijn ziel en smeedde haar tot een steeds scherpere menselijke beeltenis. Hij wist zelf niet hoe dit kwam en waarom het zo'n pijn deed. Maar uiteindelijk bleef in zijn hart een grenzeloos gevoel van tederheid achter, een verlangen om zich te ontfermen over de zwakkeren, om anderen te helpen en om de gevoelens waarvan hij overliep, overal om zich heen te verspreiden.

De muziek verstomde en de pop lag daar met gesloten ogen, een flauwe glimlach om de lippen.

'De jongedame slaapt!' mompelde hij ontroerd en hij droeg haar voorzichtig als een klein kindje weg.

Hij legde haar op zijn bed, dekte haar toe met de donsdeken en hield de wacht, de jachtsabel in zijn hand. Af en toe luisterde hij of ze nog ademhaalde, hij maakte zich ongerust dat ze daar zo stil en koud lag, net alsof ze dood was. Ze wekte in hem een steeds grotere bezorgdheid en een soort bijgelovige verering. Hij hield haar voor een levensecht wezen, alleen kon hij maar niet begrijpen waarom ze zo anders was, waarom ze zo verschilde van de andere meisjes die hij in het landhuis had gezien. Tot hij het opeens begreep.

'Ze is behekst! Dat kan niet anders!' zei hij tegen zichzelf, terugdenkend aan de verhalen die hij op winteravonden in de keuken van het landhuis had horen vertellen. Over betoverde prinsessen, ridders en mensen die veranderd waren in bomen of dieren. 'Behekst! Als ik nu het woord zou vinden om haar te onttoveren en dat uit zou spreken, dan zou ze dadelijk weer levend worden,' zo mompelde hij koortsig en hij fantaseerde al hoe hij de beheksing ongedaan zou maken en haar mee zou nemen naar haar vader, de koning, die zijn dochter daarna aan hem ten huwelijk zou geven. En hoe hij dan in goud en zilver getooid zou zijn en een nog grotere meneer zou zijn dan de landheer. En met deze dromen sliep hij in. Hij schreeuwde af en toe wat in zijn slaap en trapte zijn laarzen uit omdat die hem vreselijk knelden, maar zodra de zon opkwam, sprong hij onmiddellijk weer monter uit bed.

'Behekst! Als ik dat woord maar kon vinden!' dacht hij bezorgd, terwijl hij naar de schone slaapster keek.

Plotseling klonk er boven de kudden een kreet, die almaar aanzwol en aan kracht won.

'De kraanvogels! De kraanvogels!' leek heel de aarde te galmen.

En inderdaad, uit het westen schalden steeds luider langgerekte trompetklanken en even later zag je onafzienbare formaties kraanvogels al cirkelend steeds lager naar beneden zakken. Ze draaiden een tijdlang rondjes boven de kudden en vlogen daarna, de punten van hun wigvormige zwermen op het oosten gericht, weer omhoog en verdwenen in het hemelblauw, met hun melancholieke roep de richting van hun hoge vlucht aangevend.

Alle kudden zetten zich in beweging en volgden de vogels met een soort plechtige ingetogenheid.

De tientallen kilometers brede golf rolde met nietsontziend geweld voort, dwars door velden en bossen, dwars door steden en dorpjes, met achterlating van alleen maar platgetrapt kaal land, stilte en de dood.

De omgeving werd dor en rotsig. Van de imposante, nog verre bergen waren alleen de besneeuwde, in de zon glinsterende toppen zichtbaar. De rest was aan het oog onttrokken door ketens van beboste heuvels, die werden doorsneden door diepe dalen en ravijnen. Het was alleen de roep van de kraanvogels, weerschallend als het eeuwige gezang van de wolken, die de kudden door het doolhof van duistere oerwouden en verblindende berglandschappen heen gidste.

Stommetje had zijn laarzen over de nek van de hengst gehangen en zijn 'behekste prinses' rechtop in een van de schachten gezet, zodat het uit de verte leek of ze recht overeind op het paard stond. De honden blaften vrolijk bij het zien van haar vriendelijk lachende gezichtje en de vogels zetten zich fladderend en kwetterend op haar uitgestrekte armpjes. De jongen joeg iedereen jaloers weg en bewaakte haar als zijn oogappel. Hij beschermde haar tegen de brandende zon en bedekte haar hoofd op het heetst van de dag met groene takjes. Maar 's nachts, als er gerust werd en niemand het zag, knielde hij bij haar neer en fluisterde iets geheims in haar oor, waarna hij bevend van opwinding wachtte op wat zij zou antwoorden.

'Waar kan ik het woord toch vinden?' pijnigde hij voortdurend zijn hersens. 'Als ik haar onttover, zou ik onmiddellijk weggaan bij het vee. Want ik ben een mens!' zo hield hij zich voor, terwijl hij zijn ogen over de ontelbare koppen van zijn metgezellen liet gaan. Hij voelde zich te midden van hen steeds meer een vreemde, een totaal ander wezen. Hij was kwaad op hen vanwege die opstand tegen de mensen, want die leek hem zinloos, voor hem was het doel dat ze zich gesteld hadden, totale waanzin.

'Onder het juk of in vrijheid – een stuk vee blijft altijd een stuk vee,' redeneerde hij nuchter, maar tegelijkertijd begon hij sterker dan ooit mee te voelen met de dieren en realiseerde hij zich welke ontberingen ze moesten doorstaan. Want de tocht werd almaar zwaarder en afmattender. De hitte was ondraaglijk, de zon brandde genadeloos van zonsopgang tot zonsondergang, geen zuchtje wind bracht verkoeling, alles smolt weg in de verzengende gloed. De aarde verschroeide, slechts hier en daar glinsterden nog flauwtjes een paar bergbeekjes in hun uitdrogende bedding. In de dalen hingen verstikkende moerasdampen en ook in de bossen was het benauwend warm, het mos en het gras waren er verdord en de bomen gaven geen schaduw. Er was steeds minder akkerland, de dorpjes waren steeds dunner gezaaid en het voedsel werd schaarser en schaarser. Er waren dagen dat er niet genoeg te eten was voor iedereen. Tienduizenden dieren zegen 's avonds hongerig en uitgeput neer. En de nachten waren al even drukkend, de hitte werd door niets getemperd. De met sterren besprenkelde hemel hing over de aarde als een paradijselijke tuin vol flonkerende zilveren bloemen, maar de aarde zelf werd een hel, niets bracht verlichting, niemand kon slapen. De uitgedroogde dorstige kelen ademden zwaar. De honger deed de magen samentrekken. Duizenden lieten het leven. Hier en daar klonk in de duisternis, zwak nog, geklaag, gemor en gekreun. Maar het geloof in de toekomst was sterker dan de ellende van het heden, sterker nog dan de angst voor de dood. En zodra de wolven de dagelijkse reveille huilden en vanonder de wolken de zang van de kraanvogels weergalmde, zetten de kudden hun tocht voort, onvermoeibaar en onverdroten, zonder om te kijken naar de kameraden die in steeds dichtere hopen de weg bezaaiden met hun skeletten, naar de tallozen die geveld werden door honger, uitputting, ziekte of een of andere onbekende genadeloze vijand. Ze rolden voort te midden van opstuivend stof, dat hen hulde in een zware grijze wolk die zich laag boven de aarde samenpakte en aanzwol tot een donderstorm vol geloei, gebries en gestamp.

Na vele, vele dagen onafgebroken rondgetrokken te hebben, kwamen de dieren aan bij een onmetelijk bergplateau. De besneeuwde, nog altijd even verre toppen vertoonden zich opnieuw in hun majesteitelijke pracht. Ze rezen op tegen de hemel als een door wolken omsluierd altaar, grimmig en imposant. De aanblik ervan werd begroet met een gebrul uit duizenden ontroerde kelen. Het einde van alle lijden scheen nabij, de koortsige ogen zagen achter de ongenaakbare toppen reeds het land van vrijheid en geluk. De vreugde daarover gaf hun nieuwe kracht en vertrouwen. Het klagen verstomde, een warme golf van hoop doorstroomde de harten. Bovendien waaiden hier frissere winden, die verkoeling brachten. En ook was er een reusachtige rivier die met ijskoud, kristalhelder water door haar diepe bedding bruiste. Angstwekkend was alleen die onmetelijke, zich naar alle kanten uitstrekkende vlakte, plat als een tafelblad, slechts hier en daar verlevendigd door wat verweerde brokken rots, een groepje bomen of doornige struikjes. De gebarsten roestbruine bodem was begroeid met een wirwar van korstige grauwe plantjes en bloedrood mos. Onbekende wezens schoten schichtig voorbij en tijdens de koude nachten werd de welverdiende zoete slaap van de dieren telkens weer onderbroken door een soort huiveringwekkende doffe brulgeluiden die op onderaardse donderslagen leken. De wolven waren er bang voor en de honden verstopten zich tussen de koeien. Maar nergens waren mensen te bespeuren, zelfs de hoog in de lucht cirkelende vogels konden er geen ontdekken. Er was geen spoor van menselijke bewoning, nergens waren wegen, nergens viel ook maar iets van rook te bespeuren. Rondom toonde zich een geheel nieuwe, angstaanjagend vreemde wereld.

Er braken dagen van honger aan, weg waren de door de mensen aangelegde voorraden, de dieren moesten zich in leven houden met hard borstelig gras en prikplanten die bitter smaakten als alsem.

'Geen weiden! Geen aardappels! Geen graan! Geen klaver!' klonk het jammerend uit de kudden.

Een totale verbijstering, gevolgd door een panische angst, maakte zich meester van de dieren. Ze begrepen er niets van. Ze hadden zich voorgesteld dat de onuitputtelijke voorraden die het laaghartige mensdom hun had willen ontzeggen, nu overal voor hen klaar zouden liggen. Maar waar waren die volle schuren dan gebleven? En de aardappelvelden? De graanakkers? De vette weiden? Wat was ermee gebeurd?

Het waren niet de mensen die hun nu het voedsel ontzegden, want mensen waren hier niet! Maar voorraden waren er ook niet!

Geconfronteerd met deze verschrikkelijke realiteit, zochten ze vergeefs naar een antwoord op de kwellende vragen die door hun koppen maalden.

Ook Rex werd gekweld en vroeg zich af hoe dit nu kon, maar Stommetje schamperde:

'Jullie hebben nu toch je vrijheid, wat malen jullie dan om voer? Als de mensen niks inzaaien, hebben jullie ook niks te vreten. Maar de mensen zelf, die redden zich ook wel zonder jullie. Niemand durft het toe te geven, maar wat zouden de dieren graag allemaal terugkeren naar de volle ruif. De wolven hebben hun pens volgevreten, maar die zijn het nu ook zat!'

'We creperen liever van de honger dan dat we uit vrije wil terugkruipen onder het juk.'

'Tja, lang zal het niet meer duren voordat jullie inderdaad creperen. En ik met jullie,' voegde de jongen er somber aan toe.

'Als een troep wilde dieren het prima redt zonder hulp van de mens, dan kunnen wij dat ook. Geen woord meer over een terugkeer of ik laat je vertrappen. We zijn er trouwens bijna.'

'Jij weet het natuurlijk beter, want meneer is nu koning van het vee, maar mij hebben de ooievaars toegeklepperd dat ...'

Zonder verder nog naar hem te luisteren riep Rex met een grom zijn hengst bij zich en reed in vliegende vaart naar de oever van de rivier, waar de kudden rustten en op het schrale stekelige gras kauwden. Hij maakte zich steeds meer zorgen om het eindeloos aanslepen van de tocht. Dag na dag verstreek, maar er leek geen einde te komen aan die vervloekte schrale vlakte. Telkens weer schoot hij naar voren om ergens ver van de anderen op een rotsblok te klimmen en te speuren of het einde van de vlakte nog niet in zicht was. Maar vergeefs. Zover het oog reikte, was er niets dan kale woestenij te zien, alsof er een onafzienbare roestkleurige lijkwade over het land lag uitgespreid, die alleen hier en daar bestikt was met wat armzalige grassen en stenen. En daarboven hing een al even lege, fletse, wolkeloze hemel. Aan de gezichtseinder was alleen de imposante keten besneeuwde bergtoppen te zien. De weg erheen leek bezaaid met slordige stapels puin, als brokstukken van te pletter geslagen hemellichamen, die glinsterden in het spookachtige licht van eeuwige ijsvelden. Vol huiver deinsde Rex terug bij deze aanblik.

Op een nacht achterhaalde hij de kraanvogels, die altijd een paar uur voor de kudden uit vlogen.

'Nog ver! Ver! Ver!' zongen ze hem toe.

Hij rende terug en begon rond te dolen tussen de massa's die hij aanvoerde. Het vee rustte aan de steile oever van de rivier. De maan scheen vol. De dieren lagen daar stil en slaperig, slechts nu en dan klonk er ergens een gesmoord gekreun. Ingetogen en verdiept in zichzelf herkauwden ze onverstoorbaar hun karige maal. Pas toen ze hem zagen, schudden ze de lethargie van zich af en hieven hun zware, uitgebluste blik vol grenzeloze liefde naar hem op. Ze morden niet en verduurden nog lijdzaam alle ontberingen. Gewend aan een slavenbestaan, ondergingen ze gelaten hun lot, zonder gejammer en geweeklaag.

Toch voelde Rex dat ze aan het eind van hun krachten waren en het niet lang meer vol zouden houden.

Toen hij terugkeerde naar zijn slaapplaats, nam Stommetje het onderbroken gesprek weer op:

'Wat de ooievaars dus tegen mij hebben geklepperd: tot de bergen is het nog een hele week, daarna de bergen over, dan opnieuw een vlakte en ten slotte zo'n drie dagen lang zee. Aan de voet van de bergen zouden uitgestrekte weidegronden, rivieren en bossen moeten zijn.'

Zodra de zon opkwam, beval Rex de wolven om de kudden zo snel mogelijk weer in beweging te krijgen.

'Naar het oosten! Voorwaarts! Mars!' jankte hij, de kudden afrennend op zijn hengst. 'Het is niet ver meer.'

En ze rolden verder, als een zware onweerswolk, voortgedreven door de wind. Ze werden aangejaagd door hernieuwde hoop, maar ook door de honger. En door de dood, die hen als een gruwelijke gesel striemde en duizenden van hen velde. Zonder hier acht op te slaan haastten ze zich voort, verblind door het lonkende geluk en gedragen door angst, want de onheilspellend huilende wolven zaten hen op bevel van Rex steeds dichter op de hielen en scheurden de achterblijvers in stukken. Tot overmaat van ramp kwamen ze terecht in een brede onweerszone met loeiende winden. Er staken zulke stormen op dat stofwolken de zon versluierden, rotsblokken werden losgerukt, zelfs de zwaarste ossen omver werden geblazen, schapen door de lucht vlogen en alles vervaagde te midden van de woedende elementen. Slagregens veranderden de vlakte in een kolkend meer, overal trokken waterstromen diepe groeven en voren door de opgedroogde bodem. Als het even opklaarde en de stralende hemel zich weer liet zien, viel alles opeens stil, maar het volgende moment verduisterden onweerszwangere, zwarte wolken opnieuw het zwerk. Dan hoorde je een woest gefluit en gestamp alsof er duizenden ontketende paarden voorbij draafden, en werd, onder fel geflits en daverend gedonder, de ene bliksemschicht na de andere op de aarde losgelaten.

Zelfs de moedigste dieren werden gegrepen door een waanzinnige angst. Mankepoot kroop met zijn kameraden zo diep mogelijk weg in het struikgewas, de vossen groeven zich in, de honden verscholen zich tussen de rotsblokken en zelfs Rex zocht een veilig heenkomen in de luwte van de steile rivierbedding. Alleen de kudden, onbeschut tegen het geselende onweer, wisten geen raad. Ze stoven in blinde paniek alle kanten op en sneuvelden met duizenden tegelijk.

Stommetje had zich samen met zijn prinses, de hengst en Loebas bijtijds in veiligheid weten te brengen voor het aanstormende onweersgeweld. En hij was het ook die nu als eerste de uiteengestoven kudden weer begon bijeen te drijven en weg te leiden, voordat de echte aanvoerders terug op het toneel verschenen. Dankzij de menselijke intelligentie die hij in zich had bewaard, had hij bij de nadering van onweer allerlei slimme maniertjes bedacht om het vee zo goed en zo kwaad als het ging voor onheil te behoeden. De dieren begonnen hem onvoorwaardelijk te vertrouwen en zolang ze nog midden in de onweerszone zaten, groeide hij in feite uit tot de grote leider van de onafzienbare scharen. Hij was het naar wie ze hun angstige ogen opsloegen en die ze opzochten in momenten van gevaar. Hij gaf leiding als een geboren heerser en dwong gehoorzaamheid af met zijn revolver.

Rex begon hem te vrezen, vooral de woest fonkelende ogen van de jongen deden hem huiveren.

'Hij blijft een mens!' gromde hij in machteloze woede, zich ongemakkelijk voelend onder de gebiedende blik van de ander.

'Hij gaat ons verraden, dat mensenjong,' schuimbekte Mankepoot, terwijl hij op de jongen af sloop.

'Geen stap verder, paardenslachter, of het is je laatste geweest!' dreigde Stommetje met getrokken wapen.

Daarmee leek de kous af, maar vanaf dat moment zou hij voortdurend bespied worden door wolvenogen.

Eerlijk gezegd had hij helemaal geen zin om te heersen en voor leider te spelen. Hij had schoon genoeg van al dat trekken en besloot terug te keren naar de mensen. De hengst en Loebas had hij al omgepraat. Het was zijn bedoeling om zoveel mogelijk kuddedieren voor zich te winnen en samen met hen de terugtocht aan te vangen.

'Ze komen hier ellendig aan hun einde, terwijl het daar herfst is en er zoveel werk is op de velden. Zouden ze niet liever werk hebben, met een volle buik en een dak boven de kop, dan hier te creperen van de honger?' fluisterde hij zijn 'betoverde prinses' toe. 'De mevrouw gaat me nog ontvangen in haar salon als ik zoveel vee mee terugbreng,' fantaseerde hij, vol heimwee terugdenkend aan zijn vroegere meesteres.

En toen ze het noodweer achter zich hadden gelaten en waren aangekomen in een rustiger, zij het nog altijd onvruchtbaar en woest gebied, waar de kudden een paar dagen konden aansterken, begon Stommetje rond te zwerven tussen de rustende dieren. Hij hield zijn oren gespitst om alle uitingen van onvrede, die inderdaad steeds luider klonken, op te vangen. Hij voerde lange gesprekken met de dieren, beklaagde samen met hen hun ellendige gemeenschappelijke lot en zaaide tegelijkertijd twijfel aan het nut van de tocht. Zou het niet beter zijn om terug te keren naar de mensen? Nu eens werd er verontwaardigd en afkeurend gereageerd, dan weer stomverbaasd, maar meestal werd er alleen lang en diep gezucht. Wat stond hun verder nog te wachten? Ontberingen, honger en dood. Nu al zagen ze eruit als skeletten, behangen met wat lappen vlees. Ze konden nauwelijks nog op hun poten staan. Bij duizenden lagen ze totaal uitgeput en apathisch op de grond, niet bij machte op te staan. Ze zouden liever ter plekke omkomen van de honger dan nog eens op zoek gaan naar wat karige plantjes om te overleven. De hele dag en de hele nacht hoorde je het doodsgerochel van creperende dieren. De massa's werden angstaanjagend snel uitgedund. Van de jonge dieren was er geen die het overleefde. En dat het aantal schapen zo snel verminderde – daar wisten de wolven meer van. Ook varkens waren er nog maar weinig. En de aantallen paarden en runderen die bezweken, waren al helemaal niet meer te tellen, er gingen er meer en meer dood naarmate het laatste sprankje hoop in hen verdampte. Bijna dagelijks steeg er, als de zon reusachtig en stralend tevoorschijn kwam vanachter de besneeuwde toppen, een vertwijfeld gebrul ten hemel op.

'We zullen nooit aankomen! Nooit! Nooit!' galmde het koor van doffe vertwijfeling.

Vergeefs probeerde Rex de kudden te kalmeren en hun moed in te spreken met zijn lofzangen op het geluk dat ginds op hen wachtte. Zij hoorden hem minzaam en stilzwijgend aan, maar als hij zich dan weer verder haastte, viel er een eens zo luid geweeklaag te horen.

'Laat ze ons maar in het juk spannen, laat ze ons maar slaan,' jammerden de ossen, terwijl ze de bittere distels die hun bek verwondden, herkauwden. 'Als ze ons maar genoeg te eten geven! Eten! Eten!'

'Ik kon er tenminste van op aan dat ze elke ochtend mijn ruif volgooiden,' herinnerde een van de paarden zich vol heimwee. 'En pas daarna moest ik gaan werken.'

'Maar dan werd de zweep er ook over gelegd en werd je zo afgetuigd dat de flarden huid erbij hingen,' smaalde een hengst naast hem.

'Maar 's middags kreeg je dan opnieuw voer met een emmer vers water en mocht je uitrusten.'

'En daarna nog meer zweepslagen!' brieste de hengst stampvoetend.

'En 's avonds was er de warme stal, een halve kribbe met haver en in de ruif nog een bos klaver,' verzuchtte het paard.

Dat ophalen van herinneringen aan vroeger eindigde steevast met woedende gevechten, waarbij met hoeven werd getrapt, botten kraakten en broederbloed vloeide. Die ruzies, schermutselingen en bloedige vechtpartijen begonnen zich steeds vaker voor te doen. Er hing een stemming van geprikkeldheid, haat en agressie in de lucht die als een dolle ziekte om zich heen greep. Iedereen reageerde maar al te graag zijn ellende en frustratie af op de ander. Dag en nacht maakten ze ruzie en stonden ze met de koppen tegenover elkaar. En Stommetje maakte daar dankbaar gebruik van door nog openlijker te praten over een terugkeer en de heimwee van de gekwelde dieren te versterken door beelden van verloren geluk op te roepen. Gek van nostalgisch verlangen door de plotseling opduikende herinneringen aan vroegere dagen, begonnen de dieren radeloos in het rond te brullen en waren velen bereid onmiddellijk terug te keren.

'Verlos ons! Leid ons! Wij willen terug naar de mensen! Naar onze baasjes! Wij willen eten! Leid ons!'

Toch waren er ook velen die zijn aansporingen vol verachting afwezen.

'Wij gaan niet terug naar de zweep. Liever honger in vrijheid dan een volle buik in gevangenschap. Wij kunnen geen leven als slaaf meer leiden. Wij willen leven voor onszelf. We willen niet meer dienen als vlees voor de mens. Ga jij maar terug, maar probeer ons niet aan te zetten tot verraad.'

Stommetjes onruststokerij zou slecht voor hem aflopen, want op een ochtend gromde Loebas tegen hem:

'Rex zit met Mankepoot en de andere leiders op de rotsen te beraadslagen. Ze beramen iets tegen jou, heb ik gehoord.'

'Wees maar niet bang. Mij krijgen ze er niet zo gemakkelijk onder,' en hij toonde zijn revolver en vlijmscherpe jachtsabel.

'Je kunt er een paar doden, maar dan scheurt de rest je aan stukken. We moeten nu meteen vluchten,' jankte de hond angstig.

'Waarschuw alle dieren die aan onze kant staan, dat ze zich onopvallend achteraan verzamelen,' beval Stommetje.

Hij was nog niet uitgesproken of er sprong opeens een troep wolven op hem af onder aanvoering van Mankepoot. Die gromde hem toe:

'Wij verjagen jou uit ons midden! Rex schenkt je omwille van jullie oude vriendschap het leven. Dreig niet met je bliksemschichten, anders zal ik jou in stukken laten scheuren. We hebben je genadig in ons midden opgenomen, maar je hebt onze goedheid met verraad en oproer vergolden, maak dat je wegkomt!'

De jongen keek rond op zoek naar hulp, maar toen hij om zich heen alleen blikkerende tanden en fonkelende ogen zag, klom hij op zijn hengst, die al voor hem was klaargezet, en reed in gestrekte draf weg, de prinses tegen zijn borst geklemd en de revolver in zijn hand. Loebas, die hem niet in steek had gelaten, zat achterop, dicht tegen hem aan gedrukt en klappertandend van angst. De hele troep wolven rende met hen mee. Zo joegen ze twee lange dagen voort, met slechts een enkele rustpauze. Ten slotte jankten de wolven dat hij moest afstijgen – en in een oogwenk verslonden ze het paard en Loebas.

'Als je de mensen op ons spoor brengt, ga je eraan,' waarschuwde een van hen, waarna de hele meute weer terugrende.

Daar stond hij, verdwaasd om zich heen kijkend. Nu pas drong tot hem door wat voor een ontzettende slag hem was toegebracht. Hij was moederziel alleen in een onherbergzaam woest oord, zonder eten, zonder hulp en zonder paard, het zou hem weken kosten om de dichtstbijzijnde menselijke nederzetting te bereiken.

De haren rezen hem te berge, maar hij verloor de moed niet en liet zelfs geen traan. Hij pakte zijn spullen bijeen, slingerde zijn laarzen over zijn schouder, verstopte de prinses in een van de schachten, vond tussen de struiken een stevige knoestige stok en ging onverschrokken op pad, pal naar het westen. Hij volgde de loop van een rivier, op zijn route lag het bezaaid met skeletten, beenderen en kadavers, waar reusachtige gieren krijsend aan zaten te pikken. Af en toe kaapte hij bij de vogels brutaalweg een portie voor zichzelf weg en vervolgde zijn tocht, in de stellige overtuiging dat hij misschien niet vandaag of morgen maar toch weldra het magische woord zou vinden om de betovering van zijn prinses te verbreken.

'En jullie kunnen mooi allemaal verrekken van de honger,' dreigde hij met zijn vuist naar het oosten. 'Jullie gaan eerder de pijp uit dan ik.'

En hij trok onbevreesd verder. Hij leefde van wat de natuur hem schonk en dankzij zijn buitengewone vindingrijkheid, de overvloed aan vissen in de rivier en het gebruik van vuursteen en tonderzwam wist hij zich goed in leven te houden. Als het hem lukte een grotere vis te verschalken, bakte hij hem op gloeiende stenen, waste de prinses, zette haar tegenover zich neer bij het vuur en dan was het genieten! Hij schotelde haar lekkere hapjes voor, babbelde tegen haar alsof ze leefde, kuste haar handjes en voetjes, legde zijn hoofd tegen haar hart en luisterde in stille aanbidding naar de hemelse melodieën waarmee ze dan tot hem sprak. Hij vereerde haar mateloos en voelde een onuitsprekelijk geluk in haar nabijheid. En als de honger in zijn hart en in zijn buik gestild was, ging hij weer op weg.

Hij leek op een zandkorreltje dat onverschrokken voortrolde door eindeloze onherbergzaamheden. Hij was zo'n klein, onooglijk en zwak wezentje tegenover de ontzagwekkende natuur dat zelfs de wilde dieren hem met rust lieten. Al voortgaand bekommerde hij zich geen moment om zijn eigen veiligheid, hij dacht zelfs niet aan mogelijk gevaar. Hij sliep in bij vuur dat hij hoog deed oplaaien, en als hij een vlucht vogels op weg naar hun overwinteringsplaats zag, lokte hij ze naderbij door hun roep te imiteren. Dan streken ze in grote zwermen rondom hem neer en voordat ze het bedrog doorhadden, had hij alweer voor een paar dagen mondvoorraad. En met de veren van de mooiste vogels versierde hij het hoofd van zijn prinses. Na twee weken dit bijna vrolijke leventje geleid te hebben, begon hij ineens ongerust te worden toen het op een nacht heel erg afkoelde en er tegen de ochtend een gure wind opstak. IJzige luchten kwamen aanwaaien uit het oosten. En toen het dag werd, glinsterde er in de bleke, verkleumde zon een geheel berijpte wereld. Stommetje keek verbaasd in het rond en liet zijn bezorgde blik over de wit geworden omgeving glijden. Hij had helemaal niet meer aan de winter met zijn verschrikkelijke slagtanden gedacht. De schrik sloeg hem om het hart. Hij krabde zich mismoedig op zijn ruig behaarde hoofd, dacht even na, trok toen zijn laarzen over zijn blote voeten aan, wikkelde zich in zijn paardendeken, snoerde die met een touw om zijn middel vast, klemde de prinses tegen zijn borst en vervolgde haastig zijn weg. Hij werd voortgedreven door angst en door de steeds killer wordende dagen en stormwinden die uit het oosten werden aangeblazen. Bovendien begon de honger hem steeds meer te kwellen. De vogels lieten zich niet meer zien en ook de vissen kon hij nog maar moeilijk bereiken doordat de oevers van de rivier met een dun laagje ijs waren bedekt. Verkleumd en uitgeput als hij was, met benen die nauwelijks nog vooruitkwamen, trok hij verbeten verder, terwijl hij onderweg allerlei zoete woordjes verzon om zijn prinses in het oor te fluisteren.

'Wees maar niet bang, ik zal het woord vinden en de betovering verbreken!' prevelde hij. 'Dan wordt je weer levend en verschijnt er een ravenzwart paard en rijden we weg! Laat het alleen zo snel mogelijk gebeuren, in godsnaam!' zuchtte hij wanhopig.

De dagen werden steeds kouder, de winden werden nog guurder, de luchten verduisterden. Hij moest af en toe wegkruipen in een donker hol om te wachten op beter weer. En de nachten waren nog erger: aardedonker, ijskoud, stormachtig, vol gehuil en gebrul, alsof er hele kudden razend rondholden door de duisternis. Zijn haren gingen recht overeind staan en hij kon niet meer slapen van de angst en de kou. En als de ochtend dan weer aanbrak en het iets opklaarde, ging hij, honger, kou en vermoeidheid trotserend, weer op pad, nog altijd in de hoop dat hij misschien nog diezelfde dag, zomaar opeens, ergens rookpluimen zou zien opstijgen als teken van menselijke bewoning. Of desnoods een naaldbos, dat beschutting bood. Maar nee, zover het oog reikte, was slechts een eindeloze en angstaanjagend woeste vlakte te zien, een kaal landschap met hier en daar wat vlekjes struikgewas en doorsneden door de kronkelige rivier. De vlakte strekte zich helemaal uit tot aan de gezichtseinder, waar de blauwe hemel ingebed lag in groenige stapelwolken, die deden denken aan opgehoopte ijsschotsen. De dreiging die uitging van deze lege ruimte, deze doodse stilte en deze verlatenheid greep hem plotseling bij de keel en hij werd bevangen door zo'n angst dat hij van binnen knakte als een nietig grassprietje, in een wanhopig gesnik losbarstte en met jammerende stem bad:

'Red mij, lieve Jezus! Dan zal ik voor jou een hele kruisgang uitsnijden, dan zal ik voor jou een kooi met een zingende merel bij het altaar ophangen! Red mij, Heer!' zo snikte hij, terwijl hij onafgebroken kruisjes sloeg.

De volgende dag heerste er zo'n strenge vorst dat de hele natuur verstijfde. De grond knerste onder de voeten, de rivier bevroor en het kostte moeite om adem te halen. De winden waren gaan liggen en een onheilspellende stilte, slechts doorbroken door het doffe kraken van de barstende bodem, was neergedaald. Aan voortzetting van de tocht viel niet meer te denken, Stommetje wist zich alleen nog een weg te banen naar een plek waar de rivier de oever diep had uitgehold en een soort moerassige, met biezen en riet begroeide inham had gevormd.

'Het is hier moerassig en het water is niet bevroren, ideaal voor vogels!' dacht hij bij zichzelf en hij groef met mes en blote handen beneden in de steile oever een groot hol waar hij zich kon schuilhouden. Hij dekte de opening af met takken, bedekte de bodem met blaadjes, stopte de prinses zo diep mogelijk weg in de nieuwe legerstede en rolde zich op. Hij voelde een weldadige warmte en al wegdoezelend mompelde hij tegen de vorst: 'Rot op, koning winter, je maakt me nu niks meer,' waarna hij ondanks zijn knagende honger in slaap viel.

De volgende ochtend in alle vroegte kroop hij, na zich gecamoufleerd te hebben met wat droge rietstengels, weg in het struikgewas. Daar wachtte hij geduldig af, ook al was hij tot op het bot verkleumd door de vorst. Gelukkig kwamen zijn verwachtingen uit en zag hij vlak na zonsopkomst langgerekte zwermen eenden zijn kant op vliegen, die daarna zachtjes neerstreken op het spiegelende oppervlak van het nog ijsvrije water. Stommetje kwaakte als een oude woerd die zijn jongen waarschuwt dat er gevaar dreigt, waarop een aantal vogels opschrok en wegvloog, maar de meesten zich onmiddellijk verstopten in de dorre oevervegetatie. Daar sloeg hij er een aantal dood met zijn stok, terwijl hij andere vogels met zijn handen ving. Het waren er zoveel dat hij ze nauwelijks allemaal kon aanslepen naar zijn hol.

'Dat wordt smullen en wat overblijft, blijft vers in de vorst!' schepte hij op tegen zijn prinses, terwijl hij voor het hol een groot vuur aanlegde.

De volgende dagen at hij zijn buik vol en haalde zoveel mogelijk slaap in, waardoor hij weer op krachten kwam. Maar tegelijk begon hij zich steeds meer zorgen te maken over hoe het nu verder moest. Want het begon almaar strenger te vriezen, de hele vlakte was bedekt met grove rijpkorrels, alsof er een vlokkige laag wol op lag waar je onmiddellijk in wegzakte. Geleidelijk aan begon ook het moerasland te bevriezen en overtrok een ijzig waas het oppervlak van het nog levende water, als een oog dat vertroebelde. En er kwamen steeds minder vogels aangevlogen. De dagen openden zich als graftomben waaruit doodskaarsen een somber licht verspreidden in de gruwelijke stilte van de gestorven aarde. Door de dikke nevelflarden heen boorde zich de bloederige gloed van de dageraad, die leek op de gepijnigde blik van een zieltogend dier. En 's avonds, bij plotseling invallende duisternis, werd de aarde overdekt met een ondoordringbaar zwart rouwkleed. Daarentegen waren de nachten sprookjesachtig mooi: een vrijwel pikzwarte hemel, bestrooid met het zilveren zand van sterren, sprankelde in miljarden fonkelingen, schitteringen en ijskoude stille flitsen die het oog verblindden. Alles was één grote zee van trillende lichtjes. In een van die nachten weerklonk plotseling een angstaanjagend gehuil.

'Zouden dat wolven zijn?' vroeg Stommetje zich af. 'Misschien Mankepoot met zijn kameraden? We zouden beter weer samen kunnen optrekken.'

Hij vatte ineens weer enorm veel moed. Hij luisterde gretig naar de dichterbij komende geluiden en klauterde, de ijzige kou trotserend, tegen de steile oever op naar boven om de vlakte te overzien. En ja, daar zag hij lange rijen schimmige gestalten die zich voortbewogen in de richting van de rivier. Voor hen uit vluchtte een reusachtig hert, dat aan het einde van zijn krachten scheen en zich, het gewei in de nek, moeizaam en steeds vaker struikelend naar voren werkte tot het aankwam bij de steil aflopende oever. Daar bleef het staan en begon vertwijfeld te brullen. De wolven hadden het dier al bijna ingehaald en de lucht trilde al van een woest triomfgehuil toen het hert zich ineens naar beneden liet glijden, met enkele geweldige sprongen het moerasland bereikte en zich uit alle macht een weg begon te banen door het struikgewas. Het zakte steeds weer weg, worstelde zich weer omhoog en schoot dan weer verder, waarna het tot aan zijn buik vast kwam te zitten in een nog niet bevroren stuk moeras. Voordat het zich daaruit los had kunnen maken, had de hele razende meute zich al op hem gestort. Er ontspon zich een wanhopig gevecht. Het hert werkte zich ten slotte los uit het moeras, schudde met zijn gewei de aanvallers van zich af, trapte er een paar dood, stoof weg, zakte weer weg en vocht door tot zijn laatste ademtocht – tot het levend aan stukken werd gescheurd.

'Rotbeesten, wacht maar!' gromde Stommetje geschokt en hij pakte zijn revolver, mikte midden op de opeengepakte meute en schoot. De lucht sidderde van de vuurflits en de donderslag. De hele meute zette het op een lopen. Hij schoot ze nog een paar keer na en rende met zijn wapen in de hand naar het hert. Het lag dood op de grond met opengereten flanken en doorgebeten strot. Ernaast rolden, verstrikt in hun eigen ingewanden, een paar wolven over de grond.

'Hier is ook een portie voor mij weggelegd,' besloot Stommetje en zonder zich iets aan te trekken van het gekerm van de creperende wolven rondom, sneed hij een enorm stuk vlees uit het hert. Hij had de buit nog maar net naar zijn hol gesleept of hij zag de wolven alweer terugkeren. De honger en de geur van vers bloed dreven hen onweerstaanbaar naar het kadaver toe. Ze vraten de rest van het hert op en begonnen daarna aan hun gewonde en zieltogende makkers te scheuren tot er alleen nog maar botten over waren, die ze krakend tussen hun sterke kaken vermaalden. Ze likten zelfs de met bloed besmeurde sneeuw op. En na zich volgevreten te hebben begonnen ze met hun neuzen op de grond het spoor van Stommetje te volgen.

Om ze af te schrikken imiteerde de jongen zo goed en zo kwaad als hij kon het speciale huilgeluid waarmee wolven elkaar waarschuwen voor onraad. De beesten bleven staan en spitsten hun oren naar alle kanten, maar kregen blijkbaar al snel door dat ze werden misleid en bewogen zich voorzichtig verder in de richting van de oever. Ze kwamen in een dichte dreigende drom steeds dichterbij geslopen door het struikgewas.

Het angstzweet brak Stommetje uit, zijn hart stond stil.

'Dat zijn niet de kameraden van Mankepoot! Ze gaan me als een haas in stukken rijten!'

Hij keek in paniek om zich heen. Wat moest hij doen? En plotseling begon hij de takken, rietstengels en dorre plantenresten die hij verzameld had, koortsachtig op een stapel te gooien. En toen de wolven zo dichtbij waren gekropen dat hij hun stank kon ruiken en hun als vuurvliegjes oplichtende ogen in het struikgewas kon zien, sloeg hij vuur en stak de stapel aan.

De wolven schrokken van de steeds hoger oplaaiende vlammen en de hele meute vluchtte het open veld in.

'Morgen komen ze vast terug,' fluisterde Stommetje zijn prinses toe, terwijl hij voortdurend het vuur opstookte. Zijn gezicht stond somber. 'Nu ze ons eenmaal gevonden hebben, zijn ze moeilijk weer weg te krijgen. We moeten hier blijven, wegvluchten gaat niet.' Hij wiste het zweet van zijn gezicht. 'We moeten ons de hele nacht door met vuur beschermen. Gaan we naar buiten, dan vriezen we dood of anders vreten ze ons op als lammetjes. Wat moeten we anders?'

De angst keek hem in de onversaagde ogen. Hij zonk in en voelde zich een hulpeloos kind, weerloos tegenover de boze buitenwereld. Hij begon luidkeels te huilen, net als die keer toen de huishoudster hem ten onrechte een pak ransel had gegeven. Hij dacht terug aan het verre landhuis, de warme keuken, de pruttelende ketels boven het haardvuur waaruit heerlijke geuren opstegen. Zijn lichaam schokte steeds heviger van het huilen, een verschrikkelijke spijt deed zijn hart ineenkrimpen. Hij deed zichzelf bittere verwijten. Waarom had hij zich ingelaten met de dieren? Zelfs in de varkenshokken was hij beter af geweest dan nu. Hem wachtte hier een ellendig einde. Als de wolven hem niet opvraten, zou de vorst hem wel klein krijgen. Wie kon het wat schelen? De dag brak al aan toen hij, moegehuild en aan het einde van zijn krachten, zo diep mogelijk wegkroop in zijn hol en vast in slaap viel. Hij werd pas laat op de dag wakker van zo'n strenge vorst als hij nog nooit eerder had meegemaakt. Zijn oogleden waren bijna toegevroren, zijn lichaam was stijf van de kou en hij had moeite om adem te halen. Met de nodige inspanning slaagde hij erin vuur te maken en nadat hij wat gegeten had, ging hij erop uit om brandhout te zoeken voor de komende nacht. Dat viel hem heel zwaar, hij wankelde, zijn hoofd duizelde. Het ene moment baadde hij in het zweet en gloeide van de koorts, het andere rilde hij weer van de kou en kon hij zelfs vlak bij het vuur niet warm worden. En ten slotte, toen het al begon te schemeren, voelde hij zich zo dodelijk vermoeid en slaperig dat hij, ook al besefte hij het gevaar waaraan hij zich blootstelde, zich een bed spreidde van de veren van de vogels die hij gedood had, en dicht ineengerold in slaap viel.

Diep in de nacht werd hij gewekt door jankende en grommende geluiden. De wolven vochten met elkaar om de laatste botjes van het hert. Toen er niets meer over was, trokken ze in de richting van het hol. Ze werden afgeschrikt door het vuur, maar bleven tot aan de ochtend rondhangen in de buurt, hongerig en bloeddorstig jankend.

Stommetje dwong zich om wakker te blijven en stookte het vuur voortdurend verder op, hoeveel inspanning hem dat ook kostte, want hij voelde zich heel zwak en was totaal uitgeput. Er waren momenten waarop hij dreigde het bewustzijn te verliezen en niet meer wist waar hij was of wat er om hem heen gebeurde. Soms ook maakte het hem allemaal niets meer uit en lieten zelfs het gejank van de wolven en hun verdachte bewegingen rond het hol hem koud. Dan smaakte zelfs het vers gebraden stuk hertenvlees hem niet en schoof hij het vol afschuw van zich af. Met opluchting begroette hij ten slotte het aanbreken van de dag. Daarop kroop hij weer diep weg in zijn hol, maar hij kon niet slapen vanwege een onlesbare dorst. Hoeveel water hij ook dronk en hoeveel ijskoude rijp hij ook in zijn mond deed smelten, niets hielp. De hele dag lag hij te woelen, niet wetend wat te beginnen. Hij werd lusteloos en was de hele dag alleen maar werktuigelijk bezig met het uitbreiden van zijn voorraad riet en takken en het plukken van de door hem buitgemaakte vogels. Hij ademde steeds zwaarder. Van tijd tot tijd liep hij een eindje de vlakte op om door zijn bevriezende tranen heen te kijken of er niet ergens een menselijk wezen te bekennen was. De eenzaamheid begon hem plotseling vreselijk te benauwen en een verlangen naar gezelschap kronkelde zich als een wurgslang om zijn hart. Uit lang verzonken diepten stegen herinneringen op. Ze toonden een wonderschone sprookjeswereld die hij ooit, misschien eeuwen geleden, in een droom had gezien. O God, wat zou hij graag nog eens in een donker hoekje wegkruipen achter de kachel, ergens op een winteravond als de keuken van het landhuis vol mensen en vol leven was. En wat gaf het als hij er daar van langs kreeg met een stuk hout omdat hij de honden had gepest. De huishoudster gaf hem dan later een stuk bot om op te kluiven en wat warme melk, en soms zelfs een homp brood met boter. Mijn hemel, wat werd er daar gelachen, wat een grapjes werden er gemaakt, wat een pret was het daar! En wat voor een sprookjes werden er verteld door de varkenshoedster! En als de dienstmeisjes dan achter de spinrok gingen zitten en de mevrouw een kijkje kwam nemen, kwam er al helemaal geen einde aan de verhalen waarvan de koude rillingen je over de rug liepen en je haren recht overeind gingen staan. Vooral over betoverde jonkvrouwen, draken en prinsen.

Nauwelijks had hij deze droombeelden van zich afgeschud of hij voelde zich opnieuw ziek, eenzaam en krachteloos.

'Ga ik nou dood?' dacht hij en hij dook helemaal ineen, kroop zo dicht mogelijk naar het vuur toe en liet zich wegzakken in een soort zalige warmte, als in een moederlijke omhelzing. Hij werd helemaal doorstroomd met een vurige gloed, zijn hoofd suizelde en een zacht wiegende, zoete dromerigheid dekte zijn oogleden warm toe en kuste hem in slaap.

Reeds keken de sterren hem in het verbleekte gelaat en fonkelden in zijn berijpte haren toen het luide gekraak van brekend ijs hem deed opschrikken uit zijn heerlijke sluimer. Toen hij de schimmen die door de begroeiing langs de oever slopen, opmerkte, wakkerde hij het vuur aan, haalde de prinses tevoorschijn en zette haar naast zich neer. Hij keek haar koortsachtig aan.

Daar zat ze: glimlachend, roze in de gloed van het vuur, wonderschoon en met een raadselachtige blik in de ogen. Hij graaide zoveel mogelijk riet en takjes bij elkaar en wierp alles op het vuur, zodat de vlammen onder vrolijk gekraak en geknisper steeds hoger opflakkerden en hij zich warmer, lichter en onbezorgder begon te voelen. Plotseling begonnen zijn ogen te schitteren. Zijn gezicht vlamde op en zijn hart begon heftig te bonzen. Eindelijk had hij het magische woord gevonden!

'Ik ga het je zo vertellen!' stamelde hij. 'Als ik het uitspreek, zal alles veranderen.' Triomfantelijk keek hij in het rond. 'Het werd me zomaar ingegeven. Wat kunnen mij de wolven, de vorst en alle ellende nog schelen! O mijn Jezus, nu meteen ga ik het zeggen, ik tril helemaal, nu meteen.' En ten slotte fluisterde hij het in haar oor – waarna hij vol ontzetting achteruitsprong.

'Jezus! Maria! Jezus! Maria!' herhaalde hij maar steeds, terwijl hij werktuigelijk het ene kruisje na het andere sloeg.

Zij werd vlak voor zijn ogen groter en groter en stond ten slotte voor hem in een rood gewaad en een gouden kroon op haar hoofd. Achter haar verscheen een ravenzwarte hengst, die met zijn hoeven stampte en zijn gouden bit en stijgbeugels deed rinkelen.

Zijn hart bestierf het bij de aanblik van dit wonder, hij was één en al vervoering en heilig ontzag.

Zij sprak tot hem met dezelfde muziekstem die hij eerder niet had verstaan.

'Te paard, vorstenzoon! Te paard!' zong ze en elk woord weergalmde in zijn ziel als klokgelui ter viering van de Opstanding uit de doden.

Hij sprong in het zadel, greep de teugels, gaf de hengst de sporen en vloog weg, snel als de wervelwind. Zij zat voor hem en hij hield haar stevig vast, terwijl hij het paard almaar aanvuurde.

Daar waren alleen nog de winden die in zijn oren suisden en in zijn gezicht sloegen, daar werd hem de adem benomen in de razende rit en rende het paard de longen uit zijn lijf, daar trokken aan zijn oog landerijen, wouden en rivieren voorbij, alles vermengde zich in hem tot een gezang van bovenmenselijk geluk, en aldoor joegen ze voort, steeds sneller, de hele wereld over, tot aan de koning, haar vader, om het bruiloftsfeest te vieren …

6

De enorme wolkenmassa die zich als een donkerbruin rotsgevaarte aan het hemelgewelf had samengepakt, begon plotseling barsten te vertonen en te verbrokkelen. Ze viel uiteen in kleine stukjes, die naar alle kanten uitvloeiden en het laatste hemelblauw opslokten. Tot in de verste uithoeken verduisterde het uitspansel onheilspellend. Langzaam doofde het licht. De ogen van de dag vertroebelden en werden overtrokken met een grauw waas. Ongenaakbare winden sneden gierend door de lucht. Ergens begonnen vogels vreselijk te krijsen. Het geruis van voor het oog onzichtbare wouden zwol oorverdovend aan, als het geweld van een zee bij stormweer. Bloederige vuurtongen van bliksems flitsten geluidloos op in het sombere grauw. Keer op keer steeg er een woest en uitzinnig gebrul op uit de aarde. Van de vlakte schoten steeds weer nieuwe windhozen omhoog, die als reusachtige spindels naar de hemel kronkelden en de laatste draadjes daglicht om zich heen wonden en met zich mee voerden. Plotseling viel er een drukkende stilte. De angstaanjagende, schimmige spindels tolden als in een dronken roes om zichzelf heen. Ze deden denken aan een woud van kale stammen met bruine ragebolachtige kruinen. Een moment later barstte er een apocalyptische explosie van bliksemschichten los. Ze sloegen zo snel achter elkaar in dat ze samensmolten tot één lang aangehouden angstwekkend knettervuurwerk, dat gaten sloeg in de wolken en deze verstoof tot nevelig zand dat als een zwaar en verstikkend dek neerdaalde over de aarde. Alles verdween in ondoorzichtige grijsheid, de wereld scheen onder het aanhoudende donderende geweld weg te zinken in een peilloze afgrond. Alle levende wezens verstarden in dodelijke ontzetting. Onvoorstelbare krachten verpletterden de sidderende aarde. Van haar vernietiging zongen de bliksems. Van haar vernietiging huilden de winden. Die staken met zo'n kracht op in de duisternis dat de aarde slechts een hoopje zandkorrels leek dat werd weggeblazen in de oneindige ruimte.

‘Niet bewegen! Blijf liggen waar je ligt!’ klonken de woedende commando’s toen de kudden op de vlucht wilden slaan.

Rex rende samen met zijn herdershonden en de hele horde wolven de kudden af om zo nodig met hun scherpe tanden gehoorzaamheid af te dwingen. Zelf kon hij nauwelijks nog een blaf uitbrengen, uit zijn met schuim bedekte bek kwam alleen wat bloederig slijm. Hij was volkomen uitgeput en nadat hij de ergste paniek had bezworen, liet hij zich, de tong uit de bek en naar adem happend, neervallen op een heuvel. De kudden trokken zich overal in onafzienbare scharen rond de heuvel samen. De onbegrijpelijke verschijnselen aan de hemel en op aarde vervulden hen met een waanzinnige angst. De lucht trilde van hun aangehouden klaaglijke gebrul en gejammer. De paarden stampten briesend met hun hoeven op de grond. Uit de grauwe massa lichtten steeds feller de smaragdgroene ogen van de schapen op en weerklonk hun hartverscheurende geblaat. Van huiver doortrokken wolvengehuil barstte los. De honden renden voortdurend als bezetenen heen en weer, de neuzen vlak bij de grond, alsof ze iets op het spoor probeerden te komen. Overal hoorde je het sombere donkere geluid van smartelijk loeiende koeien en ossen. Zelfs de varkens, gewoonlijk zo bedachtzaam en onaangedaan, gilden zenuwachtig. Want alle dieren leden in dezelfde mate. Tot overmaat van ramp bleven de ijle mistslierten als ijskoude lappen aan hun huid vastplakken en raakten ze tot op het bot verkleumd. Steeds weer verhieven ze mistroostig hun zware koppen en lieten hun betraande ogen door de duisternis dwalen. Maar er was nog niets te bespeuren dat op een kentering wees. De dag bleef weg, de mist werd almaar dikker. Alleen Rex behield zijn kalmte en zelfbeheersing. Hij had al menig noodweer doorstaan. Hij herinnerde zich in het bijzonder een vreselijke sneeuwjacht toen hij ooit drie dagen in het veld had moeten doorbrengen. Hij had toen al die tijd achter een steen gescholen en honger geleden.

‘Zij zijn gewend aan een warm en rustig leventje in de stal,’ gromde hij, zich ergerend aan hun gejammer.

‘Zelfs de wolven voelen zich niet zo op hun gemak bij dit hondenweer!’ gromde een van de herders, die scherp luisterde naar de geluiden rondom.

'Laat ze dan maar ergens anders een beter weertje zoeken,' snauwde Rex, die genoeg had van al het geklaag.

'En als er nou nooit een eind komt aan die duisternis?' zuchtte een andere hond, die zich verwoed aan het krabben was.

'Dan zul je samen met je vlooien de pijp uitgaan. Met dat soort vragen schieten we niks op! En nu slapen!'

Hij maakte het zich zo gemakkelijk mogelijk, strekte zich uit en probeerde in te slapen.

Ten slotte bewoog het onweer zich een andere kant op, de donderslagen klonken steeds verder weg. Ook de kudden verstomden. De winden zweefden met verflauwende vleugelslag weg. Langzaam daalde een onbeweeglijke, doodse stilte neer. Een ijzige kalmte omving alle dieren, de harten sloegen trager, de angst stierf weg. Toen verscheen de goede slaapfee en omspon hen met het wondere web van vergetelheid. De koortsige oogleden vielen toe, de zwaar geworden koppen zakten naar beneden en een weldadige loomheid doorstroomde de uitgeputte dieren. Ten slotte doezelde ook Rex weg, nadat hij zich er eerst van vergewist had dat het nu de echte nacht was die was ingevallen. Hij schoot echter vaak wakker, spitste zijn oren, stak zijn kop omhoog en rook om zich heen, maar als hij dan de prikkelende geur van nachtvorst had opgesnoven, stak hij zijn snuit weer tussen zijn voorpoten en sliep door.

Niet het minste gerucht doorbrak de doodse stilte. De mistbanken lagen er roerloos en versteend bij, als eeuwenoude blinde rotswanden, blootgesteld aan de tand des tijds. De polsslag van het leven was niet langer voelbaar, alles was tot stilstand gekomen.

Het moest al ver na middernacht zijn, het uur waarop in de dorpen de hanen beginnen te kraaien, toen Rex plotseling met recht overeind staande haren en gespitste oren wakker schoot. Hij hoorde duidelijk een bekende stem roepen, die van Stommetje. Hij kon alleen niet onderscheiden waar die stem nu vandaan kwam. Hij sprong op en begon als een gek in het rond te rennen. Het raspende stemgeluid van de jongen klonk nu weer ergens van voren en dan weer van boven, maar Rex slaagde er niet in om hemzelf te zien te krijgen, zodat hij ten slotte buiten adem terugkeerde naar zijn leger.

'Van hem zal niets meer over zijn dan een verzameling botjes,' trachtte hij de plotseling opkomende golf van heimwee naar zijn vriend de kop in te drukken. 'Of misschien is hij teruggekeerd naar zijn mensen en roept hij mij nu?'

Maar hij kreeg geen antwoord op zijn vraag. In plaats daarvan opende zijn geheugen wagenwijd de ruimtes waar zijn meest betoverende herinneringen lagen opgeslagen, en werd hij overstelpt met levensechte beelden van gebeurtenissen uit het verleden. Met gretige maar rozig gekleurde blik keek Rex in deze wonderspiegel. Hij dompelde zich als het ware onder in lang vervlogen en schijnbaar voorgoed verdwenen tijden en maakte alles weer opnieuw mee. Hij blafte verheugd toen hij het landhuis terugzag, rende enthousiast kwispelend de vertrekken door, zette zich schrap voor een sprong bij het zien van de teckels, joeg over stoppelvelden achter een haasje aan, vlijde zich met jankende geluidjes neer bij de voeten van zijn baasje of lag gewoon loom op de leeuwenhuid, dromerig toekijkend hoe het haardvuur langzaam uitdoofde. Plotseling wierp hij zich zo woedend op een of andere vijand dat hij pardoes tegen de ruggen van de naast hem slapende herdershonden aan viel. De droombeelden losten op in het niets en rondom waren enkel nog de grijze nacht, de stilte en de slapende kudden. Toch verlangde hij niet echt terug naar het verleden. Zijn haat was te sterk.

'Naar het oosten! Naar de zon!' zong in hem met hernieuwde kracht het lied van hoop en geloof. Hij voelde weer zijn verantwoordelijkheid tegenover de kudden, daar moest hij al zijn aandacht en kracht op richten. Hij bereidde zich mentaal voor op de volbrenging van de grootse daad van bevrijding.

'Als de lente komt, zullen ze daar geen enkel paard, geen enkele os, zelfs geen enkele hond meer hebben. De mensen zullen creperen van de honger. Wie moet dan al het werk voor ze opknappen?'

Als een stroom heet bloed uit een wond, aan de vijand toegebracht, vloeide het leedvermaak over het ongeluk van de mens door hem heen. Maar plotseling huiverde hij en draaide hij zijn neus een andere kant op. Uit de richting van de kudden sloeg hem een verschrikkelijke strontgeur tegemoet.

'We stikken van de stank! Laat ze maar een eindje verderop gaan liggen.'

'De mensen hadden daar geen problemen mee, die hadden geen last van de stank. Die verzamelden het gewoon in hopen en voerden het weg,' gromde een van de honden.

'Die vreten zelfs dingen waar wij onze neus voor ophalen.'

'Waar blijft de dag, het zou nu toch al licht moeten zijn!' verbaasde Rex zich, terwijl hij met bezorgde blik de duisternis in tuurde. Maar nergens viel ook maar een glimpje ochtendgloren te bespeuren. Zijn onfeilbare instinct vertelde hem dat de zon nu zou moeten opkomen. Ook de herdershonden wisten dat. Ze draaiden rusteloos in het rond en jankten voor de poort van die oneindige nacht, die maar gesloten bleef. Waarom deed de heer haar niet open om de zon naar buiten te laten?

'Misschien is de zon ergens in de hemelse velden verdwaald geraakt!'

'Het gebeurt wel vaker dat de heer zich verslaapt … We hebben een keer voor zijn deur staan blaffen tot hij wakker werd.'

'Als je dan 's nachts gewaakt had, keerde je terug en was er het knapperende haardvuur. De aardappels pruttelden in de pan, de reuzel siste en je warmde je aan de vlammen, terwijl het buiten vroor en sneeuwde! Een paradijs was het! Een paradijs!' zo kwamen de zoete herinneringen bij de honden boven, totdat hun stille mijmeringen plotseling doorbroken werden door de bulderende stem van Rex:

'Naar het oosten! Voorwaarts!'

Het commando verspreidde zich vliegensvlug door de duizendkoppige menigte, totdat het de uiterste randen van de pleisterplaats had bereikt. De kudden verhieven zich traag: ze waren lusteloos, verkleumd, uitgehongerd. Uit gewoonte lijdzaam gehoorzamend, zetten ze zich in beweging en trokken in gedweeë marsorde dwars door de kale mistige vlakten, opgejaagd door het gehuil en de tanden van de wolven.

'Waar is de zon? Waar is de dag? Waar?' klonk het zwaarmoedig en het gemor nam toe.

De kraanvogels zongen hun niet meer toe, zoals ze dat elke ochtend deden.

De dieren schuifelden verder met gebogen koppen, bij het minste of geringste buiten adem rakend en knabbelend aan de bittere blaadjes van de schaarse struiken. De grove rijpkorrels op de bodem knarsten onder hun poten, hier en daar zakte een dier door de dunne ijskorst en sneed zich in de poten aan de messcherpe scherven. Ze bewogen zich blindelings en op goed geluk voort in de ondoordringbare grauwe mist, terwijl ze tegen elkaar opbotsten en over stenen, stronken en hun eigen poten struikelden, zodat er voortdurend scheld- en vechtpartijen uitbraken.

'We breken onze poten! Waar drijven ze ons naartoe? Vroeger waren de velden altijd glad en effen!' jammerden ze.

De pogingen om de kudden voort te jagen haalden niet veel meer uit, de dieren waren nauwelijks nog vooruit te branden. Hele troepen tegelijk braken los uit de gelederen, bleven achter en lieten zich als blokken neervallen op de grond. Andere dieren bleven plotseling staan, bang om verder te gaan, en begonnen uit alle macht te brullen. De tanden en klauwen van de wolven deden echter hun werk en zo werd het overgebleven vee, zij het met veel moeite, weer samengedreven en voortgejaagd. Maar de samenhang raakte zoek en de discipline liet zich steeds moeilijker handhaven. Want die hele tocht was veranderd in een martelgang. Het was etmalen achter elkaar donker, het verschil tussen dag en nacht vervaagde, waardoor de algehele verwarring almaar groter werd. De dieren sliepen waar en wanneer het ze maar uitkwam en stonden ook weer op wanneer het hun beliefde. Ze rustten steeds vaker en steeds langer en nadat ze bij gebrek aan beter wat mos en andere karige bodembegroeiing hadden gegeten en hun dorst hadden gelest door van de rijp te likken, stapten ze weer verder met de tragische gang van ter dood veroordeelden. Velen zouden liever gewoon achterblijven en doodgaan dan de lijdensweg voortzetten. Ze verloren hun laatste hoop, de eindeloze grauwe eentonigheid sloopte hen. De tijd kroop tergend langzaam voort en de blindheid waartoe ze gedoemd waren, ontnam hun het laatste restje levenslust. Ze verloren zelfs hun oeroude instincten. Bijna niemand voelde meer wanneer de nacht inviel of de dag aanbrak. Ze sjokten en sjokten maar en verloren alle begrip van tijd: duurde de tocht nu dagen, weken of jaren? Ze hadden het gevoel of ze al een eeuwigheid aan het trekken waren, en of ze zich nu nog eens een eeuwigheid lang moesten voortslepen over die onmetelijke grijze dodenakker, verhongerd, uitgeput, blind en nog niet helemaal dood maar al wel prijsgegeven aan een gruwelijk langzaam wegteren. De barmhartige dag wilde maar niet komen, nergens gloorde een verlossend lichtstraaltje, helemaal nergens. Het lijden werd van dag tot dag ondraaglijker en het gevoel van moedeloosheid werd zo sterk dat zelfs het gemor verstomde en er geen klacht meer te horen viel. Ze hadden niet meer de kracht om te protesteren, ze schuifelden voort als een eindeloze stoet zwijgzame, apathische schimmen, waaruit slechts af en toe een desolaat wanhoopsgeloei naar de onzichtbare hemel opsteeg.

Ten slotte rende Mankepoot vooruit om de omgeving te verkennen. Hij bleef vrij lang weg en keerde terug met een mistroostige blik in de ogen.

'Ik heb geen zon gezien. Ze was nergens, helemaal nergens,' jankte hij klaaglijk. 'Ik ben naar het oosten gerend, ik heb in het westen gezocht en ik ben in het zuiden door de mist gerend, maar overal heerste dezelfde verschrikkelijke, inktzwarte nacht. Geen straaltje te bekennen!' wanhoopte hij.

Daarna trok Rex erop uit, hij vloog weg op zijn zwarte hengst, alles en iedereen op zijn weg onder de voet lopend. Maar ook hij kwam onverrichterzake terug. Bloederig slijm droop langs zijn tanden en zijn ogen stonden somber. Hij liet zich neervallen bij de herdershonden en lag nog lange tijd na te hijgen, zo vermoeid was hij. Het gerucht over zijn verkenningstocht had zich bliksemsnel verspreid en de ongeduldige drommen schaarden zich dadelijk om hem heen, in afwachting van al was het maar een sprankje hoop.

'De nacht zal onze tocht nog een tijd vertragen,' probeerde Rex de bittere waarheid te verzachten. 'Ik heb de kraanvogels ontmoet … Ze zongen dat het over een paar dagen zal opklaren … Ze hadden de zon gezien … Die keert terug naar de aarde … Wees niet bang … Nog een paar daagjes! … Heb geduld … Zet door …,' zo riep hij het vee plechtig op.

'Zeker met sint-juttemis als de kalveren op het ijs dansen!' morde een van de dieren, niet tevreden over het verslag van Rex.

'Het is een doodlopende weg, alleen de mens kan ons hieruit wegleiden,' loeide een ander brutaal.

'Kop dicht! Wee degene die dat wezen nog eens noemt,' stoof Rex op en hij liet zijn tanden zien.

'Zo is het,' viel Mankepoot hem bij. 'Maar ondertussen gaan we er wel aan onderdoor, het vee is nog maar vel over been …'

'Ha, daar is het je dus om te doen,' werd er honend geblaft. 'Er is niet genoeg mals vlees meer voor je.'

'Wat vlees, het is niks als een verzameling uitgedroogde botten, alleen maar uitgemergelde hoopjes ellende.'

'De wolven slepen al met hun vette pensen over de grond en nog klagen ze,' blaften de honden.

'Alsof jullie alleen op gras teren! Jullie loopt het kwijl al uit de bek als je wat vleesrestjes ziet in de keuken, of afval op een vuilnishoop ...'

'Krijg de schurft op je tong! Wij moeten het doen met wat overschiet, maar wij moorden tenminste niet.'

'Jullie mogen onze restjes hebben ... Geniet ervan ...'

'Smerig stinkbeest! We gaan liever dood van de honger dan dat we jullie restjes opvreten, die zijn helemaal vergeven van jullie stank. Geef die maar aan de vossen en de gieren!'

'Honden en wolven, het is één pot nat,' klonk het van verschillende kanten uit de kudden. 'Ze hebben geen haast om aan te komen op de plaats van bestemming. Ze houden zich in leven ten koste van ons!'

'Waar is de zon?' was plotseling overal een dreigend geloei te horen. 'Leid ons erheen! We hebben genoeg rondgezworven! We hebben het koud en we zien niks en we hebben honger en we zijn bang. Red ons, we creperen! Geef ons de dag terug!'

Uit angst voor nog meer oplaaiende onvrede sprong Rex op zijn hengst en baande zich, omringd door een driedubbele haag van wolven- en hondentanden, een weg dwars door de massa's heen, terwijl hij probeerde de gemoederen tot bedaren te brengen.

'Het duurt niet lang meer,' bazuinde hij. 'De zon wacht op ons achter de mist! Nog een paar pleisterplaatsen en ze schijnt ons weer in de ogen en verwarmt ons en zal ons opnieuw de wonderen van de wereld laten zien ...'

'Ja, als Pasen en Pinksteren op één dag vallen ...'

'Deze nacht gaat ons allemaal opslokken ... Waar is dat paradijs dat je ons beloofd had! Leid ons erheen.'

'Het is nog maar een kippenstap ... Nog even en we zijn er ... De standvastigen en onversaagden zullen worden beloond ... Alleen de weifelachtigen en kleinmoedigen zullen te gronde gaan. Wie alles geduldig verdraagt, vindt het geluk ...'

'Geef ons liever te eten! Geef ons te drinken! Geef ons beschutting! We creperen!'

'Hou vol!' huilde Rex uit alle macht. 'Er zal spoedig een einde komen aan onze ellende! Vergeet niet dat alle rampspoed op onze weg de schuld is van de laaghartige mensen. Zij zijn het die ons in mist hebben gedompeld, die de zon voor ons versluierd hebben, die ons uithongeren en ons striemen met kou. Zo wreken ze zich op ons. Ze willen ons breken en dwingen terug te keren. Het is hun plan om ons te kwellen met honger en duisternis en zo terug te voeren naar de slavernij, de knoet en het juk. Ze kunnen zelfs elk moment in ons midden verschijnen om de zwakken en weifelaars in verzoeking te brengen. Dood aan de sluwe tirannen! Ze zullen jullie paaien met lekker voer en mooie praatjes. Vertrouw die valse slangen niet, ze zullen jullie bloed drinken, zoals ze altijd gedaan hebben. In ruil voor een karige portie voedsel zullen ze jullie opnieuw tot slaven maken. Laat jullie niet inpalmen! Het is gedaan met hun heerschappij. Vat moed! Verkoop jullie met bloed gewonnen vrijheid niet! Zet door en alle volle schuren en hooimijten zullen jullie toebehoren, alle velden en weiden! En ook de zon zal van jullie zijn, en de warmte, en de koel sprankelende bronnen. Bij hitte zal er een weldadige schaduw zijn, bij slecht weer een plaats om te schuilen en 's nachts een zacht plekje om te slapen! En er zal geen enkele dwang zijn, geen uitbuiting en uitzuigerij, je zult tot niets verplicht zijn, je hoeft zelfs tegen niemand dankjewel zeggen. Kameraden, vrienden, broeders, zo waar als ik hier sta, ik verzeker jullie dat de dagen van onbegrensd geluk in aantocht zijn. Ik kan ze al zien, ik kan ze al ruiken, daar zijn ze reeds aan de andere kant van de mist. Zien jullie ginder de nog bleke stralen van het ochtendgloren, daar in het oosten, het zijn de heilige boden van de nakende dag die de dageraad van een nieuw leven verkondigen ...'

Aldus brulde hij machtig als een leeuw en door de massa's donderde als antwoord een enthousiast geloei, alsof er een vrolijk lenteonweer losbrak.

Daarna legden de dieren zich te ruste, nog altijd hongerig maar toch weer gesterkt met hoop en vertrouwen.

'Je hebt ze voorgelogen als een jodenhond,' gromde Mankepoot, die naast Rex was komen liggen. 'Zoiets kun je de koeien wijsmaken, maar ik wil de waarheid weten. Ik heb daar recht op! Ik geef toe dat we tot nu toe heerlijk hebben kunnen vreten. Sommige van ons hebben zo'n volle pens gekregen dat ze zich maar met moeite voortslepen. Maar nu begint het zaakje toch wat te stinken ... Ik moet ook aan mezelf denken. Die opstand van jullie zou wel eens slecht voor ons kunnen aflopen. Ik durf er mijn poot niet voor in het vuur te steken dat jullie morgen niet zomaar ineens besluiten om terug te keren. Jullie weten niet hoe je in vrijheid moet leven. De mensen zullen jullie bij terugkeer onthalen op lekkere hapjes, maar wij worden begroet met kogels. En als dat stomme vee nou echt helemaal gek wordt van de honger en zijn leiders op de hoorns neemt en vertrapt! Ik hou niet van zulke dichte drommen! Wat zou het een schande zijn als de zoon van mijn vader aan stukken werd gereten door varkens. We zijn te verschillend. Wij zijn sinds onheuglijke tijden vrij geweest en zullen dat altijd blijven. Maar jullie kunnen moeilijk zonder de zweep, de stal, de ketting en de dagelijkse bak eten. Je hebt de kudden tot oproer aangezet, maar wat is je uiteindelijke doel? Vreten, luibakken, je voortplanten, een zorgeloos leventje leiden en ten slotte welgedaan doodgaan? Wij wolven hebben andere idealen! Ons element is de strijd, de list, de triomf, de vrije krachtmeting! Zelfs aan de dood leveren wij ons niet zomaar uit,' luchtte Mankepoot zijn hart. Maar ineens vroeg hij: 'Is het waar dat de dag terugkeert?'

'Ja,' antwoordde Rex met ontblote tanden, zwaar beledigd door de opmerkelijke ontboezeming van de wolf. 'De kraanvogels zijn komen aanvliegen met het nieuws.'

'Ik heb er niets van gehoord dat je ze ontmoet hebt.'

'Jij bespioneert me, luizenkop!' stoof Rex woedend op.

'De bewakers zijn je gewoon gevolgd, net als altijd. Dat heb je toch niet verboden?' gromde Mankepoot terug, terwijl hij een paar stappen achteruit deed.

'Ik heb jullie bescherming niet nodig! Heb ik hier onder vrienden soms iets te duchten?'

'Nee, maar het kan maar zo dat een broederlijke hoef, een kameraadschappelijke hoorn of een bevriende varkenskop per ongeluk in aanraking komt met je ribben. Zoiets komt zelfs onder de beste vrienden voor,' spotte de wolf luchtigjes.

'Ze zijn mij toegedaan. Want ik heb hen uit de gevangenschap weggeleid. Ik ben hun leider en hun broeder.'

'Juist daarom zou je beter wat afstand tot ze kunnen bewaren! En dat hoeven ze zelf niet te weten.'

'Jij begrijpt niets van onze onderlinge verbondenheid. Jou gaat het alleen om moorden en afmaken. Jij bent een roversnatuur ...'

'Ik hou niet van geblaf dat klinkt als mensentaal. Jij houdt je zelf voor de slimste van allemaal. Je hebt je met stokken laten slaan door de mensen, maar hun verstand is er bij jou niet ingeramd! Je hebt je laten vergiftigen met eigendunk. Je bent nooit vrij geweest en je zult nooit begrijpen wat het is om vrij te zijn. Hoezo verbondenheid met de kudde? Jullie worden alleen verbonden door een gemeenschappelijke haat jegens je meesters. In plaats van die meesters naar de strot te springen, hun bloed te drinken en je met je eigen tanden op ze te wreken heb je dat slaafse slachtvee tegen ze opgezet en jezelf dienstbaar gemaakt aan die stomme runderen! Je bent diep gezonken, hond! En als je geen heimelijke doelstellingen hebt, maar het je echt alleen te doen is om hun heil en geluk, dan ben je eigenlijk zo dom als het achtereind van een koe. Denk je echt dat je van dat vee een vrij volk kunt maken? Of ben je belust op macht? Maar dan begrijp ik niet wat er voor lol aan is om de baas te spelen over zulke ramskoppen. Laten we er geen doekjes om winden: wat is nu eigenlijk het nut van die hoorndragers, hoefgangers, varkenssnuiten en al dat soort? Dat wij ze kunnen opeten! Wij zijn de enige ware, vrije heersers en gebieders van de wildernissen en de velden! Alleen de mens is machtiger dan wij, maar daar kan jij met je verstand niet bij ...'

'Waarom ben je dan met ons meegegaan?' klonk het verwijtend uit de bek van Rex.

'Omdat ik je liefheb, broeder hond. En verder wilde ik wel eens wat afwisseling van landstreek en van gezelschap en had ik zin om mijn vacht wat te laten uitwaaien. Maar dat fijne gezelschap hier is me behoorlijk de strot gaan uithangen. De hopeloze botheid van die beesten, die ongelooflijke stupiditeit! Het is zo erg dat het je een zorg zal wezen wat er met ze gebeurt. Vers vlees is het, anders niets. Dan kun je wel allerlei interessante intellectuele praatjes verkopen, maar dat is de bittere waarheid,' zo provoceerde hij Rex welbewust.

'Je hebt gezworen mij te dienen,' herinnerde Rex hem streng aan zijn belofte.

'Ja, om de achterblijvers op te jagen en onderdanige angst voor de leiding in te boezemen. Dat doen we trouw.'

'De schapen kunnen daarover meepraten ...'

'Stel je eens voor dat het andersom zou zijn, dat schapen wolven zouden vreten,' maakte Mankepoot zich vrolijk, terwijl hij schuddebuikte van het lachen. 'Ik denk er graag over na hoe doeltreffend de natuur is ingericht. Het zou toch in strijd zijn met alle wetten van de logica als bijvoorbeeld een schaap net zo lang zou leven tot het vanzelf doodging!'

Rex deed er wijselijk het zwijgen toe en ze vielen allebei in slaap. Ze werden wakker van een doordringende kou.

'Dus die dag van jou is nog steeds niet aangebroken!' jankte Mankepoot en hij schudde de ijskoude rijp van zich af.

'Die komt! Zoals ik heb aangekondigd!' antwoordde Rex plechtig en hij gaf het sein tot vertrek.

En de kudden zetten zich, sinds lang weer ordelijk gegroepeerd, met hernieuwde energie en vol goede moed in beweging.

'Nog maar drie pleisterplaatsen,' beloofden de honden. 'Eentje, nog eentje en dan nog eentje!'

De eerste etappe werd haastig afgelegd, de tweede koortsachtig snel en de derde in een razend marstempo, maar nog altijd was er geen glimpje daglicht te zien. De zware mistgordijnen vertoonden nergens een spleetje. De grijze blinde muur omringde hen aan alle kanten en ontnam hun het zicht op het licht en de zon.

De plotseling gewekte hoop had hen uitzinnig van vreugde gemaakt, maar nu viel er een duistere schaduw van wanhoop over hen heen. Plotseling hadden ze geen kracht en geen zin meer om de tocht voort te zetten. Met tienduizenden tegelijk lieten ze zich neervallen op de grond, alsof ze zich in de armen van de dood stortten. Maar de dood verloste hen niet. En ook de slaap schonk de uitgeputte dieren geen verlichting, zelfs de rustpauzes brachten geen moment ontspanning en deed hun krachten niet terugkeren.

Zo joegen ze, tot razernij opgezweept door hun eigen ongeluk, in de greep van honger en angst, verder naar onbekende verten. Blindelings bewogen ze zich voort, zolang ze nog een laatste ademtocht over hadden.

Niemand wist hoeveel van die verschrikkelijke nachten en dagen ze zo voorttrokken. Maar ten slotte begrepen ze allemaal dat er nergens een dag was, nergens een zon en nergens een einde aan de eeuwige nacht.

'Alleen de mens kan ons verlossen!' verklaarden de varkens tijdens een van de rustpauzes.

'Stommetje wilde ons redden, maar ze hebben hem weggejaagd!' treurden zijn oude vrienden met wie hij had samengezworen.

‘Omdat hij ons weer wilde uitleveren aan de mensen!’ reageerde iemand die zich niet gewonnen wilde geven.

‘Had hij dat maar gedaan! Wat hebben wij aan deze vrijheid! We gaan eraan kapot! De nacht slokt ons op, de honger mergelt ons uit! Ze hebben ons bedrogen.’

‘Naar huis! Naar de mensen!’ klonk uit het duister een gejammer waarin een tot dusver ongekende heimwee en opstandigheid doorklonken.

Niemand kon slapen tijdens die rustpauze. Een dof gemor verspreidde zich steeds verder onder de massa’s. Het besef gruwelijk misleid te zijn begon langzaam te dagen onder de harde schedels. Ten slotte groeide dit besef uit tot een vaste overtuiging en werd het hun ineens allemaal duidelijk dat ze zich hadden overgeleverd aan de willekeur van Rex. O rampzalig lot! Het was gewoon een hond, een tegen zijn baasjes rebellerend, dakloos blafbeest! O moment van zinsverbijstering! Waar heeft hij ons heen geleid? Naar de diepste afgrond van ellende! Hoe had hij hen zo makkelijk kunnen weglokken en losrukken uit de vertrouwde omgeving, weg van hun eeuwenoude verblijven en traditionele bestaan? Met domme fabeltjes over geluk! Met onnozele hersenschimmen. De honger en de kou, de ziektes die ze hadden doorstaan, alles was voor niets geweest. Waartoe had het geleid? Er was niets dan deze eindeloze nacht, dit ellendige rondzwerven door de blinde mist, deze grauwe desolate oneindigheden. Hun restte alleen nog de dood als verlossing. Want nog een paar van deze dagmarsen en dan was het met iedereen gedaan. ‘Weg hiervandaan! Terug naar huis!’ was de bedwelmende gedachte die plotseling in hen opkwam. Maar de nacht was overal. Hoe kon je die ontvluchten? Welke kant moest je op? Zwermen twijfels begonnen met gierensnavels aan de dieren te rukken en te trekken. De mens, die zal ons hieruit wegvoeren! Hoop flitste op in de uitgebluste ogen. De mens zal ons redden! Een eerbiedig gefluister trok door de massa’s, als een gebed vol deemoed, ontzag en angstige devotie. Het was alsof er een verkwikkende dauw neerdaalde over de dieren. De mens!

Ze herademden in vreugdevolle verwachting. Het anker van de hoop hechtte zich vast in de diepste bodem van de harten. Laat de bliksems maar inslaan, laat de orkanen maar woeden. Er was nu aangelegd in een veilige haven en zachte golven deinden onder het schip dat hen ging redden. Zij wiegden en susten het en zongen betoverend van het achtergelaten geluk.

Het was koud. De adem bevroor. De dieren kropen dicht tegen elkaar aan. Het bittere lot verenigde zelfs oude vijanden. De plotseling gewekte hoop was opgelaaid tot gevoelens van vriendschap en medeleven. Er vond een algehele verbroedering plaats. De schapen namen de van de kou rillende varkens tussen zich in. Merries zochten een warm plekje te midden van de honden. Forse hengstveulens schurkten zich met kinderlijk vertrouwen tegen ruig behaarde wolven aan. Zelfs de herdershonden, die de wacht hielden aan de randen van de pleisterplaats, hadden zich neergevlijd bij de koeien. Allemaal zochten ze warmte en troost bij elkaar. Overal heerste de roerloze stilte van totale uitputting. Maar ondertussen spookten door hun hersenen allerlei fantastische visioenen en wemelde het van de ongrijpbare fluisteringen in hun koppen, soms klonk er een luide stem op die het volgende moment weer wegstierf. Dan spitsten ze hun oren en hieven hun koppen omhoog. Af en toe leek het of de geur van klaver en jong koren voorbijtrok. En gretig snoven de wijd geopende neusgaten die op, totdat de scherpe stank van de uitwerpselen om hen heen zich weer opdrong. Kreunend probeerden ze afscheid te nemen van die heerlijke zinsbegoochelingen. Ze deden alles om ze van zich af te schudden, maar de dromen keerden steeds weer terug en toverden hun de meest bizarre fantasiebeelden, wonderlijk omfloerste herinneringen en onwaarachtige zaken voor. En als de dromen hen dan eindelijk verlieten, bleven ze onder hun zware oogleden in de verte staren en begonnen ze het lang vervlogen verleden te ontwaren. En ze werden verpletterd onder een heimwee dat rechtstreeks opsteeg uit al die kwellingen, angsten en ontberingen rondom, als een giftige damp die door modderige moeraspoelen werd uitgestoten. Het voerde hen mee als een machtige golf, die hen nu eens woedend opwierp naar ongenaakbare hoogten, naar ijzige woestenijen zonder zon en sterren, en dan weer in de diepste diepten stortte, in de afgrond van angst, ontzetting en afgrijzen. En voordat ze weer tot zichzelf waren gekomen, droeg het hen alweer mee naar de vlakke oevers van stille dromerige baaien, waarvandaan hun ogen als vanzelf afdwaalden naar oneindige verschieten, zonovergoten uitgestrektheden en velden die geurden naar de rook van menselijke nederzettingen. Dan weer greep het hen, als een arend een weerloos lam, vast in zijn roofzuchtige en wrede klauwen, in een omklemming van pijn, wanhoop en onophoudelijke kwelling. En vervolgens stortte het zich met zijn hele gewicht op hen, drukte hen meedogenloos te neer, walste hen plat in de modder en deed hun de hele verschrikking van een bestaan zonder zon en zonder ochtend en zelfs zonder hoop gevoelen. De dieren begonnen rusteloos heen en weer te draaien, werkten zich overeind, renden in het rond, woelden met hun hoeven de grond open en wilden alle kanten op vluchten, maar ze konden niet losbreken uit hun ketenen, het heimwee slingerde zich als een slang om hun ziel en wurgde hen steeds genadelozer. Schorre jammerkreten scheurden zich los uit de kelen, de zware koppen sloegen tegen de grond. Hun pijn was zo ondraaglijk dat ze dodelijk uitgeput neerzonken en zich willoos overgaven aan wat nog komen zou. Hete tranen welden op in hun ogen, de nieuwe kwelling diende zich gretig en wellustig aan. O verlossende dood! Alom begonnen de levende wezens te jammeren. Uit donkere krochten begonnen schimmige herinneringen omhoog te kruipen. O allerheiligste genade! Lang vergane dagen stonden op uit de dood. In de waanzinnig opengesperde ogen begonnen zich lenteovergoten velden, rijpe zomerdagen en lange stille nachten te spiegelen. En plots leek daar een lied te klinken dat ze ooit ergens lang geleden gehoord hadden. O zalig wonder! Waar ging het over? Waarover? De nevels losten op, het floers voor de ogen verdween. Hoe was het ook alweer? Wanneer was dat? Waar? Met een siddering van ongeloof gaven ze zich over aan de stroom opborrelende beelden. Daar doemden hun oude meesters op, met ogen die angstaanjagend oplichtten in het donker, met stemmen die hun de koude rillingen bezorgden en dreigend opklonken boven hun gebogen koppen. Maar, o wonder, niemand vreesde hen meer. Een zoet gevoel van berusting en onderworpenheid verlamde hen. Hun tongen wilden de handen van hun weldoeners likken, hun ruggen en koppen strekten zich als vanzelf uit naar die handen om de vriendelijke strelingen in ontvangst te nemen. Wat een rust daalde over hen neer! Net als vroeger, net als toen, net zoals het altijd was geweest. De herinneringen kwamen bedwelmend aanzweven en voerden de geur van stallen, graanvelden en voederbakken met zich mee. Lauwwarme schemeruren in het avondlicht, gouden stof, opdwarrelend langs wegen vol geloei en geratel van karren. Ze keren terug in grote groepen, met volle magen, geheel verzadigd. De mensenkinderen schreeuwen luid, af en toe laat iemand een zweep knallen! Net zo liefkozend als een moederlijke lik. De putzwengels knarsen, in de drinkbakken parelt koel, verkwikkend, heerlijk water. De vermoeide botten doen pijn – wat is het dan een genot om je uit te strekken op het droge stro, in de schemerdonkere, warme stal, terwijl je wegdommelt onder het gezoem van vliegen. En je hoeft je nergens zorgen om te maken. Je laat alles maar over aan de boer, die regelt wel dat het je aan niets ontbreekt. Want zo is het altijd geweest, sinds dierenheugenis, al duizenden generaties lang, en zo dient het altijd te blijven, altijd ... Aldus borrelde uit dat verterende heimwee naar vroeger de ene herinnering na de andere op.

'Alleen stomkoppen komen in opstand tegen de oeroude wetten.'

'En wie ze schendt, betaalt een zware tol.'

'Waarom heb ik ook geluisterd! Ik wist dat het slecht zou aflopen!' bromde Bontvlek, een oude os met een afgebroken hoorn.

'Die schurftige hond heeft ons van alles beroofd. Nou zit mijn oude vacht er nog aan!' mekkerde een ram.

'Hij heeft ons geluk gestolen, ons leven gestolen. Hij heeft ons meegenomen op een dwaaltocht en in het verderf gestort.'

'Waarom heb ik ook geluisterd!' probeerde de os alle anderen te overloeien, terwijl hij zich naar voren werkte.

'Het is de schuld van Rex en van Mankepoot! Trap ze dood! Neem ze op de hoorns!' raasden de rammen.

Uit de massa's werden ze bijgevallen door een eenstemmig geloei, er klonken langgerekte kreten van pijn, jammer en woede.

'Dat najagen van hersenschimmen heeft lang genoeg geduurd! Laten we teruggaan!'

'Ze hebben geteerd op onze ellende. Ze slepen nu al met hun vette pensen over de grond.'

'Wat kon die hond toch prachtig oreren, zo fijngevoelig en zo verheven,' beklaagde een oude zeug zich.

'In de klinkende val van beloften laat de domkop zich altijd gemakkelijk vangen!' verklaarde Bontvlek op belerende toon.

'Waar is Stommetje? Hij was altijd bij ons. Hij kent de weg terug naar huis en zal een goed woordje voor ons doen.'

'Hij moet ons aanvoeren! Stommetje! Stommetje!' werd uit steeds meer kelen geroepen.

In het gedrang en in het donker gingen de dieren op zoek naar hem. Iemand had hem kort daarvoor nog gezien. Iemand anders herinnerde zich vol ontroering hoe hij hen tot verzet had opgeroepen en geprobeerd had over te halen om terug te keren. Weer iemand anders prees uitgebreid zijn verstand en goedheid. Iedereen zag nog duidelijk voor zich hoe hij voor hen uit reed op zijn enorme hengst. Opwinding maakte zich meester van de massa's, plotseling leek er weer hoop op redding. Alle ogen speurden in de mist naar die vage gestalte. In alle richtingen werd er om hem geroepen. De koorts wakkerde hun verbeeldingskracht aan. Steeds ongeduldiger zochten ze hem. Er werd gespeurd, er werd geroepen, er werd smartelijk gezucht. Het bloed steeg hun naar de kop, hun ogen fonkelden waanzinnig. Hij was hun enige redding, uit wanhoop geboren, hun enige en laatste hoop …

Totdat eindelijk een paar hunkerende ogen hem ontdekten en er luid werd geloeid:

'Daar is hij! Vlak voor ons! Zien jullie wel! Hij wijst ons met zijn hand de weg!'

En ja, daar zagen ze hem allemaal: een reusachtige schimmige figuur tekende zich af in de mist en nam de vorm aan van degene naar wie hun harten zo vurig verlangden.

'Volg hem! Hij is onze leider! Voer ons weg! Red ons! Verlos ons! Volg hem!'

Er barstte een donderend geloei los en de hele massa stortte zich achter de schim aan.

Alleen Rex bleef met zijn getrouwen achter, niet begrijpend wat er aan de hand was.

'Die komen wel terug,' stelde Mankepoot hem gerust. 'Ze zijn weggerend om de zon te zoeken. Dat vee snapt zelf niet wat het doet.'

'Ze gaan zich weer met honderden tegelijk de dood injagen.'

'Er blijven er nog genoeg voor ons over.'

'Klets geen onzin! Ik heb heel erg met ze te doen. En de weg naar het geluk is nog zo lang …'

'Medelijden is goed voor slaven. Door dat stomme medelijden gaan koningen en koninkrijken ten einde ten onder.'

'Dat is jullie wolvenmentaliteit. Je kunt de wereld wel veroveren met je tanden, maar vasthouden kun je haar niet.'

'Luister eens hier, koning der slaven, ik wil niks veroveren, ik wil alleen maar leven zoals ik zelf wil ... Een vrij leventje leiden!'

Zo gingen ze door met bekvechten, terwijl de uitzinnige massa ondertussen uit alle macht achter Stommetje aan rende. De dieren meenden hem vlak voor zich te zien. Hij doemde daar in de grauwe schemer van de nacht op als een enorm silhouet, voortijlend op zijn ros. Zijn van de schouders afhangende gewaad vloeide als een rode wolk achter hem aan, zijn in de wind wapperende vlashaar glansde in de maneschijn. Hij hield de prinses tegen zijn borst gedrukt en met zijn rechterhand wees hij ergens in de verte. In dichte drommen volgden de dieren hem zonder hem een moment uit het oog te verliezen. Ze rolden voort met donderend geraas als een onstuitbare vloedgolf die alle hindernissen op zijn weg vernietigt. Ze begrepen slechts één ding: we keren nu terug naar onze stallen, naar de mensen, naar het verloren geluk. Om de haverklap steeg er een triomfantelijk en verheugd geloei op. Het was alsof ze op vleugels voortvlogen. Hun neusgaten bespeurden reeds de geur van opschietend graan op de akkers, de leeuweriken jubelden in hun hart, de naar jong groen geurende wind streek verkoelend langs hun koortsachtig verhitte ogen. Sneller! Sneller! Sneller! Steeds opzwepender klonken de aansporingen. Niemand wist nog hoe lang dat gejaag achter die schim al duurde. Niemand klaagde hoeveel inspanningen en opofferingen dat kostte. Duizenden verzwakte dieren konden niet meekomen, duizenden stierven onder de hoeven van hun eigen broeders, maar de rest stormde ademloos verder. Nog één stap – en de dag zal zich openbaren, dan zullen de dorpen zichtbaar worden en zal de zon gaan schijnen! Sneller! Voorwaarts! Sneller!

Op een gegeven moment stootten ze met hun koppen onverwachts tegen een rotswand, zodat veel dieren met gebroken nekken naar beneden stortten in een onzichtbare diepte. Het volgende moment werd hun de weg versperd door een zwarte, traag klotsende waterstroom, waaruit onophoudelijk enorme vuurkolommen opstegen naar de asfaltzwarte hemel. Een soort monsterlijke gevleugelde wezens flitsten voorbij in de bloeddoorschenen dampen. De aarde beefde. De rotsen langs de oevers brokkelden steeds verder af. Dit alles verliep geheel geruisloos. Zelfs de kreten van ontzetting stokten en smoorden in de kelen van de dieren. Hier heerste slechts doodse stilte. De schim van Stommetje loste op in deze grafstille onherbergzaamheden. Bloedrode golven begonnen langzaam op te zwellen, klommen steeds hoger en likten met hun lange tongen aan de dieren die het dichtstbij stonden. Dodelijk verschrikt door dit nieuwe gevaar week het vee achteruit. De golven leken de dieren te achtervolgen en zich op te maken voor een aanval. Ze rezen dreigend omhoog, drongen steeds dieper door in hun gelederen, omsingelden hen aan de flanken, kronkelden als roofzuchtige slangen om hen heen en grepen hen onverhoeds vast.

Doodsangst deed de dieren zo ver mogelijk terugdeinzen en dwong hen tot een dolzinnige, wilde vlucht …

Ze ijlden voort, blindelings, in het wilde weg, tot ze vast kwamen te zitten in ondoordringbaar doornig struikgewas. Ze keerden om, draafden weer lange tijd voort in de tegengestelde richting en belandden toen in een moeras waaruit giftige gassen opstegen en waar groenige, op wolvenogen lijkende dwaallichtjes rondkropen. Weer maakten ze rechtsomkeert en gingen met de moed der wanhoop op zoek naar een nieuwe vluchtweg. Ze doolden rond in een soort tovercirkel, waar ze met geen mogelijkheid uit konden geraken, al spanden ze zich nog zo in. Ze hunkerden naar de dag, of al was het maar het geflonker van sterren, of desnoods het allerzwakste ochtendgloren, maar nog altijd bleef de mist de aarde verduisteren, nog altijd hingen daar die dikke ondoordringbare wolken, nog altijd deed de oneindige eeuwige nacht hen dolen. Nergens was een uitweg, nergens was redding. En vergeefs zochten de bloeddoorlopen, gekwelde ogen Stommetje. Vergeefs huilden alle hunkerende harten om hem. De nacht weergalmde van het door merg en been dringende geweeklaag en desolate gejammer der creperenden.

Ze waren als een zee die voor altijd gevangen zat tussen nauwe rotsige oevers en eeuwig gedoemd was, daar vruchteloos tegen aan te beuken.

7

Het moet tegen de ochtend geweest zijn toen Rex, die op een heuveltje in de beschutting van wat struiken had liggen slapen, plotseling opsprong en de dauw die van de afhangende takken op hem neer druppelde, van zich afschudde. Hij snoof om zich heen: er stond een vreemde wind die vochtig en lauw aanvoelde; de nevels pakten zich vreemd samen en in de warmer geworden lucht hing iets van verandering. Hij schudde zich nog eens uit, liet zijn ogen door de onrustig trillende duisternis dwalen en bleef opeens roerloos staan. Hij kon niet geloven wat hij zag: her en der flonkerden sterren in het donker. Hij zonk neer op de grond, hield zijn adem in en durfde pas na lange tijd bibberend afgewacht te hebben zijn kop weer op te heffen: daar, hoog boven de onverwacht snel wegtrekkende mist, zag hij een duizendvoudig geglinster van sterren. Hij sprong niet op, begon niet te blaffen en verroerde zich niet eens. Hij probeerde alleen zijn van vreugde opspringende hart in bedwang te houden en zoog met koortsig brandende ogen die zilveren schittering in zich op. Een golf van hitte sloeg door hem heen en hij kreeg het zo warm dat hij voortdurend verkoeling moest zoeken en aan de natte blaadjes en twijgen likte.

Naarmate de mist oploste en neerdaalde over de aarde, ontbloeiden op de diepblauwe hemelweiden steeds uitbundiger de sterrenbloemen.

'Ze fonkelen opnieuw!' jankte hij stilletjes, bang om wat hij zag weer te doen verdwijnen, alsof het een luchtspiegeling was. Hij dacht dat hij droomde, en om dit beeld niet te verjagen kneep hij zijn ogen helemaal dicht om ze het volgende moment weer langzaam, voorzichtig en vol verwachting op te slaan naar de hemel.

Maar het wonder hield aan.

Lange tijd lag hij daar, trillend van geluk, vol deemoedige overgave en stille dankbaarheid genietend van de betoverende aanblik.

De laatste mistflarden golfden met schuimende koppen laag over de aarde en daaronder vandaan begonnen hier en daar al kalende heuveltjes en zwarte boomkruinen zichtbaar te worden.

'De dag is in aantocht!' klonk het uitzinnig juichend in hem.

Hij voelde onmiddellijk de drang om zich midden tussen de slapende kudden te storten. Hij wilde iedereen wakker blaffen en luid jankend het wonderbare nieuws verspreiden. Dat de vreselijke nacht voorbij was en dat elk moment de zon kon opkomen. Maar hij kon zich niet verroeren, hij vond niet eens de kracht om met zijn staart te kwispelen, hij drukte zich alleen nog dichter tegen de grond aan, rillend van opwinding en koortsachtig met zijn tanden klapperend.

En ja, de dag brak aan, net als vroeger. De hemel klaarde op, de sterren doofden en in het oosten begon het eerste roze licht van de dageraad te gloren. Ondertussen klonk beneden op aarde onder de golvende mistflarden nog als vanouds het op dit uur gebruikelijke koor van gesnuif en slaperig geloei. Het vee sliep onverstoorbaar door.

Rex maakte zich bezorgd over deze, naar het hem voorkwam, uitzonderlijk diepe slaap.

'Er zullen er heel wat zijn die het zonlicht niet meer gaan aanschouwen,' dacht hij bij zichzelf, zonder iemand wakker te maken. Plotseling sprong hij op en richtte zijn fiere blik op de zich langzaam openende hemelpoort naar het oosten. En hij herinnerde zich weer waar hij de massa's heen moest leiden.

Daar begonnen opeens in onzichtbare hoogten duizenden vleugels te ruisen en weerschalde het getrompetter van de kraanvogels. Hun grijzige V-formaties tekenden zich vaag af tegen het flauwe morgenlicht. Hun roep kwam steeds dichterbij en klonk steeds machtiger, totdat de kudden wakker schoten, waarna het geluid zich weer verwijderde en hoog in de lucht verder zweefde in de richting van de nog verre zon.

Tegelijkertijd begonnen de wolven te huilen, waarna het vee zich moeizaam probeerde overeind te hijsen.

Even later verscheen Mankepoot, die niet wist of hij waakte of droomde.

'De kraanvogels. Dan breekt de dag ook zo aan.'

'Ik had het je toch gezegd! Ze worden helemaal gek als ze de zon zien,' gromde Rex en hij gaf het sein tot vertrek.

Maar niemand scheen haast te maken weer op weg te gaan. De dieren staarden met verdwaasde en angstige ogen naar de hemel en de aarde, zonder iets te begrijpen van de wonderbaarlijke verandering die zich had voltrokken. Hun botten deden pijn, de honger knaagde aan hun ingewanden en ze waren zo dodelijk vermoeid dat ze niet eens meer de kracht hadden om te beseffen waar hun redding lag. En toen de laatste witte flarden van de mist in de struiken waren blijven hangen en de grijze dag hen in de ogen zag, keken ze verwonderd in het rond, alsof ze elkaar niet meer herkenden. Ze deinsden terug voor elkaar: wat waren dat voor vreemde spookverschijningen? Ze zagen er inderdaad angstwekkend uit. Hun vel hing af in rafelige lappen, ze waren helemaal vervuild en zaten onder de wonden, zweren en uitwerpselen, ze leken een afzichtelijke troep scharminkels, op sterven na dood. De hele pleisterplaats leek één grote stinkende modderpoel die door duizenden poten voortdurend werd omgewoeld. Nadat ze met tegenzin waren opgestaan, begonnen ze in doffe wanhoop te loeien, alsof ze zich in de glans van de dageraad nog ongelukkiger voelden. Een onverklaarbare haat en afkeer dreef hen uit elkaar. En ze werden ook niet gek van vreugde, zoals Rex had verwacht. Integendeel, het klare daglicht, dat hun onverbloemd de werkelijkheid liet zien, was onverdraaglijk en maakte hen des te onrustiger. Het purperrode schijnsel van de dageraad deed pijn aan de ogen, de aan de hemel opbloeiende bleekgroene velden irriteerden hen, de helderheid waarmee alles zich manifesteerde in zijn ware afschrikwekkende gedaante beangstigde hen. Zij zagen er daarin zo armzalig, kleintjes en verloren uit. Ze voelden zich een ellendig hoopje wezens, overgeleverd aan steeds weer nieuwe kwellingen. Een wanhopig geloei barstte los en rolde als een voortdurend aanzwellende storm over de pleisterplaats. En ondanks de tanden van de wolven en het blaffen van de honden verroerden de kudden zich niet van hun plaats.

Een zinneloze angst hield hen vast in zijn klauwen. Ze vreesden de naderende dag. Tijdens die lange barre nachten waren ze vergeten wie ze waren, ze waren zelfs vergeten wat leven was en hadden zich eraan gewend, zich gelaten weg te laten glijden in de afgrond van de dood. Ze wilden dan ook niets liever dan weemoedig wegdromen, hun lot vervloeken en diepe zuchten slaken. Ze wilden zichzelf vergeten en zich alleen nog maar een blind willoos deeltje van een reusachtig geheel voelen. Maar deze verschrikkelijke dag wekte hen nu op uit hun doodssluimer en dwong hen terug te keren naar het leven en over zichzelf na te denken. Maar wie zal de kracht vinden om de last van het leven weer op zich te nemen? En waar moesten ze opnieuw heen trekken? Wat had het voor zin? Alles waar ze vroeger in hadden geloofd, waar ze hun hoop op hadden gevestigd – het was allemaal verdwenen. En het was of ze nu voor het eerst dat bleke hemelgewelf, die getande bergkammen en die verre lege ruimte boven zich zagen. Deze onmetelijkheden waren zo huiveringwekkend en verpletterend dat een verschrikkelijke angst hen beroofde van het laatste restje bezinning. Hun geprikkelde stemming werd almaar erger en ging ten slotte over in een totale razernij. Hier en daar klonk al een woedend gebrul, hoeven woelden de grond om en trapten woest in het rond en er volgde een plotselinge ongeremde uitbarsting van dolle haat – van iedereen jegens iedereen. Zonder aanleiding liepen de dieren elkaar onder de voet en begonnen met elkaar te vechten. Oud zeer en lang gekoesterde wrok staken weer de kop op. Iedereen voelde zich om een of andere reden tekortgedaan en reageerde dat af op de ander. Chaos heerste alom, overal op de pleisterplaats werd gebruld en geruzied. Tot overmaat van ramp weerklonk vlak boven hun koppen het vleugelgeruis van onafzienbare aantallen roofvogels. Hele wolken raven, gieren en arenden kwamen uit het noorden aangevlogen. Krassend en krijsend cirkelden ze steeds verder omlaag, belust op buit. Soms stortten ze zich met zijn allen op een dier dat ergens alleen lag, en reten het in een mum van tijd aan stukken. Ze lieten zich door geen hoeven en geen horens afschrikken. Pas toen de wolven zich ermee gingen bemoeien, ondervonden ze de nodige weerstand. Daarop bezetten ze alle bomen, struiken en heuvels in de omtrek en wachtten geduldig hun kans af.

Daar kwam opeens de zon tevoorschijn vanachter de bergen, reusachtig en rood, als een uitgerukt oog dat droop van het bloed. Heel de wereld baadde in haar gloed en verstilde.

De schapen barstten los in een langgerekt klaaglijk geblaat, de rest was met stomheid geslagen.

‘Wat blaten die stomkoppen toch?’ vroegen de koeien geërgerd, terwijl ze zich afwendden van de zon.

‘Begin je net weer een beetje warm te worden of je moet weer verder sjokken,’ morde de oude os Bontvlek. ‘Ze laten ons de zon zien, maar daarna pakken ze die weer af. Die hele zon kan me gestolen worden!'

'Als onze konten geen zon te zien krijgen, worden ze wel bruin in de maan,' foeterde een zeug.

'Ze geven de zon terug, maar waar zijn het voer en het verse water, waar zijn de stallen?'

'Ze laten ons hier in onze eigen stront rondbaggeren, zonder dak boven onze kop.'

'Waar laten ze ons nu weer heen trekken? Naar het einde van de wereld en nog verder?'

'Het einde van de wereld is al nabij,' klonk steeds luider het geklaag.

Rex verloor zijn laatste restje geduld en herhaalde zijn bevel om op te breken.

'Ze zitten elkaar in de haren. Ze zijn maar aan het mekkeren en denken er niet over om op te stappen,' rapporteerden de herdershonden.

'Waarom dan toch? Ze jammerden dat het nacht was – en nu is het dag. Ze verlangden naar de zon – en nu schijnt die. Ze klaagden over de kou – en nu is het lekker warm. Ze leden honger – en daarginds is genoeg te eten. En toch willen ze niet op pad?'

'Er deugt nu helemaal niks meer voor ze! Krijg maar eens hoogte van dat gepeupel,' gromde Mankepoot.

'Ze hebben ons met de nacht bedrogen, nu gaan ze hetzelfde doen met de dag. Geloof de hond niet, luister niet naar hem. Wij redden ons zelf wel, wij hebben geen hondenleiding nodig. Ze willen ons allemaal uitroeien!' klonk steeds weer van verschillende kanten het geloei van de ossen.

'We moeten dat vee tot rede brengen,' knarsetandde Mankepoot.

'Leer ze een lesje! Het is hoog tijd, ik weet het anders ook niet meer,' gromde Rex, terwijl hij de wanordelijke massa's aanschouwde. Hij was de wanhoop nabij en stond machteloos toe te kijken, er viel niets meer met de dieren te beginnen. De pleisterplaats was veranderd in één groot slagveld, met beesten die door het dolle heen waren en elkaar onophoudelijk als razenden te lijf gingen. Al die verschillende stemmen uit de chaotisch dooreenwarrende kudden smolten samen tot één vloedgolf die de hele rustplaats overspoelde.

De zon stond al bijna in het zenit en verwarmde de aarde met haar stralen, de hemel welfde als een wonderschoon blauw baldakijn, de lucht was vol geuren, de verre bergen schitterden in de sneeuw en over de hele wereld streken verkwikkende en bedwelmende vleugjes lente. Maar de dieren waren doof voor dit alles en leken zelfs blind voor het groen van de velden in de verte. Ze waren één en al razernij en wisten zelf niet wat er met hen aan de hand was. Om de zoveel tijd stapte er eentje naar voren om uiting te geven aan de algehele woede, nervositeit en wanhoop. Maar het volgende moment leverde een hele groep toegetakelde, onder de voet gelopen en smadelijk uit de massa verstoten groep dieren zich zomaar uit aan de snavels van de op prooi loerende roofvogels. Bontvlek, de oude os van het landgoed, die zich onderscheidde door zijn enorme omvang en een geweldige keel kon opzetten, loeide het langst zijn kameraden toe en probeerde zich als redder op te werpen, maar hoe hij hen moest redden wist hij ook niet. Ten slotte moest hij plaatsmaken voor een fokstier, die met zijn horens het nodige respect afdwong. Hij verhief zijn machtige kop, sperde zijn muil open, krabde met zijn hoeven de grond los en loeide lange tijd zo luid dat de lucht ervan trilde, maar alleen de vaarzen, die hem met glanzende ogen van bewondering aanstaarden, luisterden en waren bereid hem onvoorwaardelijk te gehoorzamen.

'Wat weet die nou! Ze hebben hem alleen gehouden om te zorgen dat er genoeg kalfjes zijn. En nu gaat meneer ons in zijn wijsheid vertellen wat we moeten doen,' protesteerden de paarden en joegen hem weg.

Daarna traden de varkens met goede raad naar voren. De een na de ander gilde iets met een van opwinding trillende snuit, bereid om de hele wereld ondersteboven te wroeten en tot het uiterste te gaan, maar ook zij wisten niet met een oplossing te komen. Al die toespraken en discussies leidden enkel tot nog meer verwarring, irritatie, tweedracht en verdwazing. Steeds weer was de uitkomst dat ze niet met Rex wilden meegaan, niet terug wilden keren naar de mensen en niet wilden blijven waar ze waren.

De zon neigde al ter kimme, maar de lucht galmde nog altijd van het geloei, geblaat, gebries en getrappel van de duizenden dieren, totdat de invallende schemering eindelijk de gemoederen bedaarde en de ruziemakers, hoe hongerig, opgefokt en opgewonden ze ook waren, totaal uitgeput op de grond neerploften en als een blok wegzonken in een diepe slaap.

Rex, die via de herdershonden van alles op de hoogte werd gehouden, wendde zich ten einde raad tot Mankepoot.

'Wat doen we?' vroeg hij met een blik op de maan die zojuist aan de hemel was verschenen.

'Ik weet het wel,' gromde de wolf schamper en hij deed een stapje opzij.

Een reusachtige wolvin sprong tevoorschijn uit het struikgewas en liet zich neervallen naast Rex.

'Ik zal je een goede raad geven,' gromde ze, terwijl ze zich tegen hem aan vlijde en zijn snuit likte.

Haar aanhalerige gedrag beviel Rex niet, maar haar aanwezigheid verbaasde hem nog het meest.

'Leid ons, heer, en laat dat wegrottende vlees hier achter. Die beesten komen wel achter ons aan. De angst zal ze naar ons toe drijven, wat beginnen ze zonder leiding?'

'Hou je domme raadgevingen voor je. Wat wil je eigenlijk?' stoof Mankepoot op.

'Kom erbij, zonen,' riep ze, toen ze zag hoe Mankepoot zijn rug kromde en zijn bloeddoorlopen ogen dreigend op haar richtte. 'Met jou heb ik nog een appeltje te schillen. Waarom vlucht je altijd voor me weg als een bange haas?'

'Vuile teef! Wat zit je toch steeds achter me aan met die stinkende luizenpels van je. Ik laat je wegjagen uit de groep. Uit mijn ogen!' grauwde hij, op het punt om zich dol van woede op haar te storten, maar voordat hij zijn tanden in haar kon zetten, zag hij zich plotseling omringd door een haag van dreigend ontblote tanden. Daar stond plotseling een heel stel grimmig grommende jonge wolven om hem heen. Hij kon zich maar ternauwernood met een sprong in veiligheid brengen.

'Rebellie tegen de leiding!' schuimbekte hij van woede. Zijn ademhaling stokte en hij stikte haast van woede, haat en gekrenkte trots.

'Je tanden rotten weg, de motten vreten je op als een oude beddenzak, je ziet geen pest meer als het donker wordt, maar toch wil je de baas spelen,' smaalde de wolvin. 'Gisteren hebben de kalfjes je een schop gegeven en toen ben je weggevlucht! En nog niet zo lang geleden hebben de varkens met hun snuit tegen je buik aan geschurkt en dat liet je zomaar toe.'

Hij werd zo pijnlijk getroffen door deze zweepslagen dat hij met zijn klauwen de grond openkrabde en gesmoord begon te janken, ondertussen loerend op een geschikt moment om zich op haar te storten.

'Kom maar op, de dood zul je toch niet ontlopen. We hebben genoeg van jouw baasspelerij en sluwe streken!' huilde ze, klaar om het gevecht op leven en dood aan te gaan.

Het was een enorm beest, de grootste van de hele meute, de ware oermoeder van een heel geslacht. Ze was tanig en buigzaam als een spanzaag, soepel in haar bewegingen, had poten van staal en een muil die vuur spuwde en fonkelde met de meest ontzagwekkende tanden. Op haar donkere vacht waren de littekens van oude wonden te zien. Vanonder haar samengetrokken wenkbrauwen flikkerden twee bloeddorstig bliksemende ogen. Ze sidderde van strijdlust en siste afgebeten door haar tanden:

'Kom maar op! Kom maar!'

Eensklaps waren daar een stuk of honderd herdershonden die haar van alle kanten omsingelden, maar Rex blafte dreigend:

'Geen gekheden. Het is nu niet de tijd om oude rekeningen te vereffenen. Mankepoot blijft bij de groep.'

Het bevel werd uitgesproken op een toon die geen tegenspraak duldde. De wolvin kroop naar hem toe en begon zachtjes te janken.

'Zoals u gebiedt. Ik blijf bij u, heer, ik zal over u waken.'

'Blijf maar. Bij het krieken van dag vertrekken we, met of zonder de anderen.'

Hij kroop de bosjes in en plofte neer, maar kon lange tijd niet in slaap komen, omdat de wolvin kwam aanzetten met een stuk vlees en hem daarna, toen hij zich volgegeten had, vergastte op een eindeloze klaagzang over Mankepoot.

Toen het begon te dagen en ze zich gereedmaakten om te vertrekken, bleken alle kudden al klaar te staan, in afwachting van nadere bevelen.

'Wat krijgen we nou! Ze zijn zo mak als lammetjes,' stelde Rex verbaasd vast.

'Als er maar niet iets achter steekt,' maakte de wolvin zich ongerust.

Rex sprong op zijn hengst en stormde helemaal naar voren, de wolvin rende naast hem mee. Voor zover hij kon zien, waren overal de dieren gereed om te vertrekken.

'Naar het oosten! Naar de zon! Naar het oosten!' huilden de herdershonden.

En de kudden vloeiden als een onafzienbare stroom voort, gelijkmatig, bedaard en stil, in de richting van de bergen die in de verte glinsterden met hun zilveren toppen en ijzige vlakten.

8

De dagen rolden als fletsblauwe raderen gelijkmatig, stil en monotoon voorbij en leken zo op elkaar dat je niet meer wist of het nu al morgen was of dat het misschien opnieuw gisteren werd. Ze vloeiden langzaam en loom voort als onmetelijke diepe wateren die de wereld in zijn volle breedte overspoelden. Ze braken in alle vroegte aan, bleek, zonder morgenrood, grauw, en vervolgden als onvermoeibare eeuwige pelgrims hun eindeloze tocht. Ze doortrokken de mistroostige middaguren, kropen door de trieste avondschemeringen en lieten zich opslokken door de zwarte nachten – nachten zonder maan en sterren, die leken op grafkisten van een eeuwig zwijgen – en verdwenen ten slotte in een diepe slaap. En zo ging het altijd maar door, eindeloos.

En zo spande ook een en dezelfde hemel elke ochtend weer zijn grof gesponnen web over de wereld uit.

En zo stoof een en hetzelfde gedempte doodse licht elke ochtend weer als fijn zand in de ogen.

En zo ontwaakte elke ochtend in de harten weer hetzelfde onbegrijpelijke smartelijke verlangen dat hen ongenadig verder joeg, altijd verder.

Maar de bergen die onwezenlijk lagen te schitteren met hun sneeuwtoppen en ijsvelden, waren nog altijd even ongenaakbaar en onveranderlijk ver weg. En aan de grond onder hun poten wilde maar geen einde komen. Ze bewogen zich onvermoeibaar voort in zo'n breed uitwaaierende massa dat je zou denken dat alles met hen mee bewoog, dat ze zich mee lieten voeren door een reusachtig schip dwars door de oneindige ruimte. Want ze verloren elk gevoel voor richting in deze monotonie van steeds eendere heuvels, eendere bomen, eendere wateren, eendere grijze dagen en eendere grijze hemel en aarde. Er woeien geen winden, er viel geen regen, er was geen verzengende zon noch bijtende vorst. De dagen regen zich aaneen en leken allemaal op elkaar als de kraaltjes die van een gebroken rozenkrans afglijden. Ondanks de gestage voortgang leek het soms of alles tot stilstand was gekomen. En ten slotte had deze monotonie alle levende wezens omgevormd naar haar eigen beeltenis van absolute grijsheid, stilte en doodse kalmte. De ruzies verstomden, aan alle gekrakeel en gebakkelei kwam een einde. Er werd niet meer gevochten, niet meer geloeid, niet meer klaaglijk geblaat. Aangeboren verschillen vervaagden. Het gedeelde lot maakte iedereen gelijk, er werd geen onderscheid meer gevoeld. Veulens trokken op met wolven, biggetjes zochten in koude nachten warmte onder de buiken van koeien, kalfjes hielden hengsten gezelschap en oude ossen sjokten met gebogen koppen voort naast varkens. Ze werden samen één reusachtig wezen, met een en hetzelfde gevoel en voortgestuwd door een en hetzelfde instinct. Zelfs de herinneringen aan vroeger vermochten de sfeer van algehele gelijkmoedigheid niet meer te verstoren. Het hele verleden – het oude leven, de mensen, de vreugden en smarten van weleer – het was allemaal uit het geheugen gewist, verschrompeld als stengels die op een braakliggende akker waren achtergebleven, verwaaid tot stof.

Ze trokken verder zonder nog kwellende vragen te stellen. Gelaten en gehoorzaam.

Het karigste voedsel smaakte hun goed, de kale rotsige grond was een comfortabele plek om de vermoeide botten te ruste te leggen en de slaap bracht zalige vergetelheid. Elke keer als de kraanvogels bij het ochtendkrieken begonnen te roepen, schoten ze overeind, waarna het geblaf en gehuil van de honden en de wolven hen verder joegen, almaar verder.

'Ginds, aan de andere kant van de bergen, het is niet ver meer!' jankte Rex steeds weer om de moed erin te houden.

Dan drongen ze nog energieker, hardnekkiger en fanatieker vasthoudend aan hun rotsvaste geloof dat ze weldra het beloofde land zouden bereiken, voorwaarts in de richting van de bergen. Keer op keer sloegen ze hun ogen, met daarin een soort smekend gebed en een stomme hunkerende kreet, omhoog naar die vurig verlangde en nog altijd zo vreselijk verre bergen.

Ten slotte, na vele, vele van die dagen, kwamen ze op een keer tegen de schemering onverwachts aan bij een punt waar de bodem, die tot dan toe vlak was geweest, abrupt afbrak en langs steile brokkelige wanden afdaalde in een schijnbaar peilloze diepte. Daar beneden, uit duistere kloven en ravijnen die rotting en vochtige dampen uitwasemden, weerklonk het verre geraas van stortbeken en weergalmden duizenden echo's van geluiden waarvan je niet wist of er nu een storm raasde, een onweer woedde of wilde dieren brulden.

De geschrokken massa's hielden halt voor deze afgrond die toegang leek te verschaffen tot ongekende werelden. Ze luisterden gespannen en snuffelden in het rond.

'Geen stap verder, op de plaats rust!' blaften de herdershonden zo hard ze konden.

Direct daarop viel de nacht. Een vijandig gezinde, koude, winderige, onrustige nacht. Pas de ochtendstond zou het geheim ontsluieren, maar in afwachting daarvan bleven de dieren dicht opeengedrongen staan, bang om zich te verroeren, want overal gaapten verraderlijke zwarte kloven en de bodem trilde zo erg onder hun poten dat het leek of die elk moment nog verder kon afbreken en in de afgrond kon storten. Hun angst werd nog aangewakkerd door de donderslagen en bliksemflitsen die daar voortdurend ergens in de diepste duisternissen tot ontlading kwamen. Ze voelden hun ruggen en poten niet meer, ze vielen bijna om van de slaap, de honger knaagde aan hun ingewanden, ze vergingen van de dorst, maar toch bleven ze geduldig staan, in hoopvolle afwachting van de nog verre dag. Wat zou die brengen? Niemand wist waar het gerucht vandaan kwam, maar er werd gefluisterd dat dit de laatste nacht van kwelling en ontbering zou zijn.

'Morgen! Morgen!' klonk het gedempt. 'Morgen!' steeg hier en daar uit de massa een kort maar luid geloei op. Als op een schilderij lag daarin alles uitgedrukt: al hun verlangens en vaste geloof in de dag die komen ging. En terwijl ze afwisselend van de ene poot op de andere gingen staan, lesten ze hun verschrikkelijke dorst naar die gezegende, langverbeide dag door maar steeds met hun koortsachtig brandende tongen dat ene woord rond te malen. Morgen! En omdat hun van emotie overlopende harten niet meer in staat waren alle geweldige gevoelens te verwerken, barstte er plotseling een ware storm van geestdriftige uitroepen los. Het hoornvee begon machtig en triomfantelijk te loeien, waarna de rest veelstemmig inviel, zodat er tot aan de ochtendschemering zo'n plechtstatige en gepassioneerde koorzang klonk alsof ze voor de poorten van het paradijs stonden.

Na middernacht begon het te regenen en al snel kwam het met bakken uit de hemel. De regen striemde en striemde maar door, totdat zich vanachter het trillende glazige gordijn van neerstortend water de wazige contouren van een nieuwe wereld begonnen af te tekenen en een vaste vorm aannamen. Toen verstomde het geloei en viel alles ineens stil. Maar even later werd de van vocht verzadigde grijze lucht doorsneden door de roep van de kraanvogels en weerklonk het suizen van ontelbare vleugels.

Daar verscheen Rex met de wolvin, die inmiddels geen moment meer van zijn zijde week.

'Voorwaarts! Mars! Op weg!' commandeerde hij.

Hij hoefde het bevel niet te herhalen, want daar stortten de kudden zich reeds, als een rivier die alle dammen doorbrak, de diepte van het ravijn in. Elkaar ongeduldig verdringend en luid loeiend lieten ze zich in een onstuitbare en steeds heftiger kolkende stroom naar beneden sleuren. Een enkeling keek nog om zich heen, een ander begon plotseling angstig te brullen, en een derde wilde zelfs terug, maar toch stoven ze allemaal halsoverkop verder en daalden, meegesleept door de massale beweging bergafwaarts en de steil aflopende hellingen, in steeds dichtere drommen en in steeds duizelingwekkender vaart af in de diepte.

Tegen de imposante woeste rotswanden dreunde het hoefgetrappel van de duizenden dieren als een onweer dat de bossen aan de randen van het ravijn heen en weer deed schudden. Langs de hellingen gleden lawines van stenen naar beneden en opgeschrokken vogels vlogen onder luid gekrijs weg.

De bodem in het ravijn was her en der bedekt met verweerde brokken steen en vermolmde stukken boomstam. Daartussendoor stroomden bergbeekjes. Af en toe gaapte er een diepe spleet. Ze stuitten ook op dieper gelegen plekken, lijkend op een soort holle groene schalen, uitgeslepen in de bodem, die vol water stonden, zodat ze die moesten overzwemmen. Weer elders vernauwde het ravijn zich tot een smalle en vochtige pas met ruwe wanden, waar hun huid tot bloedens toe werd opengescheurd en hun horens afbraken. Het aantal hindernissen die ze in somber en hardnekkig stilzwijgen overwonnen, was niet te tellen. Maar ze werden voortgejaagd door een woeste razernij die hun belette het gevaar van de tocht in te zien. Het was of hun huid zo verhard was dat alle pijn erop afketste. Ze werden verpletterd onder vallende rotsblokken, verzwolgen door verraderlijke waterpoelen, opgeslokt door gapende afgronden, gekweld door eeuwige honger en gesloopt door de loodzware inspanningen. Wie viel, werd onder de voet gelopen door duizenden hoeven. Wie ook maar een moment verslapte, was verloren. Wie achterbleef, was er geweest. De dood strekte overal zijn meedogenloze klauwen naar hen uit.

Voor de zwakken was er geen genade en geen erbarmen.

Alles leek samen te spannen om hun ondergang te bewerkstelligen.

Bijna elke dag bracht nieuwe en nog vreselijkere kwellingen.

Want nadat ze een bloederige tol hadden betaald voor hun doortocht door het bergravijn, kwamen ze onverwachts terecht in een brede zone waar het altijd vroor en sneeuwde en stormde.

'S Nachts klonk door de sneeuwgordijnen en ijzige winden heen het klaaglijke gesteun van de bevriezende dieren. En overdag was het al niet beter: de verkilde zon keek met een ijskoud groenig oog neer op de stoeten uitgemergelde, halfdode wezens die zich dwars door woedende sneeuwjachten een weg probeerden te banen.

En toen zij ook deze beproeving hadden doorstaan, werd hun weer de weg versperd door een hemelhoog afgestorven naaldwoud. De stammen rezen voor hen op, dicht aaneengesloten, reusachtig, oeroud, met in hun schaduw een bruinig halfduister, daar waar de dag zich voor eeuwig verenigd had met de nacht. Ze stonden kaarsrecht, ongenaakbaar, lijkend op roodkoperen zuilen, maar waren sinds onheuglijke tijden van binnen vergaan. Ze bestonden alleen nog maar uit molm en hadden slechts hun uiterlijke vorm behouden dankzij de eeuwige roerloosheid en het eeuwige stilzwijgen van de dood. En ook de bodem onder hen lag er dood bij onder een verstikkend dek van schraal korstmos. Maar het ergste was dat elke keer als er iemand wat luider loeide of ergens tegenop botste en zelfs als er wat te hard gestampt werd, bomen uit elkaar vielen en instortten. De hemelhoge zuilen verpulverden in een ommezien tot molm, dat zich als minuscule deeltjes in de lucht verspreidde. Er begon een wanhopig, zwijgend gevecht tegen dit fijne, verstikkende stof dat van alle kanten op hen neerdaalde. Het stroomde geruisloos en onophoudelijk naar beneden en bedekte hele massa's onder een roodbruine laag. Eerst kwam het tot hun knieën, daarna steeg het op tot hun buiken en ten slotte moesten de koppen wanhopig worstelen om boven het roestkleurige oppervlak uit te blijven steken. Duizenden werden levend begraven, terwijl de overlevenden zich in doodsangst verder bewogen en probeerden, stapje voor stapje en met ingehouden adem, elke afzonderlijke boom te ontwijken.

Slechts voortgedreven door hun instinct en het getrompetter van de kraanvogels, die elke keer als de zon opkwam ergens hoog boven het woud hun lied zongen, zetten ze hun tocht voort, totdat voor de ogen van de dodelijk vermoeide dieren eindelijk een landschap opdoemde met uitgestrekte groene bergweiden, besprenkeld met helder vrolijk daglicht. De zon scheen, er woei een zacht strelend windje, waarin sappige grazige weiden, dicht bestikt met bloemen, heen en weer wiegden, er kabbelden zachtjes talloze beekjes en reusachtige ceders wierpen weldadige fluwelen schaduwen om zich heen. In de stilte van de zonovergoten middag klonk slechts het onophoudelijke gegons van insecten.

De bergweiden vloeiden langzaam over in een onmetelijk dal vanwaaruit de reusachtige langverbeide bergen steil leken op te rijzen. De met ijs bedekte toppen flonkerden in de zon als zilveren toortsen. De hellingen, gehuld in het groene kleed van bossen, doorsneden door de witte strepen van watervallen en rafelig omzoomd door de ruwe uitlopers van naakte rotsen, boden een majestueuze en grootse aanblik. En opzij ervan, links, strekte zich het oneindige glanzende blauw van de zee uit. De lucht trilde van het ritmische slaan der golven.

Lange tijd bleven de dieren blind voor al deze wonderen. Ze lagen daar maar met de koppen tegen de grond gedrukt, nauwelijks bekomen van hun doodsstrijd. Ze waren zo uitgeput dat ze zelfs hun knagende honger en bloedende wonden niet meer voelden.

'Ik verzet geen poot meer, in crepeer nog liever!' loeide een fokstier, getrouw de algehele stemming onder de dieren vertolkend.

Het duurde dagen voordat ze begonnen te eten en te drinken en ze het eindelijk konden opbrengen om zich heen te kijken.

Rex, die alle overlevenden was afgerend, kwam geheel ontdaan terug bij de wolvin.

'Zijn ze dat echt allemaal?' bracht hij uit, zijn gevoelens nauwelijks meester en naar adem happend.

'Mankepoot en de wolven zijn weg,' lieten de herdershonden weten.

'Ik wist het wel dat ze ons zouden verraden,' gromde de wolvin. 'Ze zijn er nog voor het ravijn vandoor gegaan.'

'Maar zijn dit echt alle kudden?' vroeg Rex ongerust, want hij kon het nog altijd niet geloven.

'De anderen hebben de kloven en dat onzalige woud met hun knekels bezaaid.'

'Het zou beter zijn geweest als niemand daar levend uit was gekomen.'

'Maak je maar geen zorgen, wij gaan er ook nog wel aan,' sneerden een paar herdershonden brutaal.

'Het is nu niet ver meer, we zijn er bijna,' beloofde Rex plechtig.

'Jij belooft maar niemand die het gelooft,' jankte een van de honden gemelijk, maar het volgende moment al droop hij van het bloed toen de wolvin haar tanden in hem had gezet om hem wat respect bij te brengen.

'Waar zijn de kraanvogels voor de nacht neergestreken?' vroeg Rex met opgestoken neus en gespitste oren.

'Ik zal je naar ze toe brengen, mijn oren tuiten nog van hun gekrijs.'

'Ze zijn bang voor jou, blijf hier en hou de wacht.'

'Ik kan me niet eens meer herinneren hoe ze smaken,' snoof de wolvin verachtelijk en nadat ze hem gewezen had welke kant hij op moest, rende ze terug om te kijken of de kudden er wel rustig bij lagen.

Van de onafzienbare massa's die in opstand waren gekomen tegen het juk van de mensen en op zoek waren gegaan naar de vrijheid, waren er nog amper een paar duizend over.

En warempel, toen ze die uitgemergelde skeletachtige runderen daar zo apathisch zag liggen, werd haar wolvenhart voor het eerst beroerd door medelijden.

'Levende geraamten, niks als botten en rafelige lappen huid!' jankte ze, begaan met hun lot.

Ook de aanblik van de schaapjes, die onder de ceders lagen, wekte haar deernis.

'Jullie hebben het overleefd, hoe hebben jullie dat klaargespeeld?' vroeg ze meewarig, terwijl ze wat dichterbij kroop.

'We weten het niet! We weten het niet!' blaatten ze en ze verscholen zich achter de beschermende horens van de rammen.

Ook de varkens leken er min of meer ongedeerd vanaf te zijn gekomen. Ze lagen languit op de zandige oevers van een bergstroom. Toen ze de wolvin zagen naderen, hieven ze dreigend hun koppen op, staken hun hangoren omhoog en boorden hun slimme oogjes achterdochtig in het roofdier.

'Ik had niet gedacht jullie nog terug te zien. Jullie hebben het bijna allemaal overleefd!'

'Want we hobbelen altijd rustig achteraan. We hebben nu eenmaal niet van die lange paardenbenen.'

'En toen het woud begon in te storten en te verpulveren, zijn we er voorzichtigjes en kalmpjes omheen gelopen.'

'We maken alleen haast als de ruif ons wacht. We hebben geen haast om dood te gaan.'

'Slim bekeken,' gromde ze goedkeurend.

'Een kwestie van gezond verstand, laat anderen maar in drommen op het gevaar af stormen.'

Daarna kroop ze dichter op de paarden toe, maar een van hen gaf haar een trap met zijn hoeven en hinnikte vijandig:

'Opgedonderd, teef, je hebt hier niets te zoeken, pas maar op dat ik je niet doodtrap.'

Ook het rundvee onthaalde haar niet al te vriendelijk, een van de fokstieren dreigde haar met zijn horens.

'Ben je erop uit om iemand de pens open te rijten? Er ligt voor jou nog genoeg vlees van ons in het woud!'

'Wat zijn er weinig van jullie overgebleven, zo weinig!' klaagde ze met zo'n onverholen spijt en met zulke langgerekte jankende uithalen dat het tot in de verre omtrek te horen was.

De fokstier hief zijn zware kop op en loeide met een machtige stem vol verachting:

'Onkruid vergaat het laatst van allemaal, zulke schurftige luizenpelsen als jij overleven zelfs een zondvloed. Wegwezen, ga maar ergens anders je stank verspreiden!'

Hierop hief de wolvin zo'n doordringend gehuil aan dat de merries ervan steigerden, angstig begonnen te hinniken en met hun hoeven in het rond trapten.

'Stom vlees. Jullie mogen van geluk spreken dat ik geen honger heb,' gromde ze gelaten.

Het was al donker toen ze met een stuk buitgemaakt vlees waar het bloed nog vanaf droop, terugkeerde naar het leger van Rex. Ze begonnen dadelijk te vreten. Lange tijd hoorde je alleen het gekraak van botten en een gulzig gesmak. Toen Rex ten slotte geheel verzadigd was en daarna verlekkerd zijn bek aflikte, begon hij te vertellen van de kraanvogels.

'Ze blijven aan het water tot de maan weer vol is en de ooievaars aankomen. Zolang kunnen onze dieren wat uitrusten, hun buik rond eten en op krachten komen, er is hier volop mals gras. En voor ons heb ik heel wat zware vette vogels op de velden gezien, die vliegen je zowat vanzelf in de bek. De kudden moeten we ontzien, die zijn toch al zo uitgedund,' gaf hij bijna achteloos toe.

'Ik hou niet van vogels, met al die veren, overal blijven plukken zitten.'

'We zijn er bijna, alleen nog de bergen over,' beloofde hij met een blik op de toppen die in het donker opdoemden.

'Wij trekken die wel over, maar hoe gaan al die hoornbeesten, hoefdragers en krulstaarten dat klaarspelen?'

'We nemen de route door de dalen. De kraanvogels zullen ons gidsen.'

'Bergen of zeeën, voor die vogels is dat geen probleem, die vliegen overal overheen. Maar dacht je dat de kudden nog verder willen?'

'Hoezo niet verder willen, in het zicht van het paradijs!' verbaasde Rex zich.

Ze rolde zich op en deed of ze sliep.

De maan verscheen aan de zwarte hemel, de sneeuwtoppen schenen uit te doven, de aarde werd ingesponnen in zilveren nevels, stilte vloeide uit over de wereld. Slechts het verre, onophoudelijke slaan van de golven was te horen als een machtige ritmische hartslag. Rex kon de slaap niet vatten, zorgen hielden hem wakker.

'Dat soort eeuwig met de kop in de wolken vliegende trekkers moet je niet al te veel vertrouwen,' gromde de wolvin plotseling.

Rex had inmiddels ook al zo zijn gedachten over de raadgevingen en verhalen van de kraanvogels.

'Die hemelvaarders kennen niet de problemen die wij hebben. Hoe kunnen zij nou weten hoe het er op aarde aan toegaat? Wat weten zij af van ons leven?' gaapte ze vermoeid. 'Gebeurt er iets ergs, dan gaan ze gewoon op de wieken en vliegen weg. Ze wagen zich niet in de strijd, ze kennen het zoet van de overwinning niet. Met die stomme snavels van ze kunnen ze een kikker oppikken en naar binnen schrokken en daar teren ze dan een hele week op. En drasland vinden ze overal wel. Ze verbeelden zich heel wat omdat de mens niet op ze jaagt. Wat zijn dat eigenlijk voor paradijzen waar ze ons naartoe leiden? Zeker moerassen en waterpoelen.'

'In ieder geval zal er daar niemand zijn die ons onderdrukt en afbeult, er zullen geen mensen zijn.'

'Maar hoe kunnen we ons daar in leven houden! Ik heb het dus niet over mezelf.'

'Ze hebben wonderschone liederen over die andere wereld voor mij gezongen. Ik geloof ze, ze liegen nooit.'

'Elk meent zijn koekoek een nachtegaal te zijn. Wat ik alleen niet begrijp: waarom komen ze dan uit die paradijselijke oorden van hen naar ons toe gevlogen om eieren uit te broeden! Wij werpen toch ook geen jongen aan de andere kant van de wereld?'

'Dat is een geheim,' gromde Rex ongeduldig terug. 'Daar kunnen wij met ons verstand niet bij.'

'De uilen in hun holen roepen ook maar steeds: geheim, geheim! Ze zien niks bij zonlicht en denken daarom dat anderen ook niks zien!' jankte ze zo luid dat de schapen angstig begonnen te blaten.

'Hou je bek, anders jaag ik je weg!' beet hij haar toe, onrustig geworden door de twijfels die zij in hem zaaide. Het kwam hem niet te pas om te twijfelen aan de betrouwbaarheid van zijn gevederde vrienden. Al zijn hoop, alles waarin hij geloofde, alles waarop de toekomst van zoveel geslachten viervoeters was gebouwd, was geïnspireerd op die betoverende zang. Het was de trompetterroep van de kraanvogels die de dieren door al die woestenijen en verschrikkingen had geleid. Ze hadden een hele weg, geplaveid met hun gebeente, achter zich gelaten. Ze hadden alles opgeofferd en alle helse beproevingen doorstaan om dat gedroomde land van geluk te bereiken. Nu was het niet ver meer, het was vlakbij. Zojuist had hij weer over het wonder horen zingen! Zijn ziel was met nieuw geloof gevoed. De wolvin had zich dit laten ontvallen in een moment van ergernis, ze zal wel geïrriteerd zijn geweest door het maanlicht.

Hij kon niet slapen, de maan scheen hem recht in de ogen en uit de mistige dalen drong af en toe de echo door van een gebrul dat het bloed in de aderen deed stollen.

'We hebben nog een zware tocht voor de boeg!' rilde hij, zijn oren spitsend.

'Laten we het hoornvee vooruitsturen om de omgeving te verkennen.'

'Wat brult daar toch zo verschrikkelijk?' vroeg hij zich ongerust af.

'We zullen het wel zien als we worden aangevallen. Slaap maar, het is al bijna dag.'

Maar die volgende dag, toen de zon alweer scheen, keerden dezelfde twijfels terug en werd hij bekropen door vreemde, onbestemde angstgevoelens. Hij ging de wolvin uit de weg, ineens was hij heel bezorgd om de kudden. Hij rende ze allemaal af en bekeek bijna elk stuk vee afzonderlijk om te zien hoe het eraan toe was. Hij ging kameraadschappelijk om met iedereen en kondigde met vurig enthousiasme aan dat het doel bijna bereikt was. Hij wees op de bergen waarachter het einde van al het lijden wachtte. Hij deed zijn best om heel zijn geloof in het zo nabije geluk op hen over te dragen. En met zijn bulderende leeuwenstem herhaalde hij wat hij van de kraanvogels had gehoord. Hij deed dit met des te meer overgave naarmate hij hun groeiende tegenzin bespeurde. Hij had het gevoel of hij tegen een muur blafte. De dieren tilden hun koppen op en staarden hem aan met lodderige ogen, maar het enige antwoord dat hij kreeg, was een grimmig stilzwijgen. Hij vergrootte zijn inspanningen, maar niets hielp. Hij zocht de beste weidegronden voor hen uit, de klaarste waterbronnen en de koelste plekken om 's middags te rusten – alles was vergeefs. Ze geloofden hem steeds minder, het wantrouwen groeide met de dag. Er gaapte een onzichtbare, steeds diepere kloof tussen hen. Ook al hadden ze nu weer volop te eten. Hij stelde vast dat hun ingevallen flanken zich weer rondden, dat hun vel weer begon te glanzen en dat hun ruggen zich rechtten. Zelfs hun stemmen werden luider en wonnen aan kracht. Maar tegelijkertijd werden hun klachten steeds talrijker. Hij kreeg hier lucht van toen hij op een nacht, onder dekking van de duisternis, tot midden in de kudden was geslopen. De varkens, die zich onder een paar ceders te goed deden aan de kegels, knorden lui:

‘Dat smaakt nergens naar! Ze zijn zo bitter als alsem, en ook verrot. Nee, dan aardappelen met zemelen! Aardappelen!’

‘En dat gras hier,’ hinnikte een hengst, ‘alsof je op distels kauwt, het prikt in je bek …’

‘Ik zou wat willen geven voor een maatje haver of een bos hooi.’

De koeien, die bijna niet te zien waren te midden van het welige gras, jammerden ook al.

‘Dit is toch geen voer, je kunt de hele dag doorvreten en nog heb je lege uiers en voel je je zo slap als wat. Ach, heerlijk bietenblad, veekoek, verse pluk hooi, waar zijn jullie? Dat was nog eens smullen geblazen.’

En ook de lui rondhangende ossen met hun uitpuilende buiken klaagden aan één stuk door.

‘Heel de lieve dag moet je je bukken om sprietje voor sprietje uit te trekken, maar ’s avonds heb je nog altijd een lege maag en doet je rug zeer en dan moet je ook nog eens op zoek naar water. Zo’n soort vrijheid kan me gestolen worden. Dat soort geluk is goed voor anderen. Wij willen dat alles klaarstaat, dat je al van verre het voer in de ruif kunt ruiken.’

Zelfs de domme schapen mekkerden de hele tijd dat ze het zo heet hadden in hun wollen vacht. Die groeide steeds maar aan en er was niemand om ze te scheren.

De oude Bontvlek, die zich zwaar gehavend en niet meer geheel bij zinnen uit het woud had gesleept, zwalkte wat verloren rond en bulkte voortdurend:

‘Ik zei toch dat het slecht zou aflopen! Ik zei het toch! Laten we ons baasje gaan zoeken, laten we de mens gaan zoeken! Boe! Boe!’

Ontgoocheld en verbitterd keerde Rex terug naar zijn leger.

‘Stomme vleesklompen,’ jankte de wolvin, nadat ze Rex had aangehoord. ‘Hebben ze weer wat gras in de bek en het slaat ze meteen in de bol.’

‘Ze vreten zich een ongeluk en hoeven niks te doen, wat willen ze nog meer?’ klaagde Rex.

‘Ze hebben het te goed. Pas als ze het weer moeilijk krijgen, krijgen ze hun verstand terug. We moeten weer op pad.’

‘’Maar ik vraag me af of we ze nog wel meekrijgen. Ik heb haat in hen bespeurd! Waar komt die vandaan? Waarom? Het is waar dat de weiden hier alweer vertrapt en afgegraasd zijn en het water is ook weer troebel. Hoe krijgen we ze in beweging?'

'Met beloftes. Beloof maar iets, gewoon wat in je opkomt, ze zullen je geloven en meegaan.'

'Wat bedoel je?' gromde Rex verontwaardigd.

'Beloven doet geloven, hou een domkop een wortel voor en hij gaat er achteraan! Dat willen ze toch zelf? Hoop doet leven. Wat anders heeft ze tot nu toe doen leven? Je hoort vaak dat hoop de moeder van de domme is, maar ik durf te beweren dat hoop de moeder is van ons allemaal. Laat de herdershonden de blijde boodschap verkondigen die zogenaamd tot nu toe werd verzwegen: dat de tocht zijn einde zal nemen in het dal aan de voet van de bergen, dat daar onze eindbestemming is, dat daar vrijheid en geluk op ons liggen te wachten. Het vee moet op de een of andere manier worden opgepept, anders raakt het zo gewend aan dit lekkere luie leventje dat het helemaal niet meer in beweging te krijgen is. Die dieren hebben eigenlijk niks te klagen. Er is genoeg te eten, ze worden niet afgeslacht door de mens, er suizen geen zwepen door de lucht. Zolang ze het daar waar je ze heen voert, maar beter hebben.'

'Daar heeft nog nooit een tiran de aarde betreden,' bracht Rex vol pathos uit. 'Als jij het allemaal zo goed weet – weet je dan ook wat we moeten doen we als we eenmaal daar zijn, aan de voet van de bergen?'

'Dan vergeten ze wat ze gehoord hebben, dan zijn ze te paaien met nieuwe beloftes en laten ze zich opnieuw verder leiden. Ze moeten steeds iets voorgespiegeld krijgen, voor hun eigen bestwil ...'

'Je kop is rijk aan listen en lagen,' antwoordde hij met bewondering, bijna ontzag.

'Elk vrij dier moet zich op zijn eigen verstand verlaten, wij leven niet bij de gratie van de mens.'

'We moeten hier weg, want straks begint het hier weer te onweren en te stortregenen.'

'Ik ga snel het vee langs om haast te zetten achter het vertrek. Vertrouw je je kameraden?'

'De honden? Onvoorwaardelijk. Je hebt gezien dat ze me de hele weg trouw hebben gediend.'

'Hou die boerenmormels in de gaten, ze voeren iets in hun schild tegen ons ...'

‘Wat haal je je in je kop, ze gaan door het vuur voor mij. Het zit je zeker dwars dat de herders je niet bij de kudden laten.’

‘Degene die mij ergens de toegang kan versperren, moet nog geboren worden,’ snoefde ze. ‘Ik heb gemerkt dat ze ’s nachts stiekem rondscharrelen tussen de kudden en zachtjes iets blaffen.’

En daarop vloog ze weg, terwijl Rex op een overhangende rotspunt sprong vanwaar hij een goed zicht had op de weiden. Hij strekte zich uit en keek in het rond.

De bergweiden, die zich als een enorm groen laken uitspreidden met hier en daar wat bomen, vloeiden geleidelijk over in het onafzienbare dal, dat behangen was met een goudachtige sluier.

Daarachter rees de hemelhoge wand van de bergen op en opzij daarvan lag in de verte het spiegelvlak van de zee verblindend te fonkelen. Een warme wind streek liefkozend over het landschap.

De zon hing nog hoog aan de hemel. De kudden graasden in verspreide groepjes, ze waren nauwelijks zichtbaar met hun vale vachten in het hoge gras, alleen het wit van de varkens tekende zich scherp af onder de breed vertakte ceders. De schapen lagen uitgestrooid op de groene hellingen als losse hoopjes stenen. Hier en daar klaterde eentonig een waterval. De verre zee ruiste. Af en toe barstte er een langgerekt geloei los, vaker echter werd de stilte doorbroken door een schel maar gemoedelijk hondengeblaf.

Rex liet zijn ogen van de ene plek naar de andere dwalen. Het leek alsof hij zich een tijdlang vermeide in de aanblik van het vlekkeloze blauw boven de bergkammen, waar arenden rondcirkelden, en daarna zijn blik richtte op dat onzalige naaldwoud, dat achter hem aan de horizon opdoemde als een zwarte donderwolk. Maar eigenlijk zag hij niets: noch het landschap noch de afzonderlijke elementen daarin. Want de wereld werd voor hem aan het gezicht onttrokken door allerlei zorgen die door zijn kop waren gaan spoken na het aanhoren van de domme hersenspinsels van de wolvin. Hij herinnerde zich plotseling alle avonturen die hij had meegemaakt sinds het moment dat hij de mensen had verlaten. Ze trokken met de kleinste bijzonderheden aan zijn geestesoog voorbij, hij zag elke afzonderlijke dag weer voor zich. Alleen ontrolde zich alles nu met duizelingwekkende snelheid. Niets ontbrak: geen enkele jammerkreet die hij had gehoord, geen enkel lijk van een dier dat onderweg was achtergebleven, geen enkele eindeloze hongerige dagtocht. Alles was daar. Het stormde allemaal met de kracht van een orkaan, maar toch in doodse stilte, door hem heen. Hij probeerde deze beelden van zich af te schudden als een boze droom, eraan te ontsnappen, ze te vergeten, maar vergeefs. Ze zogen zich vast aan zijn gekwelde hart. Van ontzetting gingen zijn haren recht overeind staan en begonnen zijn tanden te klapperen. Hij jankte, klauwde met zijn poten in de grond, maar slaagde er niet in zich los te maken van deze herinneringen, die steeds nadrukkelijker en in steeds dichtere drommen opwelden uit de krochten van zijn geheugen. Waar waren al die tallozen gebleven? Er liep een heel spoor, een oneindig spoor van beenderen, als een gruwelijk, hel oplichtend lint door het landschap. Hoevelen van hen zouden uiteindelijk dat beloofde land bereiken? Een enorme last drukte op zijn schouders. Medelijden verscheurde zijn hart en tegelijk ontwaakte er een soort besef van verantwoordelijkheid in hem, dat als een pijnlijke golf door hem heen sloeg. Hij had de kraanvogels geloofd. Hun verheven, betoverende verhalen hadden hem beneveld. Waren dat dan alleen maar mooie sprookjes? Was er op aarde wel zo'n geluk mogelijk? Als mokerslagen beukten dergelijke vragen tegen zijn kop. En als dit alles nou gewoon niet waar was, dan waren al die hooggestemde leuzen en beloftes waarmee hij de massa's tot opstand had aangezet, één grote leugen. Dan was dat beloofde land een hersenschim, een illusie. En wat ging er gebeuren als daar waar hij hen ten slotte heen leidde … Nee, nee, begon in hem het instinct tot zelfbehoud te janken. Het moest wel zo zijn zoals hij altijd al had geloofd, zoals de kraanvogels hadden gezongen, zoals zijn hart had ingegeven. Hij leidde de massa's naar de verlossing, niet naar de ondergang. Ja, de tocht was zwaar, de dieren leden en kwamen om, maar ze hadden het toch niet slechter dan vroeger in slavernij bij de mens? Hij had hun boeien verbroken en hen weggeleid naar de vrijheid! Ze hadden hem uit eigen vrije wil gevolgd, hij had ze niet gedwongen. Nu klaagden ze en vervloekten hem vanwege al dat leed dat ze moesten doorstaan. Maar zonder leed bereikte je niets. Ze moesten leren leven. Geluk dat met pijn was bevochten, was blijvend. Er waren zoveel kudden wilde dieren op aarde en die zouden nooit hun vrijheid willen inruilen tegen een veilig leventje bij de mens. Ze hadden het onrecht de oorlog verklaard en nu moesten ze doorgaan tot de uiteindelijke overwinning. Ze waren nu nog blind, maar eenmaal daar, achter de bergen, op die paradijselijke velden van het geluk, zouden hun ogen opengaan. In de vervoering van het nieuwe leven zouden ze het verleden vergeten. Vervloekt zij dat verleden!

Het onweer in hem bedaarde, slechts af en toe donderde het nog na en schoot er een laatste verblindende flits door hem heen. Maar geleidelijk aan verdween de onrust in zijn hart om plaats te maken voor zelfvertrouwen. Hij werd weer zekerder van zichzelf, zijn oude onwankelbare geloof keerde terug en schonk hem nieuwe kracht.

Nog lange tijd bleef hij in gedachten verzonken op de rots liggen en pas toen het al volop schemerde en de maan aan de hemel was verschenen en de ceders lange schaduwen op de grond wierpen, keerde hij terug naar zijn leger.

'De ooievaars komen eraan, uit het westen was geklepper te horen,' gromde de wolvin slaperig.

'Daar hebben de kraanvogels op zitten te wachten en wij ook.'

Stilte daalde neer. De nacht dekte de wereld toe met haar zilveren vleugels van maneschijn.

De ochtendzon had nog maar net de toppen van de bomen doen oplichten en de wateren in hun nog omfloerste ogen geschenen toen ergens in het westen een dof gedruis te horen was, als van een aanloeiende storm. En even later doemden aan de verblekende hemel onafzienbare zwermen vogels op. Ze kwamen in een reusachtige V-formatie, als een lang uitgerekte donderwolk die zwanger was van bliksemschichten, aangevlogen uit de richting van het dode woud en daalden langzaam, in een schuin neerwaartse vlucht, naar beneden, totdat hun geklepper als droge blokjes hout neerkletterde op de bergweiden.

'De ooievaars! De ooievaars!' barstte het aan alle kanten los.

De massa's kwamen plotseling overeind en de zware koppen werden opgetild naar die witzwarte wolk die steeds lager kwam te hangen. Een geloei uit duizenden kelen begroette de oude vrienden. Het werd beantwoord met een vrolijk geklepper. Het geruis van ontelbare vleugels zwol oorverdovend aan en was al zo dichtbij dat de als spiesen naar voren gestoken snavels en achterwaarts gestrekte rode poten al te zien waren. De massale vleugelslag veroorzaakte zo'n krachtige wind dat de bomen heen en weer schudden. Tegelijkertijd begon de lucht te trillen van het gekwetter van allerlei kleine vogeltjes die zich hadden schuilgehouden op de ruggen van de ooievaars. Hele zwermen begonnen lieflijk zingend rond te fladderen. Ze bezetten alle ceders, struiken en heuveltjes en streken ook in groten getale neer tussen de kudden. Intussen was de massa ooievaars, na een tijdje boven de bergweiden te hebben rondgecirkeld, naar links afgezwenkt, in de richting van grote stukken ondergelopen land die in de verte te midden van traag opstijgende wittige dampen lagen te glinsteren. Daar streken ze neer en nog lange tijd hoorde je hun geklepper, dat zich vermengde met de roep waarmee de kraanvogels hen begroetten. Je hoorde het geplas van water en zag hoe er telkens een zwerm even opvloog en daarna weer daalde.

Het vee was diep getroffen door de aankomst van de ooievaars, veel dieren waren hen gevolgd naar het water. Een onverklaarbare vreugde had bezit van hen genomen en deed hun harten onstuimig kloppen. Bij het zien van de vogels werden alle dieren doorstroomd met een gevoel van geluk. De runderen konden zich niet inhouden en loeiden aan één stuk door van blijdschap. De paarden haalden briesend en met hun hoeven in het rond trappend de zotste capriolen uit. De honden waren door het dolle heen en blaften vrolijk tegen de zwaluwen en leeuweriken in de bomen. Iedereen was even opgetogen. Het leek wel feest op de weiden. De dieren vergaten te eten en keken telkens weer naar het drasland in de verte waar het water al helemaal fonkelde in de gloed van de opkomende zon. ‘De ooievaars! De ooievaars!’ riep iedereen voortdurend door elkaar heen. Een wonderlijke kracht trok hen onweerstaanbaar naar de vogels toe. Ze waren immers aan komen vliegen uit bekende hemelstreken! Uit het verre vaderland, waar hun velden, hun dorpen en hun boerderijen lagen. Samen met hen was een andere, bedwelmende lucht komen aanwaaien. Dat dorre houtige geklepper weerklonk in de kudden als een betoverende echo van het verleden. Weemoed bekroop hen, ze werden tot tranen toe geroerd. Hadden ze niet samen rondgelopen in de wei? Hadden ze niet al die jaren bij hen van de daken geklepperd? Zelfs de varkens dachten vol ontroering terug aan de talloze keren dat die lange harde snavels het voer vlak voor hun snuit hadden weggepikt uit de ruif. Menigeen herinnerde zich nog hun pijnlijke snavelhouwen. Ze dachten ook terug aan de verhalen van de patrijzen op de stoppelvelden die klaagden dat de ooievaars hun eieren wegnamen en hun jongen roofden. Elk dier haalde zo zijn eigen herinneringen op, maar allemaal werden ze plotseling overvallen door een kwellend gevoel van heimwee naar het verleden. Oude geuren waaiden aan: rook, het erf, vers voer. Steeds luider klonk in het geloei een terugverlangen naar die oude tijden, nog versterkt door het gekwetter van de zwaluwen die rusteloos rondvlogen boven de kudden, net als vroeger …

Ook Rex was aangedaan. Hij kende die ooievaars maar al te goed. Ze nestelden bij het landhuis in een oude lariks, hoe vaak hadden ze niet aardappels weggekaapt uit zijn etensbak! En hoe vaak had hij ze niet om dat soort streken achternagezeten op de velden! Hoeveel oude herinneringen hadden ze niet in hem wakker geroepen!

'Het is daar al koud, er ligt sneeuw! Ook zij trekken daar weg, dezelfde kant op als wij,' blafte hij luid, overweldigd door emoties.

Alleen de wolvin was misnoegd over hun aankomst en deed laatdunkend.

'Afvalpikkers, kikkerslikkers! Mooi gezelschap voor de honden, kunnen ze samen de vuilnishopen afstruinen,' gromde ze verachtelijk. 'Geef mij maar de kraanvogels, die leiden tenminste hun eigen leven, ver van de mensen. Niet zoals dit gespuis, deze dieven die rondscharrelen op boerenerven, die altijd hongerig zijn en loeren op een kans om iets weg te snappen. Deze kabaalmakers die alle bomen onderschijten, deze gulzige slokoppen. En je bent nergens veilig voor ze, ze zien alles en klepperen alles meteen door. Maar of ze echt zo kranig zijn, ga ik eens uitvinden.'

Zo gezegd zo gedaan en al snel kwam ze aanzetten met een paar van die klepperaars die ze op klaarlichte dag had buitgemaakt.

'Ik heb ze gepakt waar iedereen bij was! Nou gaan ze me maandenlang van alles en nog wat naar de kop slingeren.'

Rex onderbrak haar welgemutst:

'Over een paar dagen trekken ze samen met de kraanvogels verder en wij gaan erachteraan.'

Die paar dagen verliepen in een vreemd nerveuze sfeer, gekenmerkt door een gespannen afwachting en een soort stille beraadslagingen. 's Nachts hoorde je een onderdrukt gemor. En wat ook niet aan het scherpe gehoor van de wolvin ontging, maar waar zij verder wijselijk het zwijgen toe deed, was dat de honden, en zelfs een deel van de herders, contact hadden met het vee, alsof ze samen iets bekokstoofden.

Tot overmaat van ramp begon het te stortregenen en tussen de buien door dreven er woeste wolken over de bergweiden. De nachten waren nu donker, koud en vol windgehuil. De dalen verdwenen uit het zicht door een dikke mist. De hemel trok helemaal dicht met zware grauwbruine wolken, waar de zon doorheen schemerde als een groenig rot ei. En op zee begon het hevig te stormen, de golven donderden bij de kust en slingerden hun schuimspatten naar de wolken. En nergens was een plek om te schuilen voor die onstuimige windvlagen en die stromende regen, omdat de bomen, wankelend in het stormgeweld, onheilspellend kraakten en met hun takken over de grond zwiepten.

Op een avond, toen het begon te schemeren, lieten de kraanvogels weten dat ze klaar waren voor vertrek.

'Morgen zetten we onze tocht voort! Waarschuw iedereen,' beval Rex en nadat hij een paar ribstukken die de wolvin had aangesleept, tot op het bot had afgekloven, kroop hij weg in de bosjes en viel in slaap.

Hij werd wakker toen het al volop dag was. Het was opgehouden met regenen en de wind blies de laatste wolken weg.

'We vertrekken! Ingerukt mars!' huilde hij uit alle macht, maar plotseling keek hij verbouwereerd om zich heen: de bergweiden lagen er verlaten bij, je zag alleen kolkende waterstromen bruisend door het gras spoelen.

'Waar is iedereen gebleven?' blafte hij dof.

'De rivier is buiten haar oevers getreden, ze moesten wegvluchten voor het water!' legde de wolvin uit.

Haar zonen schaarden zich om haar heen en er kwamen ook een paar van de trouwste herdershonden aanrennen, die onrustig om zich heen snuffelden.

'Er is geen spoor van ze te bekennen. Ze moeten al voor middernacht zijn vertrokken.'

'Hoe waagden ze het om er zonder mijn bevel vandoor te gaan, hoe durfden ze!' brieste Rex.

'Ze hebben het gewoon gedaan. Het vreemdste is dat ik niks heb gehoord, ik snap het niet …'

'We gaan achter ze aan. Vooruit!' jankte Rex, zichzelf oppeppend.

Hij stoof weg, voor de waterstromen uit die steeds sneller naar beneden stortten. De bergweiden liepen nogal steil af, soms ging het bijna loodrecht omlaag over rotsige bodem, hier en daar werd de weg versperd door kleine, met bomen overgroeide meertjes aan de voet van reusachtige rotswanden.

'Ze moeten nog verder zijn, aan de andere kant van het water. We kunnen ze niet zien door het struikgewas.'

Maar aan de andere kant van het water waren ze ook niet. De achtervolgers keken om zich heen en merkten tot hun verbazing dat er sporen waren die plotseling een scherpe bocht naar rechts maakten en evenwijdig aan de bergen doorliepen.

'Ze zijn verdwaald. De ongelukkigen! Ze wilden de steile stukken vermijden en zijn de weg kwijtgeraakt,' kreunde hij.

'Maar wat een tempo. Normaal doen ze daar meer dan twee dagen over.'

'Dan moeten wij ook wat meer aanpoten.'

En ze zetten het op een rennen. Voor hen strekte zich een breed spoor uit waaraan te zien was dat er een grote massa gepasseerd was: het gras lag er vertrapt en platgedrukt bij, takken van struiken waren afgebroken, aan laag groeiende cactussen waren plukken wol en haar blijven hangen. Onderweg stuitten ze op talloze bergstroompjes, morenen en zandduinen, rondom rezen witte krijtrotsen op. Daarachter strekte zich een enorme, sombere, grauwe, door de zon geschroeide laagvlakte uit. Hier en daar glinsterden een soort witte vlekken en tekenden zich groepjes reusachtige bomen af.

'Daar rusten ze!' blafte een van de honden, turend naar een plek in de verte waar een dichte zwerm vogels rondcirkelde. En het duurde niet lang of ze zagen een blauwig schemerende waterplas, omzoomd met wimperachtige vederpalmen, en uitgestrekte groene weiden.

'Ze liggen in de schaduw,' jankten de honden en stormden erheen.

Rex haalde met woeste sprongen iedereen in en stortte zich als eerste tussen de kudden.

'Hebben jullie geen ogen in je kop,' brulde hij dreigend. 'In plaats van recht op de bergen af te gaan, naar het oosten, zijn jullie als een kudde onnozele schapen precies de andere kant op gelopen! En waarom hebben jullie niet op mijn bevel gewacht?'

Er kwam geen antwoord en dat maakte hem zo ontzettend kwaad dat hij als een gek rondrende, iedereen toeblafte en het niet kon laten om hier en daar met zijn tanden aan een vacht te sleuren, tegen iemand op te springen en woest de grond open te krabben met zijn klauwen.

Duizenden ogen keken hem ondoorgrondelijk aan, de dieren waren uitgeput door de lange tocht en de hitte, ze wilden slapen. En daar kwam hij hun rust verstoren! Ze wilden genieten van de kostelijke plek die ze hadden gevonden: helder, verkoelend water; palmbomen die weldadige schaduwen afwierpen; heerlijk mals gras en een vleugje wind dat zachtjes in slaap suste als een wiegeliedje.

Nadat hij wat tot bedaren was gekomen, begon Rex op gebiedende toon rond te blaffen dat iedereen direct na de rustpauze terug moest keren naar de plek waar de kraanvogels op hen wachtten.

'Vandaar trekken we recht de bergen in. Het laatste traject van onze reis. We gaan door brede passen, over weiden, langs een rivierbedding. Nog maar drie pleisterplaatsen en dan zijn onze omzwervingen ten einde.'

'We gaan niet terug! Ga jij maar alleen! Hier scheiden zich onze wegen!' donderde het uit de massa's.

Rex draaide zich plotseling om alsof hij door een steen getroffen was. Hij kon zijn oren niet geloven.

'Het is vlak terrein, zo glad als een veld,' ging hij door. 'We trekken er zonder moeite doorheen, en dan zijn we er ...'

'Je liegt! Je liegt!' werd hij onderbroken door een hele groep honden die allemaal tegelijk vanachter de varkens vandaan kwamen gekropen.

De wolvin stortte zich met haar zonen op hen, maar de honden verdedigden zich fanatiek, zeker toen de oude zeugen hen te hulp schoten. De chaos was compleet.

Rex, nu helemaal van slag, begon bijna smekend te janken. Hij deed alles om de onwilligen te overtuigen. Hij probeerde ze op andere gedachten te brengen, beloofde van alles, sprak hun moed in en riep op om nog even vol te houden. Wanhoop stond in zijn ogen te lezen, hete tranen welden bij hem op. Voor hem opende zich een afgrond. Al zijn dromen stortten naar beneden in die onpeilbare diepte en bedolven hem, net als eerder dat onzalige naaldwoud, onder een verstikkende laag molm. Alles had hij voor hen opgeofferd, en nu? Hij sprak alles aan wat hij nog in zich had, rende als een gek in het rond, viel een paar keer op de grond en hapte naar adem, maar bleef toch met zijn laatste krachten en een uiterste wilsinspanning doorvechten tegen die algehele domheid, stijfkoppigheid en lafheid. Het was immers voor hun eigen bestwil?

'Jullie richten jezelf te gronde! En ook jullie nageslacht! Jullie zullen verkwijnen in deze woestenijen, jullie zullen verhongeren, wilde dieren zullen jullie in stukken scheuren, de zon zal jullie verzengen. Nog even moed houden, broeders, nog even geduld oefenen, nog even erin geloven. We hebben al zoveel doorstaan en nu het geluk eindelijk voor het grijpen ligt, willen jullie liever hier ellendig aan je einde komen!'

Zijn stem begaf het, hij had zich helemaal hees geblaft. Daarop trad een vaalgele fokstier met een machtige kop en korte horens naar voren uit de massa.

'Zwijg, tiran,' loeide hij zo luid dat de bladeren aan de palmen ervan trilden. 'Je staat daar maar te janken als een angstig babyhondje, maar niemand gelooft je nog. We gaan niet met je mee. We willen niet met ons allen verrekken, tot er niemand meer over is. Ren jezelf maar een ongeluk achter de trompetten van de kraanvogels aan, jaag zelf die idealen van jou maar na, zoek het zelf maar uit. Je hebt ons kapot gemaakt met je valse beloften. Het is tijd om op te houden met die waanzin en tot bezinning te komen. Sinds onheuglijke tijden hebben de mensen over ons geheerst en sinds onheuglijke tijden hebben zij voor ons gezorgd. Jij hebt van ons verwilderde, dakloze zwervers gemaakt. Wij, ongelukkigen, hebben ons in de val van jouw vrijheid laten lokken. Omwille daarvan heb je ons bevolen ons zekere bestaan op te geven en ons vaderland te verlaten. Je hebt ons getiranniseerd met je domme hersenschimmen. Want het is niet waar dat ginder achter de bergen jouw beloofde land van vrijheid en geluk ligt, het is gewoon niet waar. Want zo'n land is nergens waar geen mensen zijn, geen stallen, geen akkers, geen wintervoorraden. Jij wist dat, maar toch heb je ons weggeleid en overgeleverd aan de dood.'

'Willen jullie dan terug naar het juk, de slavernij en de knoet!' vroeg Rex verslagen.

'Wij willen leven!' daverde het uit duizenden kelen. 'Leven willen wij!'

De wolvin begon te janken, terwijl ze wanhopig probeerde zich te verweren tegen de opdringende massa rundermuilen en hondentanden. Rex wilde haar te hulp schieten, maar voordat hij bij haar was, zag hij zich al omringd door een woud van dreigende horens.

'Dood aan de tiran! Dood aan de verrader! Dood aan de moordenaar!'

Hij strekte zich uit op de bodem, liet zijn ogen onbevreesd gaan over de kring die om hem heen werd dichtgetrokken, en huilde voor een laatste keer.

* * *

Even later was er aan de oever van het blauwe water, in de trillende, zondoorschenen schaduwen van de palmbomen alleen nog maar een grote bloederige vlek te zien.

In hun woeste razernij hadden ze hem met hun hoeven letterlijk tot moes vertrapt.

* * *

Een triomfantelijk geloei verkondigde de wereld de dood van de tiran en de herwonnen vrijheid.

* * *

En de van hersenschimmen bevrijde kudden begonnen rond te zwerven door de woestijnen, onvermoeibaar op zoek naar de mens. Ze hadden er geen idee van waar ze hem konden vinden, dus lieten ze zich leiden door de plekken waar het beste voedsel te vinden was, en liepen ze hun neus achterna. Ze wilden heel graag terugkeren naar hun geboortegrond. Wie van hen kon zich echter herinneren welke kant ze op moesten? Wie kon hen daarheen leiden?

Ze worstelden zich door eindeloze woeste streken, de zon brandde ongenadig, honger en dorst kwelden hen, zandstormen stoven hen onder, wilde dieren dunden hun gelederen uit, maar niets kon in hen het ontzaglijke onblusbare verlangen naar hun heer en meester doven.

Totdat, na een tocht van vele, vele dagen van horizon naar horizon, de voorste dieren plotseling de pas inhielden en zich sidderend op de grond lieten vallen.

'De mens! Onze meester! De mens!'

Aan de rand van ondoordringbaar struikgewas, onder een palmboom met uitwaaierende takken zat een apenfamilie. Een reusachtige gorilla, blijkbaar geschrokken van de onverwachte stoet, sprong angstig op.

Bij zijn aanblik wierpen allen zich in aanbidding voor hem neer en barstte er een geloei los dat tot in de verre omtrek weergalmde.

'Heers over ons! Gebied ons. Wij zullen u trouw dienen! Verlaat ons niet!'

De verschrikte gorilla vluchtte de palmboom in en begon de dieren die het dichtste bij waren, met kokosnoten te bekogelen. Hij brabbelde iets onverstaanbaars en toonde boos zijn tanden.

Onder aan de boom stegen onophoudelijke smeekbeden tot hem op:

'Heers over ons! Gebied ons! Wij onderwerpen ons aan u! Heer!'

EINDE

Kołaczkowo, 17/VIII 1924

NAWOORD

Władysław Stanisław Reymont werd in 1867 als zoon van een kerkorganist geboren in een dorpje diep in Polen, in een gedeelte van het land dat toen nog onder Russische heerschappij stond. Hij maakte zijn school niet af, trok al vroeg de wijde wereld in en vergaarde zijn kennis aan de universiteit van het leven. Hij oefende verschillende beroepen uit (zo werkte hij als spoorwegbeambte en was hij als acteur verbonden aan een rondreizend toneelgezelschap) alvorens van zijn pen te gaan leven. Hij maakte voor het eerst naam met een verslag van een pelgrimstocht naar het bedevaartsoord Częstochowa: *Bedevaart naar de Lichte Berg (1895). Later zocht hij aansluiting bij een groep kunstenaars, componisten en schrijvers* die de geschiedenis zijn ingegaan als *Młoda Polska* (*Jong Polen*), een nogal heterogene fin-de-sièclebeweging met een sterk neoromantische inslag en veel nadruk op het Poolse volkseigen. Zijn grote doorbraak kwam in 1899 met de publicatie van *Het beloofde land* (in Nederlandse vertaling verschenen onder de titel *Lodz – Het land van belofte*): een roman over de razendsnel opgekomen industriestad *Łódź*, het 'Poolse Manchester', *dat door Reymont wordt beschreven als een etterende puist op het aangezicht van het Poolse platteland.* Tegenover de chaotisch kolkende wereld van de grootstad, *met zijn financiële machinaties van gewetenloze geldwolven en zijn ontmenselijkte maatschappij, stelt Reymont de zuiverheid van het landleven en de rust van de eeuwige natuur.*

In 1900 raakte Reymont gewond bij een treinongeluk. Het is niet helemaal duidelijk hoe ernstig het letsel was dat hij hierbij opliep, maar het schijnt te zijn meegevallen. Door het medische verslag wat op te smukken (zo zou de schrijver twaalf ribben hebben gebroken in plaats van twee) wisten een handige advocaat en een vriendelijke arts een vorstelijke schadeloosstelling voor Reymont te regelen, waardoor hij zijn tijd volledig kon besteden aan de literatuur, met name aan zijn magnum opus *De boeren*. Dit monumentale epische werk verscheen tussen 1902 en 1909 in vier delen. Reymont toont zich hierin een meester van het tot in de kleinste details beschrijven van het dagelijkse leven in een Pools boerendorpje, zoals zich dat afspeelt op het ritme van de natuur en de jaargetijden. Centraal staat een familiedrama tussen een vader, een zoon en hun respectieve vrouwen, maar vóór alles is *De boeren* toch een loflied op het traditionele landleven. Door de inhoudelijke overeenkomsten en het dialectische taalgebruik wordt het vaak vergeleken met *De Vlaschaard* van Stijn Streuvels.

Na de publicatie van *De boeren* in het Pools volgden al snel vertalingen in het Russisch (van de dichter Vladislav Chodasevitsj), het Duits (van Jean Paul d'Ardeschah, pseudoniem van Jan Kaczkowski) en het Zweeds (van Ellen Wester). Vooral de beschikbaarheid van de Duitse en de Zweedse vertaling zal de doorslag hebben gegeven bij de beslissing om Reymont in 1924 de Nobelprijs voor literatuur toe te kennen. Andere vertalingen, zoals de Franse en de Engelse, werden pas gepubliceerd na toekenning van de prijs. De eerste Nederlandse vertaling (rechtstreeks uit het Pools door M.L. Auerbach, A.E. Boutelje en Gustaaf van Eycken) verscheen tussen 1925 en 1929. Lang heeft Reymont echter niet kunnen genieten van zijn wereldfaam. Toen het bericht van de toekenning van de prijs hem bereikte, was hij wegens hartproblemen aan het kuren in Nice en voelde hij zich zo ziek dat hij de prijs niet zelf in ontvangst kon nemen. Een jaar later stierf hij aan hartfalen, slechts 58 jaar oud.

Op het einde van zijn leven schreef Reymont onder invloed van de bolsjewistische revolutie in Rusland het pessimistische *Opstand* (*Bunt*), dat zijn zwanenzang zou worden. Het verscheen oorspronkelijk in 1922 als feuilleton in een geïllustreerd weekblad en vervolgens in 1924 in boekvorm. Tijdgenoten wisten niet goed wat ze ermee aan moesten en daarna raakte het in de vergetelheid. In het communistische Polen was het boek verboden en pas in 2004 zou er in het land weer een herdruk verschijnen. Bijna een eeuw lang was er voor anderstaligen alleen een Duitse vertaling beschikbaar: *Die Empörung. Eine Geschichte vom Aufstand der Tiere* (1927) van de hand van Jean Paul d'Ardeschah, Reymonts onvermoeibare pleitbezorger die ook al *De boeren* had vertaald. Curieus genoeg is er, op instigatie van de Duitse vertaler, ook nog een Nederlandse versie tot stand gekomen, onder de titel *De rebellie. De geschiedenis van een opstand der dieren* (1928), van B.J. IJssel de Schepper. Het gaat hier echter om een volstrekt mechanische overzetting uit het Duits, die qua taalgebruik ongenietbaar is.

Anders dan de ongeveer gelijktijdig verschenen anti-utopie *Wij* van Jevgeni Zamjatin en de later gepubliceerde anti-utopieën *A Brave New World* van Aldous Huxley en *1984* van George Orwell, is de handeling in *Opstand* niet gesitueerd in een verre toekomst, maar in het heden, en is de utopie nog niet verwezenlijkt, maar wordt er een eindeloze en vruchteloze zoektocht naar ondernomen. Reymont zag de Russische revolutie als een soort natuurramp, een bedreiging van het zo niet idyllische dan toch natuurlijke traditionele bestaan, zoals beschreven in *De boeren*. In *Opstand* is overal het onafwendbare onheil, de afscheid van het leven voelbaar, de bladzijden zitten vol duistere ondergangslyriek. De opstand van de dieren tegen de tirannie van de mens verkeert in een nieuwe tirannie en leidt ten slotte tot een opstand binnen de opstand. De hoop op een nieuwe stralende toekomst, ergens in een premenselijk paradijselijk oord, gaat ten slotte over in een verterend heimwee naar vroeger, naar de oude meester, de mens.

Onvermijdelijk dringt zich de vergelijking op met die andere beroemde roman van Orwell, *Animal Farm*, die zo'n twintig jaar later werd geschreven. Ook daar begint alles met een op zich gerechtvaardigde opstand van dieren tegen mishandeling door de mens, ook daar eindigt het ideaal van vrijheid en gelijkheid in zijn tegendeel. Ook daar worden de oude dictators vervangen door nieuwe en is er sprake van de vorming van een elite binnen de groep opstandelingen (bij Orwell de varkens, bij Reymont de honden en de wolven). Opvallend is ook dat beide werken oorspronkelijk zijn voorzien van de ondertitel 'Een sprookje' (*Baśń* resp. *A Fairy Story*).

De grote vraag is of Orwell bekend was met Reymonts *Opstand* en zich hierdoor heeft laten inspireren. In ieder geval zal hij het boek niet gelezen hebben, want hij kende geen Pools, noch Duits of Nederlands. Hij zou er eventueel van gehoord kunnen hebben, maar ook daar zijn geen aanwijzingen voor. Het idee van een opstand der dieren kan heel goed in verschillende creatieve breinen, los van elkaar, gerijpt zijn. Zo was er ook al vóór Reymont een kort verhaal in het Russisch verschenen onder de titel *Opstand van het vee*, geschreven door de in zijn tijd bekende Oekraïense historicus Mykola Kostomarov. Dit verhaal was al ontstaan in 1880, maar werd pas in 1917 aan de vooravond van de Oktoberrevolutie voor het eerst postuum gepubliceerd in een Russisch tijdschrift. In tegenstelling tot Reymonts *Opstand* gaat het in dit humoristisch getoonzette verhaal om een oproer van vee op een boerderij dat met behulp van een stel trouwe honden, enkele geweerkogels en een slimme tactiek snel de kop wordt ingedrukt. Of Reymont het verhaal van Kostomarov heeft gekend, is de vraag.

Ondanks de overeenkomsten tussen *Opstand* en *Animal Farm* zijn de verschillen evident. Orwell had al de ervaring met het reëel bestaande communisme en de stalinistische terreur en wist in satirische vorm feilloos het mechanisme van de totalitaire staat bloot te leggen: het gebruik van propaganda; het herschrijven van de geschiedenis en vervalsen van de statistieken; het steeds weer voorspiegelen van een gouden toekomst; het zoeken van verraders in eigen kring en het creëren van vijandbeelden; de afgedwongen bekentenissen; de slavenarbeid; de leiderscultus en de zichzelf in stand houdende elite van zich volvretende varkens. Dit alles was perfect van toepassing op de toenmalige Sovjet-Unie, maar is nog altijd griezelig relevant voor het huidige Rusland, waar het communisme weliswaar is afgeschaft, maar de nakomers ervan een maffiose elite hebben gevormd die zich vasthoudt aan de macht door voortdurend externe vijanden en interne verraders te creëren en de bevolking te manipuleren met een niet aflatende stroom propaganda.

Reymont had de historische ervaring van Orwell nog niet, het totalitaire communisme en nationaal-socialisme waren nog maar in *statu nascendi*, maar toch voorvoelde hij al welke kant het op zou gaan. In *Opstand* zijn het de voortdurende beloften van een toekomstig geluk waardoor de kudden vee zich laten voortdrijven. Rex (alias de koning) is de Leider die absolute gehoorzaamheid afdwingt. Hij is een fanatiek gelovige en krijgt gaandeweg de allure van een profeet die zijn volk wegleidt uit de slavernij naar het beloofde land. Reymont zag al vroeg de religieuze dimensie van de revolutie. Maar Rex heeft ook zijn nobele kanten, want hij neemt het steeds op voor de verdrukten. Hij handelt niet uit eigenbelang, maar uit hoogmoed en verdwazing. Hij is niet puur slecht, zoals Orwells Napoleon. De slechteriken in *Opstand* zijn de wolven met hun cynische minachting voor het stomme vee. Ze beschouwen zich als een uitverkoren ras voor wie de inferieure massa slechts dient als voedsel. Zij zijn fascisten avant la lettre.

De eigenlijke misdaad van Rex is niet dat hij oproept tot een opstand tegen de mensheid, maar dat hij de eeuwenoude wetten van de natuur schendt. Hij moordt in de wildernis zonder noodzaak, laat de kudden op hun tocht door het land alles vertrappen en is verantwoordelijk voor de vernietiging alom. En het is uiteindelijk de natuur zelf die wraak neemt, niet de mens. Zij wreekt zich door allerlei atmosferische en meteorologische rampspoeden los te laten op de opstandelingen: extreme hitte, extreme koude, droogte, slagregens, apocalyptische onweders, eindeloze duisternis en ondoordringbare mist. Het lijkt alsof de hele kosmos tegen de dieren wordt gemobiliseerd.

Opstand is dan ook niet alleen een waarschuwing tegen het bolsjewisme, maar ook in het algemeen tegen de verstoring van het natuurlijke evenwicht. Er klinkt een ecologische boodschap in door die in deze tijden van op hol geslagen klimaatverandering opvallend actueel aandoet. De dieren uit de wildernis klagen over bezoedeling van de aarde, vernietiging van de bossen, teloorgang van hun leefgebied, verontreiniging van het water en de afzichtelijke eentonigheid van de velden. De geest van de wildernis, met haar wrede maar natuurlijke strijd om het bestaan, wordt door Reymont bijna zintuigelijk opgeroepen en stemt de hedendaagse lezer nostalgisch door het besef dat zij onherroepelijk verloren is gegaan.

De poëtische en ornamentele stijl, overladen met metaforen, waarin *Opstand* is geschreven, de bij vlagen pathetische en gedragen toon en het gebruik van verouderde en dialectische woorden zorgen bij een vertaling voor de nodige hoofdbrekens. De vertaler heeft getracht een evenwicht te vinden tussen respect voor Reymonts stijl en de eisen van hedendaagse leesbaarheid. Hij dankt Damian Weymann voor zijn onvermoeibare inspanningen bij het ophelderen van obscure zegswijzen en woorden in het Poolse origineel, en Roger Jansen voor zijn morele ondersteuning.

Maarten Tengbergen

LEONID ANDREJEV

GROOT SLEM EN ANDERE VERHALEN

MAARTEN
TENGBERGEN

VIJFTIG
HOOGTEPUNTEN
UIT DE RUSSISCHE
LITERATUUR

Glagoslav

DEEL I

DAGBOEK VAN KEIZERIN
ALEXANDRA
HOE NEDERIGER DE MENS, DES TE GROTER IS DE VREDE IN ZIJN ZIEL

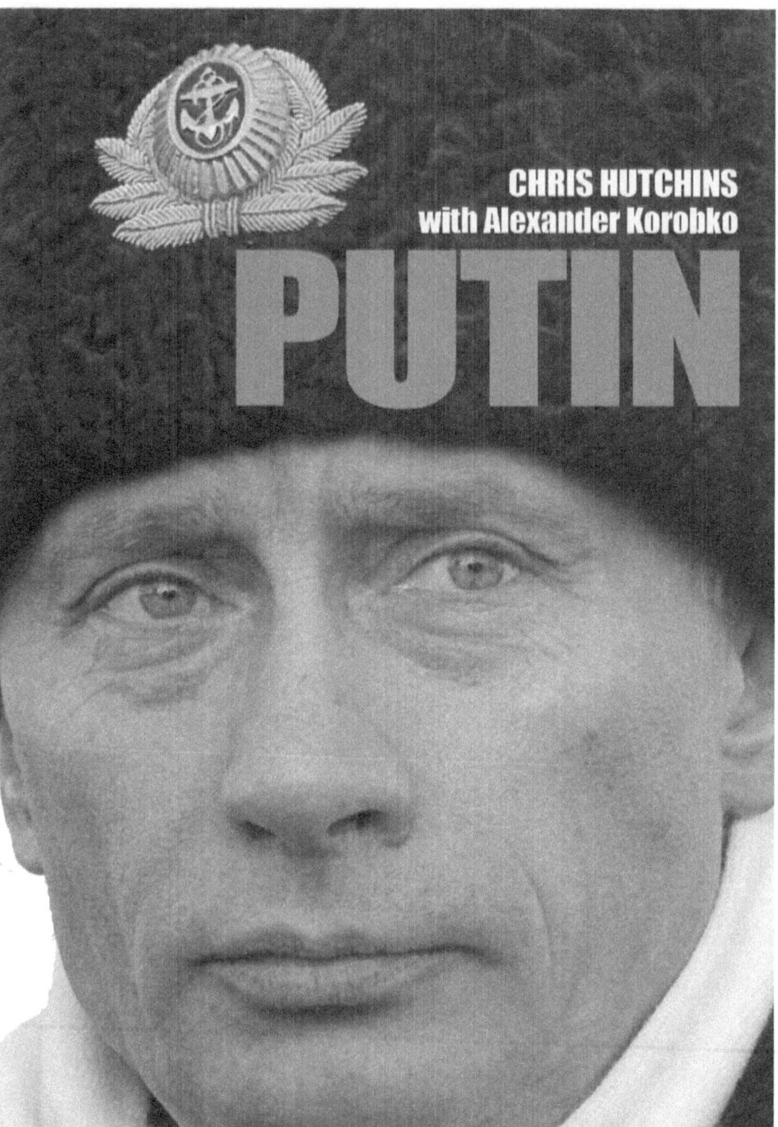
CHRIS HUTCHINS
with Alexander Korobko
PUTIN

Michail Chodorkovski
BAJESVOLK
Glagoslav

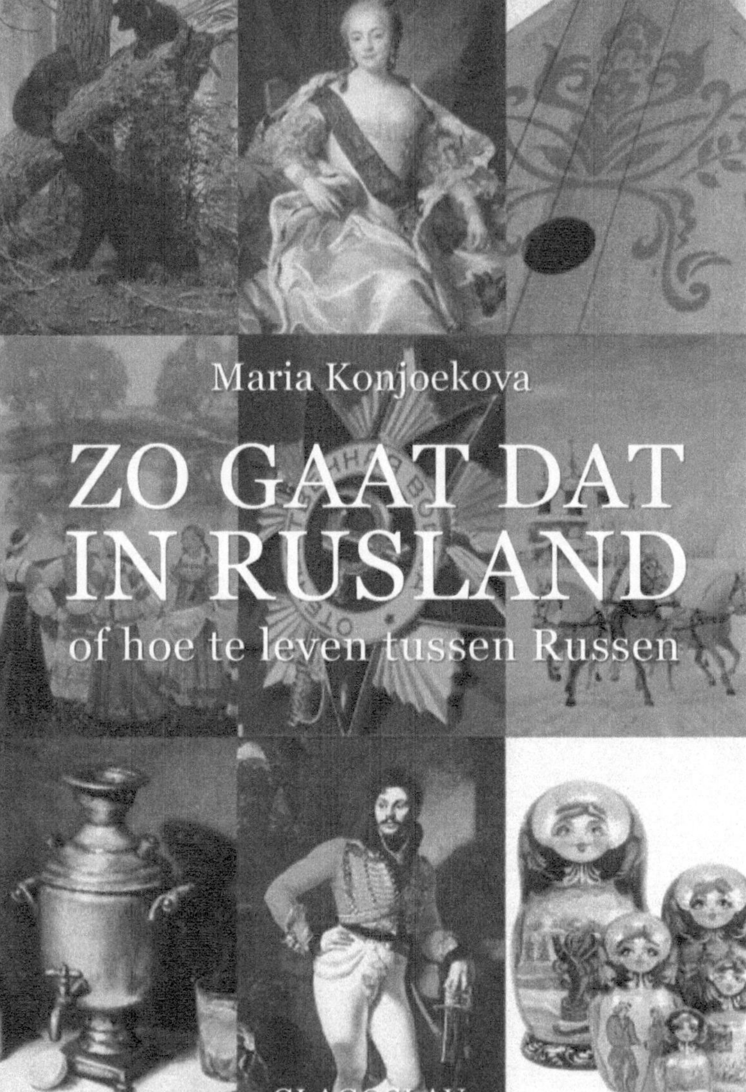
Maria Konjoekova
ZO GAAT DAT
IN RUSLAND
of hoe te leven tussen Russen
GLAGOSLAV

A.Pogorelski
De zwarte kip
of het volk onder de grond

Jevgeni Vodolazkin

HET GROEN VAN DE LAURIER

Een ahistorische roman

Uitgeverij Glagoslav

- *The Time of Women* by Elena Chizhova
- *Andrei Tarkovsky: A Life on the Cross* by Lyudmila Boyadzhieva
- *Sin* by Zakhar Prilepin
- *Hardly Ever Otherwise* by Maria Matios
- *Khatyn* by Ales Adamovich
- *The Lost Button* by Irene Rozdobudko
- *Christened with Crosses* by Eduard Kochergin
- *The Vital Needs of the Dead* by Igor Sakhnovsky
- *The Sarabande of Sara's Band* by Larysa Denysenko
- *A Poet and Bin Laden* by Hamid Ismailov
- *Zo Gaat Dat in Rusland* (Dutch Edition) by Maria Konjoekova
- *Kobzar* by Taras Shevchenko
- *The Stone Bridge* by Alexander Terekhov
- *Moryak* by Lee Mandel
- *King Stakh's Wild Hunt* by Uladzimir Karatkevich
- *The Hawks of Peace* by Dmitry Rogozin
- *Harlequin's Costume* by Leonid Yuzefovich
- *Depeche Mode* by Serhii Zhadan
- *Groot Slem en Andere Verhalen* (Dutch Edition) by Leonid Andrejev
- *METRO 2033* (Dutch Edition) by Dmitry Glukhovsky
- *METRO 2034* (Dutch Edition) by Dmitry Glukhovsky
- *A Russian Story* by Eugenia Kononenko
- *Herstories, An Anthology of New Ukrainian Women Prose Writers*
- *The Battle of the Sexes Russian Style* by Nadezhda Ptushkina
- *A Book Without Photographs* by Sergey Shargunov
- *Down Among The Fishes* by Natalka Babina
- *disUNITY* by Anatoly Kudryavitsky
- *Sankya* by Zakhar Prilepin
- *Wolf Messing* by Tatiana Lungin
- *Good Stalin* by Victor Erofeyev
- *Solar Plexus* by Rustam Ibragimbekov
- *Don't Call me a Victim!* by Dina Yafasova
- *Poetin* (Dutch Edition) by Chris Hutchins and Alexander Korobko

- *A History of Belarus* by Lubov Bazan
- *Children's Fashion of the Russian Empire* by Alexander Vasiliev
- *Empire of Corruption: The Russian National Pastime* by Vladimir Soloviev
- *Heroes of the 90s: People and Money. The Modern History of Russian Capitalism* by Alexander Solovev, Vladislav Dorofeev and Valeria Bashkirova
- *Fifty Highlights from the Russian Literature* (Dutch Edition) by Maarten Tengbergen
- *Bajesvolk* (Dutch Edition) by Michail Chodorkovsky
- *Dagboek van Keizerin Alexandra* (Dutch Edition)
- *Myths about Russia* by Vladimir Medinskiy
- *Boris Yeltsin: The Decade that Shook the World* by Boris Minaev
- *A Man Of Change: A study of the political life of Boris Yeltsin*
- *Sberbank: The Rebirth of Russia's Financial Giant* by Evgeny Karasyuk
- *To Get Ukraine* by Oleksandr Shyshko
- *Asystole* by Oleg Pavlov
- *Gnedich* by Maria Rybakova
- *Marina Tsvetaeva: The Essential Poetry*
- *Multiple Personalities* by Tatyana Shcherbina
- *The Investigator* by Margarita Khemlin
- *The Exile* by Zinaida Tulub
- *Leo Tolstoy: Flight from Paradise* by Pavel Basinsky
- *Moscow in the 1930* by Natalia Gromova
- *Laurus* (Dutch edition) by Evgenij Vodolazkin
- *Prisoner* by Anna Nemzer
- *The Crime of Chernobyl: The Nuclear Goulag* by Wladimir Tchertkoff
- *Alpine Ballad* by Vasil Bykau
- *The Complete Correspondence of Hryhory Skovoroda*
- *The Tale of Aypi* by Ak Welsapar
- *Selected Poems* by Lydia Grigorieva
- *The Fantastic Worlds of Yuri Vynnychuk*
- *The Garden of Divine Songs and Collected Poetry of Hryhory Skovoroda*
- *Adventures in the Slavic Kitchen: A Book of Essays with Recipes* by Igor Klekh
- *Seven Signs of the Lion* by Michael M. Naydan

- *Forefathers' Eve* by Adam Mickiewicz
- *One-Two* by Igor Eliseev
- *Girls, be Good* by Bojan Babić
- *Time of the Octopus* by Anatoly Kucherena
- *The Grand Harmony* by Bohdan Ihor Antonych
- *The Selected Lyric Poetry Of Maksym Rylsky*
- *The Shining Light* by Galymkair Mutanov
- *The Frontier: 28 Contemporary Ukrainian Poets - An Anthology*
- *Acropolis: The Wawel Plays* by Stanisław Wyspiański
- *Contours of the City* by Attyla Mohylny
- *Conversations Before Silence: The Selected Poetry of Oles Ilchenko*
- *The Secret History of my Sojourn in Russia* by Jaroslav Hašek
- *Mirror Sand: An Anthology of Russian Short Poems*
- *Maybe We're Leaving* by Jan Balaban
- *Death of the Snake Catcher* by Ak Welsapar
- *A Brown Man in Russia* by Vijay Menon
- *Hard Times* by Ostap Vyshnia
- *The Flying Dutchman* by Anatoly Kudryavitsky
- *Nikolai Gumilev's Africa* by Nikolai Gumilev
- *Combustions* by Srđan Srdić
- *The Sonnets* by Adam Mickiewicz
- *Dramatic Works* by Zygmunt Krasiński
- *Four Plays* by Juliusz Słowacki
- *Little Zinnobers* by Elena Chizhova
- *We Are Building Capitalism! Moscow in Transition 1992-1997* by Robert Stephenson
- *The Nuremberg Trials* by Alexander Zvyagintsev
- *The Hemingway Game* by Evgeni Grishkovets
- *A Flame Out at Sea* by Dmitry Novikov
- *Jesus' Cat* by Grig
- *Want a Baby and Other Plays* by Sergei Tretyakov
- *Mikhail Bulgakov: The Life and Times* by Marietta Chudakova
- *Leonardo's Handwriting* by Dina Rubina
- *A Burglar of the Better Sort* by Tytus Czyżewski
- *The Mouseiad and other Mock Epics* by Ignacy Krasicki
- *Ravens before Noah* by Susanna Harutyunyan

- *An English Queen and Stalingrad* by Natalia Kulishenko
- *Point Zero* by Narek Malian
- *Absolute Zero* by Artem Chekh
- *Olanda* by Rafał Wojasiński
- *Robinsons* by Aram Pachyan
- *The Monastery* by Zakhar Prilepin
- *The Selected Poetry of Bohdan Rubchak: Songs of Love, Songs of Death, Songs of the Moon*
- *Mebet* by Alexander Grigorenko
- *The Orchestra* by Vladimir Gonik
- *Everyday Stories* by Mima Mihajlović
- *Slavdom* by Ľudovít Štúr
- *The Code of Civilization* by Vyacheslav Nikonov
- *Where Was the Angel Going?* by Jan Balaban
- *De Zwarte Kip* (Dutch Edition) by Antoni Pogorelski
- *Głosy / Voices* by Jan Polkowski
- *Sergei Tretyakov: A Revolutionary Writer in Stalin's Russia* by Robert Leach
- *Opstand* (Dutch Edition) by Władysław Reymont
- *Dramatic Works* by Cyprian Kamil Norwid
- *Children's First Book of Chess* by Natalie Shevando and Matthew McMillion
- *Precursor* by Vasyl Shevchuk
- *The Vow: A Requiem for the Fifties* by Jiří Kratochvil
- *De Bibliothecaris* (Dutch edition) by Mikhail Jelizarov
- *Subterranean Fire* by Natalka Bilotserkivets
- *Vladimir Vysotsky: Selected Works*
- *Behind the Silk Curtain* by Gulistan Khamzayeva
- *The Village Teacher and Other Stories* by Theodore Odrach
- *Duel* by Borys Antonenko-Davydovych
- *War Poems* by Alexander Korotko
- *Ballads and Romances* by Adam Mickiewicz
- *The Revolt of the Animals* by Wladyslaw Reymont
- *Poems about my Psychiatrist* by Andrzej Kotański
- *Someone Else's Life* by Elena Dolgopyat
- *Liza's Waterfall: The hidden story of a Russian feminist* by Pavel Basinsky
- *Biography of Sergei Prokofiev* by Igor Vishnevetsky

More coming . . .

www.ingramcontent.com/pod-product-compliance
Lightning Source LLC
Chambersburg PA
CBHW030616310726
48979CB00003B/751
9781804840702